Qui tu aimes
jamais ne perdras

Du même auteur

Les complicités involontaires, Philippe Rey, 2017
Les Indomptées, Philippe Rey, 2014 ; Points, 2015
Des garçons d'avenir, Philippe Rey, 2011 ; Points, 2012
Le feu, la vie, Philippe Rey, 2007
Zena, JC Lattès, 2000

Nathalie Bauer

Qui tu aimes jamais ne perdras

roman

Philippe Rey

7, rue Rougemont – 75009 Paris

www.philippe-rey.fr

À Christiane

In memoriam

Tu ne crois pas, disait [Sotion], *que les âmes se voient assigner des séries de corps comme résidences successives, que ce qu'on appelle la mort n'est qu'une transmigration ? Tu ne crois pas que chez tous ces animaux domestiques ou sauvages et chez ceux que couvrent les eaux séjourne une âme qui fut celle autrefois d'un être humain ? Tu ne crois pas que dans cet univers rien ne périt, mais change simplement de canton ; qu'aussi bien que les corps célestes tournent en un cercle déterminé, chaque être qui respire a ses phases diverses, toute âme son orbite ? Eh bien, de grands hommes l'ont cru. Diffère donc, si tu veux, ton jugement.*

Sénèque[1]

1. *Lettres à Lucilius*, t. IV, 108, traduit par Henri Noblot, Les Belles Lettres, 2019.

Prologue

I. Ici commence l'histoire de Chloé, affranchie, et de Marcus Valerius Corvus, citoyen romain, contée par la première afin que perdure le souvenir de leur vie commune. Toi qui t'apprêtes à la lire, sois indulgent ; si je vis encore, ne me cherche pas querelle : je n'ai point l'ambition d'égaler nos littérateurs, qu'ils soient petits ou grands. Si, en revanche, je ne suis plus, dispense ma mémoire de tes sarcasmes. Ouvre plutôt les portes de ton esprit, transporte-toi par la pensée en la sixième année du règne de Néron, où tout a débuté, dans cette cité de l'Empire que ses habitants ne se soucient guère de nommer, comme si elle était l'unique au monde, représente-toi ses sept collines, en particulier l'une d'elles qu'on appelle l'Aventin et, à son sommet, la demeure d'un patricien – Maximus, le fils de mon ancien patron, si tu tiens à connaître son nom. Car c'est chez lui que tout s'est noué, plus exactement dans le triclinium où j'avais coutume de m'exhiber au cours d'un intermède, comme c'est souvent le cas lors des dîners auxquels il convie ses amis et ses clients.

II. Ce jour-là des équilibristes avaient d'abord égayé l'assemblée en sautant dans des cercles enflammés, suivis par des danseuses qui se prétendaient originaires de Gadès et ne l'étaient sans doute pas. Les remplaçant sur l'estrade, j'avais comme à l'accoutumée déroulé à la cithare les airs et les chants qui avaient bâti ma renommée et que Maximus, je le dis sans vantardise, ne se lassait pas d'écouter depuis l'époque où son père m'avait achetée – je devais avoir dix-sept ans –, aimée et bien traitée, puis affranchie par une nuit où il avait cru mourir de maladie. J'achevais ma prestation quand un jeune homme au teint mat et aux cheveux très noirs s'approcha ; planté devant moi, au pied des marches, il m'observa un moment avant de me demander si je pouvais avoir l'obligeance de rester à ma place.

III. Montrant les tablettes qu'il avait à la main, il m'expliqua ensuite qu'il allait lire des poèmes de sa composition. « Des poèmes satiriques, précisa-t-il. Je te serais reconnaissant de bien vouloir les agrémenter de quelques notes de musique. Acceptes-tu ? » Puis, comme si la mémoire lui revenait soudain : « Je me nomme Marcus Valerius Corvus. » Il garda la mine sombre tandis que je me présentais à mon tour, et je pensai qu'il redoutait le jugement que les clients et les amis de Maximus formeraient à propos de ses vers. J'aurais voulu l'inviter à ne pas s'en soucier, à ne songer qu'à son art, mais rien, pas même l'expérience que j'avais de cette sorte d'exhibitions durant lesquelles le plaisir des libations et des mets l'emportait sur toute autre chose, ne m'autorisait en ce moment précis à lui livrer le moindre conseil. Je ne me doutais pas que, par mon acquiescement, je scellais aussi notre future association.

IV. Oui, car, au terme de cette cena, il tint à me raccompagner au logement que j'occupais à flanc de colline, alors qu'il habitait lui-même bien plus loin, dans la VIe région, m'apprit-il. Et, pendant que nous marchions – j'avais décliné sa proposition de porter ma cithare, me contentant de lui en confier le baudrier –, il voulut m'ouvrir son cœur, fort affligé par la froideur que l'assistance avait réservée à ses poèmes. Il me raconta qu'il avait quitté sa Bétique natale quelques mois plus tôt pour tenter sa chance dans la capitale de l'Empire, suivant en cela l'exemple de l'illustre Lucius Annaeus Seneca, originaire comme lui de Cordoue. Le philosophe et son neveu, le poète Marcus Annaeus Lucanus, avaient eu du reste la bonté de l'accueillir à son arrivée, ajouta-t-il, et il comptait sur leur amitié pour l'introduire à la Cour où ils se mouvaient à leur aise, l'un étant le conseiller du Prince, l'autre son ami depuis l'enfance.

Remarquant le sourire qui m'échappait, il me pria de lui en dire la raison ; or il m'eût fallu, pour cela, souligner sa naïveté, curieusement développée chez un homme de son âge – il avait vingt-deux ans – et peut-être responsable du peu de succès que rencontraient les vers qu'il composait à l'enseigne de la satire, ce dont je n'avais point envie.

V. Pour une raison que j'ignore, je l'avais toutefois déjà pris en amitié et je répondis volontiers à ses questions, d'autant que j'étais satisfaite de la vie qui était la mienne depuis que je tirais directement profit de mes multiples talents après en avoir fait bénéficier contre mon gré le souteneur auquel le père de Maximus m'avait achetée. Il poussa une exclamation en m'entendant nommer Antioche, la ville de Syrie où j'étais née, et se montra déçu que j'en eusse peu de souvenirs, ce qui était pourtant normal, puisque j'en avais été arrachée dans l'enfance. Cependant je me trahis en lui livrant trop de détails et il lui fut facile de comprendre que j'étais son aînée de plusieurs années, différence non négligeable chez une femme ordinaire et davantage chez une courtisane. Entre-temps nous avions atteint mon logis, et je l'invitai à me suivre : il savait maintenant qu'on m'avait enseigné, peu après mon arrivée dans la Ville, non seulement la musique et la danse, mais aussi l'art d'aimer.

VI. Nous ne dormîmes guère cette nuit-là, que nous passâmes en partie à nous étreindre, en partie à deviser. Je m'enhardis à lui dire en effet que, si ses épigrammes n'avaient pas obtenu le succès désiré, c'était sans doute parce qu'elles manquaient du mordant nécessaire. « Comment cela ? » s'exclama-t-il en se redressant, preuve que ma réflexion l'avait piqué. Je lui distribuai alors quelques caresses et, grâce à l'excellente mémoire dont j'ai toujours joui, lui donnai des exemples, au mot près, de ce qu'il avait lu et de ce qu'il aurait été plus inspiré d'écrire. Il se dérida peu à peu et, comme je multipliais les vers, en vint même à éclater de rire. « Où as-tu entendu ces poèmes ? interrogea-t-il enfin. Par Pollux, ils sont excellents ! Je veux m'entretenir avec leur auteur dès que possible. » Je souris en mon for intérieur avant de répondre : « Il n'y a là rien de plus facile. Il est ici, devant toi. »

VII. Il lui fallut un certain temps pour se résoudre à l'évidence, ce qui se produisit lorsque j'eus improvisé des vers où figuraient nos prénoms, ainsi que des détails particuliers glanés au cours de nos ébats. Pourtant, dès que je les eus prononcés, le silence s'abattit sur la chambre à la place des cris d'admiration qu'une telle révélation eût à mon humble avis mérités. Sans me démonter, j'expliquai que ma fréquentation des hommes m'avait offert une longue liste de leurs manies visibles en public comme en privé, au point que j'avais décidé de les dépeindre, à mon seul usage, par les mots railleurs ou osés qu'il avait entendus. Corvus parut réfléchir un moment, ce que l'obscurité m'empêchait toutefois de vérifier, puis il me demanda l'autorisation de consulter mes tablettes une fois le jour venu.

« Quand le jour se fera, répondis-je, tu verras de tes propres yeux qu'il n'y a pas une seule tablette dans ce logis. Les vers que j'ai déclamés reposent dans l'écrin de ma mémoire, d'où je les tire et où je les range à loisir. » C'est ainsi que je lui proposai un marché : « Je te réciterai tous mes poèmes, anciens et récents, mieux, je t'autoriserai à les utiliser pour ton propre compte à la condition que tu m'enseignes l'art de lire et d'écrire. » Ce pacte devait être à son avantage, parce qu'il l'accepta sur-le-champ ; il multiplia ensuite les caresses et voulut reprendre nos jeux.

VIII. Notre projet fut mis à exécution sans délai, en dépit des obligations que Corvus affrontait une bonne partie de la journée. Car, s'il était issu de la même province que le grand Sénèque, il avait un rang bien moins élevé, ce qui l'obligeait à courir dès le point du jour de patron en patron pour recevoir les sportules et tenter d'obtenir, à la faveur de l'inclination que Néron professait pour les arts, le soutien dont d'illustres poètes avaient bénéficié sous le règne d'Auguste. Après avoir gravi et dévalé les pentes de l'Aventin, du Caelius, de l'Oppius ou des Esquilies, il poussait parfois jusqu'à la porte Colline, le Janicule et autres régions éloignées, pour retourner dans le centre de la Ville et recommencer, ce qui l'épuisait malgré sa jeunesse. En effet, ses visites ne se résumaient pas à l'habituelle salutation matinale : il se voyait contraint d'apparaître aux côtés de ses divers patrons à toutes sortes de cérémonies, aussi bien publiques que privées, ou encore aux bains, et, pour leur plaire, de consacrer des vers à des événements ou des êtres si insignifiants que c'en était humiliant.

« Comprends-tu ce que cela signifie ? Je n'ai jamais assez de temps pour rimer comme il se doit ! » se plaignait-il, avant de se pencher sur mon épaule et de m'indiquer en soupirant comment manier efficacement le stylet et retranscrire dans la cire des tablettes les vers que je lui livrais. Et quand l'impatience le gagnait, il ajoutait, mauvais : « Pourquoi tiens-tu donc tant à lire et à écrire ? Tu sais compter, cela te suffit bien ! » Il n'en était rien : l'écriture m'apporterait bien plus que le calcul, je le savais. Mais je ne me formalisais pas de ses éclats : étant d'un naturel aimable, il les regrettait très vite et me couvrait alors de baisers. La poésie agissait, elle aussi : pareille à un philtre, elle tissait de mystérieux liens entre nos cœurs et suscitait dans nos esprits assez d'émulation pour que nous trouvions du plaisir à composer des vers ensemble tout en buvant du vin miellé.

IX. Lorsque j'eus recouvert de poèmes un nombre suffisant de tablettes, nous décrétâmes qu'il convenait d'en donner une lecture publique. Celle-ci eut lieu dans une salle attenante au portique d'Octavie, garnie par nos soins de banquettes et de sièges de location ; il avait également fallu payer et rédiger les invitations où figuraient des vers choisis pour l'occasion, engager quelques individus de bel aspect – non les misérables « mangeurs de bravos » habituels – qui applaudiraient, le moment venu.

À l'écart, dans la salle comble où avaient notamment afflué les poètes peu fortunés qui avaient coutume de s'y réunir et d'autres bien plus illustres – tels que Lucain et Perse –, ainsi que deux ou trois patrons de Corvus qui se prenaient pour des littérateurs, j'assistai discrètement au triomphe de mon bien-aimé. Je fus fort aise de voir un large sourire éclairer son visage tandis qu'on se précipitait pour le féliciter et je souhaitai que ce nouveau masque s'y imprimât, remplaçant la grimace amère que j'y lisais trop souvent à mon goût. Quand, enfin, nous nous retrouvâmes seuls, il tint à me redire que son succès était aussi le mien et proposa de mentionner nos deux noms sans distinction sur les rouleaux qu'il ne manquerait pas de faire exécuter. À cette époque déjà, je n'avais pas ce genre de vanité et je déclinai son offre sans aucune arrière-pensée.

X. Le lendemain, nous allâmes acheter de quoi produire une dizaine de rouleaux, puisque Corvus comptait adresser ses vers non seulement à ses amis poètes, mais aussi à quelques puissants afin que, les vantant autour d'eux, ils leur garantissent la renommée. Nous nous entendîmes avec un dénommé Fannius Sagax, qui avait mis au point, à force de polissages, un papyrus que privilégiaient les écrivains de la Ville, et engageâmes un copiste recommandé pour son habileté et sa célérité. Mon écriture était encore trop hésitante pour ce genre de besogne, mais je possédais d'autres arts et je m'offris de représenter en tête du texte le volatile qui, par sa couleur, avait valu à mon bien-aimé son surnom, ce que ce dernier accepta volontiers. Comme j'hésitais à tourner mon oiseau vers la droite ou vers la gauche en raison des présages que certains lisaient dans la direction de son vol, il rétorqua qu'il s'agissait là de superstitions idiotes et me taquina un peu. J'optai de mon propre chef pour le côté droit, un choix qui se révéla dans un premier temps erroné, à moins qu'il ne confirmât justement l'opinion de Corvus.

XI. En effet, malgré ce premier succès, son existence ne s'améliorait guère, puisqu'il récoltait, pour tous lauriers, des toges ou des manteaux neufs donnés par ses patrons, ainsi que la possibilité de séjourner dans des villas à la campagne où composer son œuvre en toute tranquillité. Il aspirait à bien d'autres faveurs, par exemple à celles dont son cher Lucain jouissait auprès de l'empereur, qui venait de lui octroyer la questure et l'augurat, malgré son jeune âge, même si, dans le secret de notre alcôve, il accusait le neveu de Sénèque de fouler aux pieds son immense talent pour flatter un prince coupable de matricide – tout le monde savait, prétendait-il, qu'Agrippine ne s'était pas percée d'un poignard, comme Néron l'avait écrit au sénat, mais qu'elle avait été bel et bien assassinée. Face à son amertume, je regrettais parfois de l'avoir secondé dans son entreprise.

XII. J'ignore ce qu'il serait advenu de notre amitié sans l'événement qui se produisit quelque temps plus tard. Un soir où je rentrais chez moi après m'être exhibée dans la domus de Maximus avec ma cithare, je trouvai Corvus couché et apparemment endormi. Intriguée, je m'approchai et constatai, à la lumière du jour finissant, qu'il était blessé au visage. L'exclamation qui m'échappa le réveilla et, se redressant, il me dit, tout exalté : « Ne crains rien, ce n'est pas grave ! Ou, plutôt, c'est la bonne fortune ! Laisse-moi t'expliquer. »

Et il raconta. Alors qu'il traversait le Transtévère, vers la deuxième heure, après avoir rendu sa visite du matin à l'un de ses patrons, il avait été victime d'un accident. Il était en effet si bien absorbé dans ses pensées qu'il n'avait pas remarqué le convoi d'ouvriers qui jaillissait d'une rue et il s'était heurté à une poutre avec une telle violence qu'il avait perdu connaissance. Quand il avait repris ses esprits, il était allongé sur des sacs de jute à l'intérieur d'une vaste pièce et entouré d'étrangers qui le scrutaient d'un air soucieux. L'un d'eux, accroupi, lui nettoyait le visage à l'aide d'un linge qu'il trempait dans un bassin rempli d'un liquide vinaigré. Voyant que Corvus revenait à lui, il l'avait interrogé, sans doute dans le dessein d'évaluer son état, et ce en employant l'idiome des Grecs. Tous les autres s'étaient ensuite présentés, et peu à peu la situation s'était éclaircie : ces gens-là, des marchands de toile, avaient assisté à l'accident et transporté le blessé dans leur entrepôt voisin, non sans avoir chargé un enfant d'aller chercher leur ami Lukas, médecin.

XIII. « Après avoir nettoyé ma plaie, Luc l'a enduite d'un onguent, puis il m'a bandé le bras et m'a aidé à me lever. Nous avons ensuite devisé un moment, plus confortablement assis. Il est originaire d'Antioche, comme toi, et a pour maître un mage, ou peut-être un philosophe, un certain Paulus, dont il a vanté l'enseignement avec respect et amitié. Si ce Paul est à sa ressemblance, il doit valoir la peine de faire sa connaissance. »

Comme la nuit était tombée à notre insu tandis que Corvus dévidait son récit, j'allumai une lampe à huile et l'approchai. Le spectacle que je découvris à sa lumière me stupéfia : malgré la vilaine blessure qui l'abîmait, son visage était empreint d'une étrange et inédite beauté. Je m'interrogeai un moment sur ce phénomène, mais la disparition de l'amertume qui avait trop longtemps durci les traits de mon amant me comblait à tel point que j'évitai de m'attarder sur ces pensées.

XIV. Dès le lendemain Corvus regagna le Transtévère, où il rencontra le philosophe dont le médecin lui avait parlé, comme il me le rapporta ensuite. Originaire de Tarse, le dénommé Paul avait été arrêté à Jérusalem sous la fausse accusation de sédition et, ayant fait valoir sa condition de citoyen romain, conduit dans la Ville pour y être jugé. Comme on l'avait autorisé à vivre dans un logement gardé par un soldat jusqu'à la date de son procès, il y recevait membres de sa famille, amis et élèves, servi par un esclave et assisté de « collaborateurs » au nombre desquels le médecin figurait en tant que secrétaire. Surtout, il y livrait son enseignement à propos d'un Galiléen du nom de Khristos qui lui était apparu en songe alors que lui-même persécutait ceux des juifs qui l'adoraient. « Cet enseignement, Chloé, se résume à l'agapè, l'amour inconditionnel, uniquement à cela. Et ce ne sont pas de vaines paroles, tu devrais voir les prévenances que ces gens ont les uns pour les autres, quelle que soit leur condition ! » conclut Corvus.

XV. Je les vis quelques jours plus tard, tandis que nous nous unissions au petit groupe qui remplissait la pièce principale :

patriciens, affranchis et esclaves, citoyens romains et étrangers, hommes et femmes, non seulement se côtoyaient sans distinction de rang, mais aussi se montraient aimables les uns envers les autres en s'appelant « frère » ou « sœur », comme s'ils étaient du même sang. Au milieu d'eux se tenait un quinquagénaire de taille moyenne au crâne chauve et à la longue barbe grise de stoïcien en qui je reconnus le Paul que Corvus m'avait dépeint. Il nous invita à prendre part à leur repas, alors que les membres de la petite assemblée nous accueillaient chaleureusement.

Quand nous fûmes tous installés, il prononça des bénédictions et partagea le pain, puis nous commençâmes à manger, servis tantôt par l'un, tantôt par l'autre, en dépit de toute règle de préséance. Remarquant ma stupeur, le dénommé Luc m'expliqua que les lois du monde n'étaient pas en vigueur au sein de la maisonnée : « La seule juridiction que nous reconnaissons est celle de l'Esprit », dit-il d'une façon énigmatique. N'osant pas poser trop de questions, je m'abandonnai à la gaieté de cette tablée, que la frugalité du repas, dont étaient absents vin et viande, n'entamait pas.

XVI. Puis Paul reprit la parole pour expliquer à l'intention de Corvus et de moi-même en quoi consistait le culte de ce Christ, qu'il appelait aussi Yeshoua et qualifiait d'« Oint du Seigneur ». Il parla d'une ancienne et d'une nouvelle alliance, de la Loi et des prophètes, et d'autres sujets obscurs avec une ferveur que je n'avais encore vue chez personne et qui, à elle seule, aurait persuadé quiconque de la véracité de ses dires, par exemple de la « grâce », terme étrange qu'il employait fréquemment à propos de son dieu. Ce Seigneur, Yahvé, était bien plus généreux que les divinités romaines, crus-je deviner, car il offrait aux hommes son propre « royaume », s'unissait volontiers à eux par l'esprit et, chose extraordinaire, leur rendait la vie après la mort. Il évoqua également les dissensions qui secouaient les diverses maisonnées, constituées de juifs, de prosélytes et de païens, ainsi qu'un certain Siméon, un autre prédicateur, qui avait été le compagnon de Yeshoua pendant plusieurs années et qui était lui aussi de passage dans la Ville. Enfin il pria une femme de lire la lettre qu'il avait rédigée à l'intention d'une autre communauté, ce qu'elle fit aisément après s'être couvert la tête. Je l'écoutai, bouche bée : voilà donc à quoi servait également l'écriture, me dis-je, et je me félicitai de posséder désormais cette connaissance.

XVII. C'est ainsi que nous entrâmes dans la maisonnée, dont les membres semblaient rivaliser pour prêter secours à l'un ou l'autre, en particulier le patricien Quintus et sa femme Tulla, les plus riches d'entre nous, même si la vraie richesse, répétait Paul, était bien différente de celle à laquelle nous étions habitués. Ces doubles sens m'avaient d'abord surprise, puis je m'accoutumai à la métaphore au point de la chercher dans tous les discours, dans toutes les épîtres, au grand amusement de Corvus. En vérité, une espèce de souffle s'était emparé de nous, une force qui nous rendait toute chose facile, une joie que nos patrons et connaissances ne manquaient pas de remarquer et dont ils cherchaient les causes là où elles n'étaient pas, par exemple dans notre extérieur ou dans la qualité de la lumière qui nous éclairait.

Il me semblait aussi que nous nous aimions davantage, d'un amour plein, entier, et plus seulement comme des amants.

Corvus, surtout, avait changé. Désormais peu enclin à railler autrui dans des épigrammes, il s'essayait à l'élégie, genre qui, à vrai dire, lui convenait davantage ; quant à moi, j'abandonnai la profession de courtisane pour me consacrer au seul art de la musique et m'essayai dans le secret à composer des hymnes. De ma cithare, j'avais toutefois ôté la petite statuette en ivoire qui ornait son montant droit, de crainte que mes nouveaux amis, devant qui j'en jouais lors de nos réunions, en particulier pour agrémenter la lecture des psaumes, ne la prissent pour une idole, car elle représentait le satyre Marsyas, pendu par les bras à un arbre, subissant le châtiment d'Apollon, qu'il avait osé défier en un concours musical. Me défaire de mes atours ne me causa point de peine : je n'avais plus à séduire qui que ce fût, seul Corvus m'importait.

XVIII. Les mois passaient. Paul fut libéré de sa prison et contraint à l'exil. Au cours des deux années qu'avait duré son séjour à Rome il avait livré de multiples enseignements et tenté d'unir toutes les communautés en un seul « corps », comme il le disait au grand dam de certains, aussi fûmes-nous nombreux à être tiraillés entre la satisfaction et la peine, à l'annonce de ce verdict. Il nous réunit une dernière fois et nous promit de revenir en nous invitant à lire ses épîtres anciennes, comme celles qu'il nous enverrait d'Ibérie, puisque telle était la destination de son voyage. Enfin, après nous avoir tous étreints comme de petits enfants, il partit en compagnie de Luc vers ces terres lointaines.

XIX. Nous nous retrouvions désormais chez Quintus et Tulla, dont la belle demeure, située sur les hauteurs du même quartier, était assez vaste pour contenir notre maisonnée. Ensemble, nous nous remémorions les dires de notre maître, en mettant toujours plus d'ardeur à nous dépouiller de ce qu'il appelait « le vieil homme » en nous, soit un être soumis aux seules lois du monde. Ce n'était pas toujours chose aisée, car le monde se rappelait à nous de multiples façons. En cette huitième année du règne de Néron, en effet, l'ascendant que le préfet du prétoire Tigellinus prenait sur l'empereur se substituait à celui de ses deux conseillers et, Burrus mort, Sénèque avait demandé à se retirer de la Cour. Était-ce la disgrâce de son oncle, ou la jalousie de l'empereur, qui s'essayait lui aussi à la poésie ? Au même moment, Lucain, qui venait de publier les trois premiers livres d'une grande et magnifique épopée intitulée *La guerre civile*, fut frappé de l'interdiction de publier ses vers et de parler en public. Il n'y avait pire condamnation pour un poète, estimait Corvus, qui s'efforçait de réconforter son ami par de nombreuses visites.

XX. Parce qu'il nous était permis de parler librement, Corvus évoquait devant Lucain l'enseignement que nous avions reçu : mieux que le stoïcisme, qui prônait également le dépassement des vains désirs et des biens transitoires, il lui avait en effet permis de se détourner de la popularité et des honneurs, si bien qu'il lui arrivait aujourd'hui de rire de son ancien attachement. Or Lucain semblait avoir égaré toute philosophie et même toute raison : il était tant à sa colère qu'il fallait d'abord s'employer à l'apaiser avant de pouvoir débattre avec lui – en particulier de l'illusion dispensée par ce monde qui vous glorifiait un jour et vous foulait aux pieds le lendemain. Ou encore de la nécessité de bouleverser l'ordre établi, ce que le poète, quoique bienveillant envers ses esclaves, refusait, jugeant même cela dangereux. Mais toujours il paraissait heureux de nous accueillir dans sa demeure où, pour égayer l'atmosphère, j'interprétais avec sa femme, la belle Argentaria Polla, des mélodies anciennes et nouvelles, puisqu'elle était versée non seulement dans la poésie, mais également dans la musique.

XXI. Avec le temps de la disgrâce s'était ouverte l'ère de la suspicion et de la peur, que vinrent bientôt attiser les meurtres de plusieurs sénateurs et même d'Octavie, l'épouse du Prince, lequel avait réclamé, murmurait-on, qu'on lui présentât leurs têtes coupées. Je m'en rendais bien compte lors des banquets où j'étais encore engagée pour ma musique et mon chant : ceux des puissants qui se voyaient relégués, à tort ou à raison, dans le camp de l'ennemi murmuraient, l'air sombre, au lieu de rire, et souvent on apprenait que l'un d'eux avait brusquement fui Rome pour sa villa à la campagne dans l'espoir de ne pas être inquiété. Arguant de sa maladie, Sénèque avait quant à lui abandonné la Cour, bien que l'empereur se fût opposé à sa retraite, et gagnait fréquemment ses domaines, à quelques milles de la Ville.

XXII. Corvus et moi séjournâmes dans l'un d'eux, à Nomentum, l'été de la disgrâce et le suivant, à l'invitation de Polla qui espérait que ce cadre bucolique ainsi que la présence – certes intermittente – de son oncle finiraient par étouffer la fureur de son époux. Éloignés du vacarme et de l'agitation de la Ville, ces lieux étaient en effet si paisibles que j'avais, pour ma part, le sentiment d'entendre pour la première fois le chant des oiseaux, le murmure des ruisseaux, ou le bruissement du blé et de la vigne agités par le vent.

En proie à ce ravissement, je disais à Corvus que nous devrions nous établir ensemble dans un endroit de ce genre, mais il riait et me traitait gentiment de sotte : comment y subsisterions-nous, lançait-il, puisque nous avions l'un comme l'autre besoin d'un auditoire appréciant les arts que nous pratiquions ? « Nous pourrions vivre simplement, apprendre à travailler la terre », rétorquais-je. Il riait encore et objectait que l'avenir était dans le cœur vibrant de l'Empire, que nous le devions aussi à nos « frères » du Transtévère, et, comme j'étais attachée à lui tel du lierre à un arbre, je finissais par céder, l'interrogeant plutôt sur ce qu'il avait appris de Sénèque lors de leurs rares entretiens.

XXIII. Du philosophe, qui préférait apparemment converser avec sa propre personne qu'avec les autres, je ne vis que l'éclat des yeux un soir où je m'étais égarée dans sa demeure. Assis sur une banquette, il semblait si inerte, si raide, que je l'aurais sans doute cru mort s'il n'avait justement ouvert les paupières et posé son regard sur moi. La force qu'il dégageait, en dépit de son corps éprouvé par la maladie et l'abstinence, me frappa à tel point que cette image se grava dans mon esprit, tout comme le sentiment que j'éprouvai alors. Maintenant que le temps a passé et que d'autres malheurs sont advenus, je comprends qu'il attendait déjà la mort.

XXIV. Nous étions à Nomentum l'été où la Ville prit feu. Sans tarder, Corvus et Lucain voulurent y retourner afin de mettre en sécurité ce qu'ils avaient de plus précieux – en particulier leurs écrits – et de porter secours à ceux de nos proches qui s'y trouvaient encore. Je demeurai auprès de Polla non seulement pour lui tenir compagnie, mais aussi parce que nous ignorions si nos logements tenaient encore debout : le feu, qui avait débuté dans les parages du Grand Cirque, rapportait-on, s'étendait à toute allure aux autres régions.

XXV. Une étrange période s'ouvrit alors. En l'absence de Sénèque et de Pompeia Paullina, sa femme, Polla se consacrait au rôle de maîtresse de maison, accueillant notamment des connaissances et des parents qui fuyaient Rome pour des villas voisines ou venaient demander l'asile. Tous peignaient des scènes de terreur, de destruction et de mort qui tiraient aux enfants des pleurs et réduisaient au silence le reste de leurs auditeurs. Pour étouffer mon inquiétude, je me réfugiais dans la bibliothèque, une vaste pièce entièrement garnie de casiers et d'armoires, mais dépourvue du luxe que j'avais vu, par exemple, chez Maximus sous forme de rayonnages en thuya et en ivoire ou de portraits d'auteurs. Les œuvres y étaient classées selon qu'elles étaient écrites en grec ou en latin, et regroupées d'après leur genre, m'avait expliqué le secrétaire, un grammairien qui avait manifesté une légère surprise lorsque je l'avais prié de m'indiquer les textes auxquels son maître était le plus attaché ou qu'il consultait volontiers. Avec des gestes mesurés, il avait ensuite réuni sur la table des rouleaux et des codex, avant de m'inviter à m'asseoir et de m'offrir de quoi noter, ce dont mon excellente mémoire me dispensait.

XXVI. C'est de là, Lecteur, que date la familiarité que j'ai acquise avec la langue, ne t'étonne donc plus de me la voir manier comme si je la pratiquais depuis l'enfance. Grâce aux leçons de Corvus, j'étais en effet en mesure de lire sans effort le latin comme le grec, et je lus tout mon saoul dans la bibliothèque de Sénèque, aidée par le grammairien, prompt à éclaircir pour moi tel ou tel point. Quand je m'interrompais, ivre de savoir, je me surprenais parfois à rêver à ce qu'aurait été mon existence si j'étais née, comme Polla, dans une noble famille et avais reçu l'instruction qui était la sienne. Certes, c'étaient là des pensées inféconds, parce qu'il est impossible de retourner en arrière, mais peut-être pouvais-je espérer en une autre vie, une vie successive, où je bénéficierais de tous ces dons. N'était-ce pas ce que Sotion, l'un des maîtres de Sénèque, voulait dire en affirmant, à la suite de Pythagore, que les âmes passent de corps en corps après la mort ? S'il était dans le vrai, alors la vie ne prenait jamais fin, ce que Paul soutenait, du reste, en d'autres termes.

XXVII. Au bout de quelques jours Lucain réapparut, aussi furieux qu'aux premiers temps de sa disgrâce, bien que sa demeure eût été épargnée par le feu, ce qui n'était pas le cas de la mienne – ni d'une grande partie de la Ville, d'ailleurs, puisque seules les quatre régions les plus éloignées du centre avaient résisté à la puissance de l'incendie. Dans les flammes, raconta-t-il d'une voix rauque, avaient péri des milliers d'habitants, mais aussi d'irremplaçables chefs-d'œuvre de l'art, des bibliothèques entières, des sanctuaires et jusqu'aux pénates, englouties avec le temple de Vesta. Pendant que tout cela s'envolait en fumée, ajouta-t-il, on aurait vu Néron chanter et jouer de la cithare en haut d'une tour placée dans les jardins de Mécène, et le bruit courait qu'on avait allumé le feu sur son ordre. « Bien sûr, c'est cela ! Il a brûlé la Ville pour la reconstruire à sa guise, étendre ses jardins, étendre ses palais, ne le comprenez-vous pas ? » s'exclama-t-il, tandis que Polla le dévisageait, effarée.

XXVIII. Quand il se fut un peu calmé, je le questionnai à propos de Corvus. Il me répondit que celui-ci était resté à Rome afin de prêter secours à ceux qui avaient tout perdu dans l'incendie ; installé chez certains de nos amis, au Transtévère, l'une des quatre régions que les flammes n'avaient pas touchées, il me faisait dire d'attendre son retour, ou un message qui m'inviterait à le rejoindre. Je compris qu'il se trouvait auprès de Quintus et de Tulla, et cela me rasséréna un peu, même si je demandai de quoi mon bien-aimé vivrait, maintenant que ses patrons avaient presque tous quitté la Ville et qu'il y avait tant de destructions autour de lui. Lucain éclata alors d'un rire amer, presque fou. Il y aurait d'innombrables éloges à écrire pour honorer les défunts ! s'exclama-t-il, avant de se retirer : il avait l'intention de composer un libelle à propos de l'incendie, et tant pis s'il avait l'interdiction de le divulguer ou de le lire en public. Du reste, Néron passerait comme ses prédécesseurs, probablement assassiné.

XXIX. De ce qui s'ensuivit jusqu'à ce jour où j'écris, je me rappelle surtout la fureur du poète que plus rien, ni l'amour de sa femme, ni la sagesse que son oncle lui avait inculquée, ni même la logique – pourquoi Néron aurait-il allumé un incendie qui avait détruit les objets qu'il aimait ? objectait en effet Polla – ne parvenait à apaiser. Il semblait lui-même consumé par un feu, un feu mauvais, bien différent de celui qui animait Corvus quand je le retrouvai dans le campement du Vatican où il prêtait main-forte aux sans-logis qui y avaient afflué. Les visages si semblables des deux amis s'opposaient à présent, telles les deux faces d'une pièce de monnaie qu'on a lancée très haut et qui retombe en tournant sur elle-même, tantôt dans l'ombre, tantôt dans la lumière, selon une trajectoire inéluctable.

XXX. Aux rires des premiers temps avaient donc succédé les cris de rage, et voilà que venaient les murmures dont les propos séditieux sont toujours enveloppés. Dans son désir de vengeance, Lucain avait rejoint la conjuration qui commençait à se former autour de Calpurnius Piso, l'influent sénateur, l'amène aristocrate, afin de libérer l'Empire du Prince et de son conseiller. « Néron ! Un meurtrier qui n'a pas hésité à rejeter la responsabilité de l'incendie sur ceux dont tu m'as vanté la bonté ! arguait le poète dans le but d'y attirer Corvus. Les chrétiens ! Tes *frères*, comme tu les appelles ! Des doux, as-tu dit ! Des innocents ! Ne les as-tu pas vus brûler en croix comme de misérables criminels dans les jardins du Vatican ? Ne comptes-tu pas les venger ? Tes *frères* ! » Or Corvus répliquait que nul n'était autorisé à tuer, pas même un assassin, pas même un tyran, et s'efforçait de le dissuader. En vain. La conjuration s'étendait, regroupant des chevaliers romains, des sénateurs, des gens de guerre, elle s'étendait, impliquant un préfet du prétoire.

XXXI. Ainsi, la mort rôdait partout, elle rôdait tant et si bien qu'elle était devenue le seul objet de nos pensées, ne fût-ce que parce qu'elle nous concernait de près. En effet, si

Quintus et Tulla occupaient une position trop élevée pour être inquiétés par la persécution qu'avait ordonnée le Prince, les membres les plus humbles de notre communauté avaient pour la plupart péri dans de terribles souffrances ou s'étaient enfuis ; notre maisonnée, comme celles de tous les chrétiens de Rome, n'existait plus.

Réfugiés chez Lucain, Corvus et moi n'avions pourtant pas perdu espoir. Comme le sommeil nous fuyait, nous devisions sur notre couche en nous remémorant les enseignements de Paul à propos de l'immortalité, qu'il avait appelée « la vie éternelle », et notre ferveur se ravivait. Une nuit, j'invoquai également les textes de Pythagore et de Sotion que j'avais lus à Nomentum. « Si nulle âme ne périt ni ne cesse d'agir, sauf dans le moment où elle se transfuse dans un autre corps, dis-je, alors nous renaîtrons à une nouvelle vie sous une autre forme. Mais crois-tu que nous nous retrouverons, toi et moi ? Et, si tel est le cas, crois-tu que nous nous reconnaîtrons ? » Corvus rit avant de répondre : « Pour ce qui est de moi, je te reconnaîtrai, bien sûr. Je te reconnaîtrai au premier coup d'œil, j'en suis certain. Comment pourrais-je t'oublier, ma bien-aimée ? Partout où j'irai, je te chercherai et je te retrouverai. » Puis, comme je l'en priais, il m'en fit le serment.

XXXII. Mais la pièce de monnaie retombait vers son inévitable point de chute. La conjuration de Pison fut découverte du fait des révélations d'un affranchi, et les premiers suspects furent arrêtés ; les condamnations à mort de conjurés vrais ou présumés s'ensuivirent, masquant parfois d'autres motifs. Sénèque, indiqué à tort comme l'un des principaux comploteurs, obéit sans ciller à l'injonction de se tuer, à laquelle il était au reste préparé. Quelques jours plus tard, le même ordre parvint à son neveu.

Demeuré à ses côtés en vertu de cette même fidélité qui avait amené Lucain à nous offrir l'asile, Corvus tentait de s'opposer à son suicide quand, dans un mouvement de peur ou d'impatience, le soldat qui avait remis la sentence du Prince au condamné et qui tenait à s'assurer de son exécution le passa par le fil de son épée. Les deux amis périrent donc ensemble, l'un pour un crime dont il avait tenté d'écarter l'autre. Juste avant d'expirer, la tête dans mon giron, alors même que le froid l'envahissait et que l'horreur se saisissait de moi, mon bien-aimé parvint à prononcer les mots du serment qu'il m'avait fait un peu plus tôt.

XXXIII. Je restai auprès de Polla quelque temps encore : avec Maximus, rentré de villégiature après l'été, elle était la seule personne qui me fût familière dans cette ville où les quelques chrétiens rescapés se terraient. C'est elle qui me souffla, un soir, entre les larmes, qu'il existait peut-être un moyen de ramener à la vie nos bien-aimés : « Copier et recopier leurs œuvres, relater leur existence, leur rendre justice par les paroles et par l'écrit. Ainsi Néron passera, oui, mais eux demeureront dans le panthéon des Arts. » Une autre forme d'immortalité ? J'y songeai toute la nuit, incapable de m'endormir, et, lorsque les premières lueurs du jour vinrent éclairer ma table, je me mis à écrire.

1.

Töss
(contrée de Winterthur)
1322

Je vous écris, mon frère, bien que vous soyez mort depuis fort longtemps : à nul autre que vous je ne pourrais en effet conter ce qui agite mon cœur au point de le troubler comme l'eau d'une pauvre flaque. Vous étiez mon jumeau par corps et âme, et si le premier a péri, la seconde – on me l'a enseigné en ces lieux où je demeure – perdure, légère et douce, au point qu'il m'arrive de la voir en un flocon de neige, ou en la feuille qui se détache de l'arbre et volette lorsque l'automne survient. Encore vous m'apparaissez en songe tel que vous étiez en ce monde, enfant blond et grave, comme le fut selon les peintres Notre Seigneur, que je prie chaque jour de vous accueillir dans sa Cour céleste, quoique je craigne de L'offenser, ayant été, je le sais au fond de moi, déjà exaucée. Telle fut pourtant la recommandation que je reçus, à mon arrivée entre ces murs saints, prier pour le salut de votre âme tant que mon souffle le permettrait, et je m'y suis appliquée avec l'obéissance que dicte la Règle, sachant aussi Notre Seigneur miséricordieux au regard des cœurs qui se tournent vers Lui.

Souvent il me semble qu'un court instant seulement s'est écoulé depuis les événements qui décidèrent de votre mort et de ma vie, tant sont limpides mes souvenirs de ce jour funeste, aussi limpides que les miroirs dont se servait notre mère afin de se parer, à croire que le temps se dilate et se restreint à sa guise, ou, comme je l'ai récemment ouï affirmer, qu'il n'existe tout bonnement pas. Nul effort n'ai-je besoin d'accomplir pour me remémorer les sentes de ces bois bien-aimés où nous avions coutume de chevaucher, la lumière filtrant en rais distincts, le silence brisé par les chants des oiseaux, par le bruissement des fourrés et le craquement des branches rompues au passage des biches, des sangliers ou de simples lièvres, le souffle de nos montures, le bruit assourdi de leurs sabots. Toujours, en effet, nous nous taisions lorsque nous pénétrions sous cette voûte verte, pour murmurer ensuite quelques marques d'admiration tirées de cette nature sauvage dont il m'a fallu étouffer le manque cruel.

Ce jour-là donc, en notre dixième année, vous aviez bravé l'interdit de notre père pour faire anseller nos destriers en cachette et vous engager avec moi, qui vous suivais en tout, sur notre parcours familier. La présence de notre accompagnateur habituel aurait-elle infléchi le cours des choses, ainsi que le prétendit ensuite notre mère ? Je ne le pense mie : quand vient l'heure fatale, aucune opération humaine n'est capable de la repousser, ne serait-ce que d'un instant. Pour sûr, ce bon homme n'aurait pu interdire au molosse que nous croisâmes d'effrayer votre bête, dont le saut vous désarçonna, ni empêcher la mort de se saisir de vous contre la pierre où votre tête battit. Un miracle, que j'appelai d'abord malédiction, me valut la vie sauve : demeurée en arrière, je me laissai glisser à terre aux premières ruades et chus sur un talus de mousse qui semblait se trouver là comme les mains des anges dont parle le psaume.

Lorsque je vous joignis, votre corps ne se mouvait point, vos yeux étaient moult ouverts et inertes, chose qui me convainquit de rester auprès de vous plutôt que d'aller chercher secours, mais vos mains étaient tièdes en les miennes et tièdes elles furent jusqu'à ce que me les ravît notre garde, alerté par l'absence de nos chevaux et survenu au galop. Il m'éleva sur sa monture et, vous portant en ses bras, marcha à mes côtés, le visage en larmes, n'ayant souci de nos deux bêtes, qu'il enverrait quérir plus tard, ainsi qu'il me le dit en réponse à ma question.

Je préférerais, par piété filiale, taire ce que la mort vous a celé, mais les coups et les reproches que notre mère crut bon de m'infliger, alors que j'avais le cœur navré, reviennent parfois à mon esprit malgré le pardon accordé. Vous ne reposiez pas encore en terre que votre destrier avait été banni de l'écurie, tout comme notre palefrenier, et que l'on préparait mon départ pour ce couvent où je réside depuis seize années. Notre chère Ita m'y conduisit après que ma dot et mon petit trousseau eurent été réunis : mon visage, si semblable au vôtre, devait trop cruellement blesser notre mère pour qu'elle voulût encore le regarder, à moins qu'on ne me jugeât coupable de votre fin pour la raison que je ne vous avais pas détourné de votre dessein. Parce qu'elle nous avait tous deux abreuvés à son sein peut-être, ou en vertu d'une dilection particulière, la bonne femme revint me visiter et me conta, au fil du temps, derrière la petite ouverture du parloir, ce qu'il advenait de notre lignée, puisque nos parents je n'ai point revus. Point lus non plus : nulle réponse n'accueillit les lettres que je leur mandai, accompagnées d'images saintes ou de menus présents fabriqués de mes mains, en sorte que je conclus qu'ils m'estimaient comme vous morte au monde. Néanmoins ni jalousie de leurs enfants puînés, ni envie de leurs richesses, ni rancune pour l'injustice subie ne sont parvenues à souiller mon âme : la mère et les sœurs que je trouvai ici m'ont dispensé plus d'affection que quiconque, hormis vous et le Père céleste qui ja mais ne m'abandonne.

Et de savoir également. Souvenez-vous, avant que vous partiez pour l'Outre-Monde, nous étions tous deux capables de compter, de lire et d'écrire en notre langue, mais ne faisions que bredouiller celle des Latins. Je l'ai apprise ici en compagnie d'autres novices, certaines plus jeunes encore que moi, dont avait soin la sœur Eligente, qui, il convient de le dire, accomplit une sorte de magie. Ce fut chose belle et sainte, en effet, que de voir ces phrases obscures s'éclairer au point de former une selve de feu où tout brûlait de compréhension et de clarté. J'en éprouvai si grande délectation que translater et manier l'idiome des Anciens devint bientôt pour moi aussi aisé que respirer. La chose fut répétée à notre Mère, laquelle alors crut bon de commander qu'on m'enseignât l'art de former les lettres et de les embellir sur le parchemin. Cet art, sachez-le, requiert plus d'endurance qu'on ne l'imagine, en particulier l'hiver, quand froidure rend gourds et fend les doigts, mais il porte profit, enrichissant le couvent en monnaie vaillante et l'entendement du copiste par l'intime connaissance des Écritures saintes et des gloses dues aux plus doctes esprits. Mon confesseur fut le premier à remarquer la mue qui peu à peu s'opérait en moi : de maintes questions de doctrine je voulais dès ore mais discourir avec lui, alors que nous nous étions auparavant entretenus de simple pratique. Il y eut même quelques prêcheurs, mandés par notre ordre, pour s'émerveiller que je fusse si introduite en divine leçon, et j'en viens là au fait, car c'est d'un de ceux-là que j'entends maintenant vous parler.

Ce prédicateur, dont je tairai le nom, est arrivé aux calendes du mois de février afin de nous instruire en matière de doctrine et de métaphysique pendant la Septuagésime. Parce que c'est chose commune en ces lieux et qu'habitude est mauvaise conseillère, je ne m'attendais point à ouïr quelque nouveauté alors qu'il montait en chaire. L'apparence faisait également sa part : celui que j'entrevoyais derrière les grilles était homme d'âge mûr, sec d'aspect et de moyenne stature comme il y en a tant. Mais, dès qu'il entra dans sa leçon, je fus éblouie par son éloquence et sa science ainsi qu'on l'est par les rais du soleil. Comment l'âme unie à Dieu lui emprunte, par grâce, sa déité, tel était le thème, et, pour le deviser, il citait les Grecs et les Pères de notre Église de la manière dont on mêle les fils d'or aux fils de couleur d'une même étoffe, empêchant d'affirmer lesquels, des uns ou des autres, brillent le plus. J'eusse aimé pouvoir retenir prisonnière chaque assertion sortant de ses lèvres afin de toutes les retranscrire puis méditer, or il parlait tel un fleuve grossi par la pluie, et seul vertige vous restait.

Un long silence se fit après que le dernier mot eut retenti. Mes sœurs se regardaient entre elles, comme frappées de stupeur, pendant que je réprimais le désir de battre des paumes ainsi que nous en avions coutume autrefois à la fin des pièces de musique en notre demeure jouées. Point émue en revanche ne paraissait la prieure : sans un mot, elle nous commanda de vaquer à nos ouvrages, chose en quoi nous obéîmes sans délai.

En le cloître soufflait un air glacial, et, tandis qu'on se pressait devant moi vers l'ouvroir, je me rendis au scriptorium du pas le plus rapide que je le pouvais, comme si en tardant je craignais le vertige qui me jetterait au sol. En vérité, alors que je m'asseyais à ma table, la tête me tournait encore sous l'effet de la révélation tout juste faite, dont une phrase résonnait en l'écrin de ma mémoire : « L'affranchissement de l'homme par renoncement aux désirs terrestres, avait affirmé le prédicateur, lui donne l'héritage et les possessions mêmes que Notre Seigneur Jésus-Christ a reçus du Père. » Devenir par droit d'amour Son égale ! Comment cela était-il concevable ? N'était-ce point là péché d'orgueil ?

Malgré la consigne du silence, ma chère Tude, qui occupe la table près la mienne, s'enquit tout bas de ma santé, me voyant, dit-elle une fois survenue, pâle comme neige. Je murmurai que c'était le jeûne, chose qu'elle crut ou feignit de croire, apprêtai couteau, plume et cornet d'encre, puis tentai de m'abîmer en ma tâche, un psautier destiné à une dame de notre contrée. Or j'avais l'esprit si troublé que je ne progressais guère. Il le demeura pendant tout le jour, entre offices et ouvrage, et de la nuit je ne dormis point.

L'endemain, je tremblais intérieurement comme feuille alors que le prédicateur reparaissait en notre église et, usant de la même éloquence que la veille, commençait à discourir de l'âme qui s'anéantit et reçoit tout. C'était leçon fort belle, et je tâchai une fois encore de n'en perdre mot, chacun étant un nectar si précieux à mes oreilles que je souhaitais qu'elle ne s'achevât point. Mais, d'un coup, un fracas se produisit, dissipant toute magie : de sa stalle une sœur avait chu, face contre terre, tel un roc détaché d'une montagne. Si tôt des murmures s'élevèrent, et notre mère, après les avoir fait taire, appela deux d'entre nous afin qu'elles l'aidassent à retourner la malheureuse. Celle-ci n'était point morte, comme il le semblait, néanmoins elle avait grand'peine à respirer, et de sang était souillée sa robe à l'endroit où appuyait la chaîne garnie de clous dont elle ne se départ ja mais. Bien vite elle reprit haleine, assez pour accepter, vergogneuse, qu'on la conduisît à l'enfirmerie pour qu'on médecinât ses anciennes et nouvelles plaies.

Durant tout ce temps-là, le prédicateur s'était tu, et, comme il demeurait encore immobile, j'eus loisir de l'observer à travers la grille. Son air n'exprimait ni compassion, ni courroux, ni autre sentiment. On eût dit qu'il s'était absenté, peut-être en se retirant en lui-même, en ce lieu secret où règnent joie et paix. Son menton reposait sur le haut de sa poitrine, ses paupières étaient basses, ses lèvres pressées l'une contre l'autre, son corps tout entier roide, en sorte qu'on l'eût aisément tenu pour une statue. Et telle une statue il suscitait en mon cœur l'envie de le vénérer. Pendant que je le regardais, la prieure approcha la grille, et il la joignit pour ouïr ce qu'elle disait avant de sa place regagner.

J'imaginais qu'il allait reprendre là où la chute de Rilinge et l'agitation qui avait suivi l'avaient inopinément arrêté. Or il prononça un tout autre discours : « Une majorité de personnes pensent qu'elles doivent accomplir des pénitences, tels le jeûne et les châtiments corporels, commença-t-il avec une ferme contenance. Mais, je vous le dis, la véritable pénitence consiste à se détacher de toutes choses, à chercher Dieu en tout, à l'aimer d'une pure amour, d'une amour qui ne contemple nul autre que Lui, à se désencombrer de sa volonté propre pour se remplir de la Sienne. Entendez-vous ? Une œuvre spirituelle, je le certifie, vaut bien mieux qu'une œuvre corporelle. Adonc que celles d'entre vous qui n'en tirent nul bénéfice abandonnent d'un cœur léger ces pratiques. » Et il continua de la sorte, arguant par exemple qu'orgueil se dissimule souvent derrière les souffrances qu'on s'inflige en châtiment, et cela à notre grand trouble puisqu'il a toujours été chose commune entre ces murs de mortifier sa chair de diverses manières. Ainsi la prieure, qui, ce n'est secret pour personne, se fait donner régulièrement le fouet, paraissait-elle fort contrariée.

En le cloître il ne fut guère aisé d'observer le silence, tant les esprits étaient bouleversés. Les sœurs les plus âgées se montraient indignées : nos petites punitions, murmuraient-elles, visaient à rendre honneur aux cinq plaies de Notre Seigneur, certes par une souffrance bien moindre ; d'autres confiaient qu'elles craignaient de céder en tout si elles y mettaient fin ; les plus jeunes écoutaient, craintives, n'osant donner leur avis. Mais bientôt la prieure nous commanda de nous taire, et nous nous éparpillâmes comme oiseaux à l'approche du chat.

Sur le chemin du scriptorium, ma bien-aimée Tude confessa, ses joues de lys tout enflammées, qu'elle songerait peut-être à enlever sa ceinture à pointes, puisqu'en vérité elle ne lui portait nul profit, et j'admirai sa simplicité sans pouvoir m'empêcher de sourire en le for de mon cœur : en ma quatorzième année, en effet, j'avais formé une croix sur ma poitrine en incisant la peau à l'aide d'un clou, résolue à rouvrir la blessure chaque fois qu'elle se refermerait. Or le fer sans doute souillé avait entraîné humeur morbide et fièvre, en sorte que j'avais été contrainte de m'aliter, chose qui m'avait non seulement avilie, mais aussi privée des jours durant d'offices et surtout de raison. Je n'avais donc point recommencé.

L'agitation persista tout le jour, en frémissements, murmures ou paroles à l'heure de récréation. Aussi, le soir venu, la prieure donna-t-elle à celles qui le voulaient licence de s'attarder dans le chœur après complies plutôt que d'aller se coucher, bien qu'elle sût qu'il nous arrivait souvent de quitter le dortoir en la nuit pour faire nos dévotions, chose dont oncques elle ne nous blâmait. Je restai parmi ces sœurs inquiètes, moins par besoin de me calmer l'esprit ou de quérir le conseil du Très Haut, que par goût, étant par nature, vous le savez, peu encline au sommeil, et choisis la stalle la plus éloignée du grand autel, tandis que certaines s'agenouillaient ou s'étendaient devant, face contre pierre. Bien vite les prières s'élevèrent, formant ces saintes rumeurs qui doucement vous bercent tel chant de nourrice. Je me retirai alors en moi-même, en ce silence que nul mot, nulle pensée, nulle sensation n'osent troubler, laissant Notre Seigneur m'inspirer ma conduisance, puisque Son vouloir est mien.

Combien de temps m'absorbai-je en ce divin état ? Je l'ignore. Quand je revins aux choses terrestres, maintes sœurs avaient abandonné le chœur et d'autres semblaient reposer contre le bois des stalles. Je séchai mes larmes et sortis à mon tour, mais point pour me coucher, étant encore en grand éveil. Le cloître était en l'obscurité plongé là où la lumière près la porte ne l'atteignait, et cette ombre, mêlée à l'air d'hiver, donnait le sentiment de nager en une rivière. Je n'y demeurai guère : habitude décidant de gouverner mes pas, je me trouvai devant la bibliothèque, où, je le confesse, je me rends lorsque sommeil ne consent point à me visiter, et donc fort souvent, à l'heure où la majorité de mes sœurs dorment, ou prient en le chœur, parfois ravies en si belle extase qu'elles sont comme absentes au monde, chose qui m'arrivait aussi. Je ne le leur avais ja mais celé, mais non plus révélé, et il y en avait certaines, surtout mes chères Tude et Elsbet, pour désirer ardemment ce peu de repos dont mon corps a besoin.

J'ouvris l'huis, pris une lampe, revins en arrière pour l'allumer au feu qui ne s'éteint ja mais et m'avançai en la vaste salle, encore que je pusse m'y mouvoir par le seul toucher des tables, en son milieu, et des armoires, qui le long de ses murs conservent les livres. Sachez qu'en son extrémité, à destre, une porte conduit au scriptorium, tandis qu'à senestre la salle forme une manière de coude qui la prolonge. En ce coude ardait une autre lampe, à en croire les formes qui étaient sur le mur jetées en pâles dessins. Jugeant cela fort étrange, je laissai curiosité mener mes pas, puis tournai le chef vers la source de cette lumière. Alors, de crier je dus me tenir car un homme, de dos, était assis à cet endroit. Il se leva et d'un pas lent marcha devers moi, craignant de m'effrayer, comme il le déclara : « Pardonnez-moi si je vous ai fait peur, ma sœur », avant de paraître tout entier. Hâve et ridé par la fatigue ou les soucis car point vieux n'était, les cheveux gris, le nez étroit, l'œil clair comme cendre, si clair et si vif et si ardent que j'avais grand'peine à le regarder, tel était de près le prédicateur chargé de nous instruire.

Remarquant que je tremblais, il ôta la lampe de mes mains et m'invita à m'asseoir sur le banc qui m'était le plus proche. Quand ce fut chose faite, il déclara que de la prieure il avait reçu licence de franchir la clôture en la nuit afin de puiser en la bibliothèque les livres dont il avait métier pour achever le texte qu'il écrivait. Puis il dit qu'ainsi j'avais moi aussi coutume d'étudier en la nuit, ce à quoi je répondis que oui, j'en avais coutume quand sommeil me fuyait, mais que, moi, licence je n'avais ni demandée ni obtenue, me mouvant en ce couvent comme en maison depuis ma dixième année. Il eut un geste de la main que je ne sus interpréter, aussi baissai-je de nouveau le chef et songeai-je à prendre congé, à ma cellule retourner, pour éviter ce voisinage que notre Règle interdit. Mais il crut bon continuer, disant qu'il avait appris que maintes sœurs avaient eu en déplaisir sa leçon du matin.

Adonc je m'attardai et affirmai que j'avais de ma part renoncé aux châtiments qu'il avait devisés. Après quoi il reprit : « Certains frères et certaines sœurs imaginent que la clôture les met hors le monde. Mais le monde, comme Jean le décrit dans son Évangile, ne ressort pas de la géographie. Le monde est ce qui nous éloigne de Dieu, en autres paroles : les pensées mauvaises, les désirs, l'amour de soi. Il est donc en nous, non hors nous. » Il parla un moment sur ce thème, puis voulut savoir quels textes exactement j'étudiais, question à laquelle je répondis avec humilité. « Fort bien, commenta-t-il. Ores vous saurez me faire connaître en ces armoires la place des livres dont j'ai besoin pour mon écrit », soit une demande fort étrange, à laquelle étrangement je consentis, songeant à tort qu'il ne me l'eût point faite si telle proximité avait été matière de scandale.

C'est ainsi que commença la fréquentation que j'eus avec ce frère. Le premier soir, je me bornai à quérir des livres pour lui, puis feignis de m'absorber en ma propre lecture, tandis qu'il tournait les pages et écrivait sur des tablettes de cire ouvertes devant lui, près sa lampe à huile. Or tôt curiosité l'emporta et j'approchai son banc, lui proposant de copier sa glose sur beau parchemin, chose qui lui agréa. J'appris de cette manière ce qu'il roulait en son esprit, non les leçons qu'il nous dispensait le jour, lesquelles devaient lui être coutumières, mais un traité sur l'âme noble qui s'unit à Dieu par pure grâce. Croyez-moi, c'était chef-d'œuvre de science et de sapience, et j'en restai si ébahie que je m'enhardis à lui en faire moult louange. M'ayant merciée, il demanda si je souhaitais en discourir, et j'en fus pleine de liesse.

« Ma sœur, qui êtes-vous ? » dit-il.

Troublée, je déclarai : « J'ai Haedwig pour nom et je… »

Il leva la main. « Je ne vous demande pas qui vous êtes au monde. Je ne parle pas de votre enveloppe terrestre, laquelle n'est qu'accident, ni de votre nom, pure forme. Qui êtes-vous vraiment ? »

Je répondis que j'étais fille de Dieu, et comme il en déduisait : « Ainsi, vous êtes sœur de Notre Seigneur Jésus-Christ », je repartis : « On nous apprend ici que nous sommes Ses épouses. Se dire Sa sœur n'est-il pas pécher ? »

Pour commencer, il expliqua que « pécher », selon les Grecs, ne voulait pas dire faire le mal, mais être dans l'erreur, manquer sa cible, puis il ajouta : « Ici, c'est croire qu'Il est à l'extérieur de vous. » S'ensuivit alors belle discussion sur la véritable signification des mots « Père » et « Fils » en les Saintes Écritures, et sur l'engendrement permanent du Fils dans l'âme, qui me laissa fort étonnée. « Voulez-vous dire que nous sommes tous d'essence divine ? »

En réponse, il récita la promesse de Notre Seigneur : *Si quis diligit me, sermonen meum servabit, et Pater meus diliget eum, et ad eum veniemus et mansionem apud eum faciemus,* soit en langue vulgaire : « Si quelqu'un m'aime, il mettra ma parole en pratique ; mon Père l'aimera, nous le visiterons et nous établirons notre demeure en lui », puis il dit : « Dieu réside en chaque homme, mais chaque homme ne réside pas en Dieu, et c'est là, ma sœur, source de toutes souffrances en le monde. »

À la vue de mon trouble, il approfondit sa pensée, citant l'épître aux Galates où saint Paul explique que ce n'est pas lui qui vit, mais le Christ qui vit en lui, et continua en cette manière, sans souci de mon état, comme s'il devisait avec docte frère à l'université, tirant même de ma bouche de fort belles phrases que j'ignorais avoir en moi. Et tandis qu'il professait ces thèses nouvelles, son visage luisait d'une lumière dont il me semblait être également enveloppée tant j'étais de félicité emplie et comme élevée.

Peu à peu, en vertu d'une proximité d'esprit qu'oncques je n'avais connue avec personne, pas même avec mon confesseur, lequel est pourtant homme docte, il s'établit entre ce frère et moi une accoutumance comme il s'en crée entre maître et disciple, à l'agrément des deux. Ne pouvant en la journée me mouvoir en toute franchise, je copiais entre complies et matines ce qu'il avait sur ses tablettes gravé, chose que personne, j'en suis certaine, ne remarqua. Pour recevoir pleine lumière du jour, les fenêtres du scriptorium, comme celles de la bibliothèque, ouvrent en effet sur le jardin, et non sur le cloître, vers lequel sont orientées en revanche celles des cellules ; par conséquent, nul n'avait moyen de voir la lampe qui m'éclairait. Peu avant que sonnât la cloche qui précédait matines, je courais premièrement au chœur, où déjà des sœurs se trouvaient, et regagnais ma couche jusqu'à laudes. Tel fut le subterfuge grâce auquel nul changement ne parut en ma conduisance habituelle.

Si je devais peindre à présent l'état qui alors était mien, j'affirmerais que j'ardais d'étrange fièvre. Tout le jour, mes pensées fluaient, comme par un aimant attirées, devers le moment de la nuit où je me lèverais et joindrais en la bibliothèque ce prédicateur qui avait le don d'élever mon intellect et de le nourrir par sa science. Pour cette raison, le monde s'effaçait autour de moi. Dès ore mais je ne voyais plus, en le scriptorium, mes sœurs frotter les peaux avec pierres ponces, craies ou planes pour les rendre lisses et douces, tracer des lignes sur la page à la règle et au stylet, broyer les pigments, préparer les encres, former des lettres initiales d'or, de rouge ou de toute autre couleur luisante, dessiner dans les marges, puis les colorer, des figures mêlant hommes, bêtes et monstres. Ce dernier art était en vérité celui que ma chère Tude maîtrisait pleinement, et ja mais je n'avais manqué de mirer les créatures qu'elle inventait : chevaliers haussant leur lance vers d'énormes escargots, moines vomissant des crapauds, lapins se battant en tournoi contre des lions, hommes à plumes et à ailes, démons à l'envers, chimères à deux têtes, griffons engendrant des archers par le siège, renards attaquant une tour défendue par des singes, panthères crachant des lettres, dragons faisant face à des monstres, sans oublier une abondance de feuilles, rameaux, fleurs connues ou inconnues, rinceaux de lierre et de vigne, et bien d'autres merveilles encore.

Parfois, Tude me tirait par la robe et me montrait ces étrangetés, et il n'était pas rare alors que nous riions en le creux de nos mains, car elle est pucelle joyeuse et vive, souple de caractère, et nous avons grandi ensemble, étant arrivées toutes deux en ces lieux au même âge et en la même année. Pareille liesse nous prenait lorsque je lui indiquais les notes que je laissais à la fin d'un codex, telles que *Si tu enlèves ce livre ou le cèles, que tu sois anathème, amen*, ou en une de ses marges, en lettres le plus petites que je pouvais : *En ce jour, les encres ont failli geler dans leur cornet et mes doigts se fendre, mercie-moi, toi qui lis ces pages*, ainsi que celles des copistes dont je copiais à mon tour les livres. Comme moi ils se plaignaient du froid, mais également de la nuit qui tardait, ou de la soif, sans mettre cependant en leurs mots la moquerie qu'en les miens je soufflais puisque oncques je n'aurais désiré autre charge que celle-là, excepté peut-être le jardin, qui présentait en miniature la nature ceignant le manoir de mes parents dont la perte m'avait été au début si cruelle.

Ainsi l'hiver aussi, c'était au jardin que je me rendais en les heures de récréation, et toujours Tude m'accompagnait, toujours nous y joignait Elsbet, laquelle soignait avec grande dévotion nos sœurs alitées en raison de quelque mésaise. De deux années plus jeune que nous, elle avait été faite sœur converse et avait voulu le demeurer, arguant comme Jacques dans sa deuxième épître : *Sicut enim corpus sine spiritu mortuum est, ita et fides sine operibus mortua est*, soit en langue vulgaire : « Comme le corps sans âme est mort, de même la foi sans les œuvres est morte », et, si elle habitait un autre édifice que le nôtre, elle suivait les offices dont elle était pourtant dispensée. La face d'une couleur fraîche et vermeille, ses yeux pers ressemblant à des étoiles, elle était toute patience et bonté, et ja mais nulle plainte, nulle amertume, ne sortait de ses lèvres.

Parce que Tude et Elsbet j'aimais moult et chérissais, j'aurais souhaité leur confesser de quelle fièvre j'ardais, mais je ne pouvais leur dire la proximité qui me liait au frère, encore que je voulusse la croire licite en vertu d'une autorité supérieure à celle de la prieure. Et si, par extraordinaire, elle avait été permise, auraient-elles entendu que c'était sa science qui m'enflammait et que de science il n'y avait rien à craindre ? En vérité, il y avait tout à apprendre d'elle, par exemple que le péché, l'erreur, « est dans l'œil, et non dans ce qui est regardé, dans l'œil qui ne sait regarder ainsi que Dieu regarde », avait écrit le frère sur ses tablettes, citant ensuite le livre de Samuel où il est dit que l'homme regarde à ce qui frappe les yeux, adonc à ce qui *apparaît*, mais que le Seigneur regarde au cœur, par conséquent à ce qui *est*. Et plus encore, car il avait en sa possession les clefs des armoires qui toujours demeurent closes en raison de ce qu'elles contiennent, des livres pouvant troubler certains esprits et les éloigner du dogme. La bibliothécaire les lui remettait avant complies et les reprenait après laudes puisque de tout le jour elle ne s'en départait. Il suffisait au frère d'ouvrir le registre où auteurs et titres étaient inscrits par ordre alphabétique et accompagnés de chiffres, pour trouver l'armoire et l'étagère qui les conservaient.

Une nuit il me bailla ces mêmes clefs afin que j'allasse quérir pour lui un manuscrit dont il n'avait point, à dessein, apporté la copie. Il m'invita ensuite à approcher pour s'expliquer, et je compris pourquoi il préférait murmurer : son auteur, une béguine, conta-t-il, avait été jugée hérétique et condamnée au bûcher par le tribunal de l'Inquisition, à l'instigation de l'ancien roi Philippe le Bel. « J'étais à Paris en ce premier juin de l'an 1310 où son corps se consuma en la place de Grève, déclara-t-il, et grande fut ma tristesse devant l'injustice commise. » Mais si le corps avait péri, continua-t-il, l'esprit demeurait : cisterciens, franciscains, frères et sœurs de tous les ordres, théologiens, copiaient en cachette ce livre, et nul roi, nul pape, ne l'empêcherait dès ore mais de briller. « Le dialogue de l'âme avec les puissances du dedans, la doctrine et la pratique de la Pure Amour par l'anéantissement de l'ego, voilà ce qu'il devise », dit-il en réponse à ma demande, et, à l'ouïe des explications qui suivirent, je compris qu'il avait puisé en cette métaphysique, plus qu'en Denys peut-être et en Grégoire de Nysse, matière à ses propres leçons et écrits. Grand fut donc le désir qui naquit en moi de l'étudier, et, comme je le confessai, il y condescendit, après m'avoir fait promettre de n'en dire mot à quiconque, et proposa d'éclairer ce qui obscur me paraîtrait.

C'est ainsi que je commençai à graver dans la cire de mes propres tablettes des passages de ce livre défendu et les commentaires que le prédicateur m'en faisait. Et plus j'avançais, plus de leur vérité mon âme retentissait, comme de cris lancés dans un ravin, plus elle pleurait à la pensée que le si noble esprit qui en était l'auteur avait été de la Terre effacé. Me voyant en tel tourment, le frère tenta de me conforter : sans faille la béguine était au jour d'hui en la Lumière de Notre Seigneur, chose qu'il n'adviendrait ja mais à ses persécuteurs, puisque justice humaine et justice divine point ne coïncident. Et aussi qu'ignorance étant en le monde cause de mille vilenies, il fallait hardiment bataille lui livrer par la connaissance qu'étude apporte et qui en l'écrit s'exprime. Connaître : tel était déjà depuis long temps mon désir secret, et, comme braise couvant sous la cendre, je n'attendais qu'un souffle plus vif pour tout entière m'enflammer.

Il me semblait, encore que je fusse jeune de corps et d'esprit, que le temps me manquerait pour accomplir mon dessein, mais peut-être était-ce plus tôt la pensée qu'il me serait chose mal aisée d'y parvenir sans le secours du prédicateur, lequel partirait après la célébration de la Pâque de Notre Seigneur. Pour cette raison, le dormir me fuyait dès ore mais de toute la nuit et s'abattait sur moi, félon, quand point je ne l'attendais, au scriptorium ou dans le chœur, si bien que, sans le secours de ma chère Tude, qui, de sa main ou d'un bruit de gorge, me réveillait lorsque ma tête penchait, j'eusse été mille fois grondée.

Un de ces jours-là, prenant le rouge de mes yeux pour le signe de quelque mésaise, la bibliothécaire me manda au chauffoir avant l'heure de récréation. Je commençai à m'y rendre puis, de crainte que chaleur ne m'engourdît davantage, décidai de gagner le jardin. Je dois vous le dire, l'écrin de Nature avait toujours été pour moi plus propice à l'Étreinte que les écrins de main d'hommes bâtis : maintes fois Notre Seigneur m'y était apparu sous divers dehors, maintes fois j'y avais ouï Sa voix. Cachée aux regards, je m'assis sur une souche et m'absorbai en la prière, confiante en ce secours qui toujours me venait.

J'ignore combien de temps cela dura, mais soudain, du divin silence un bruit de brindilles foulées me détourna. Quand j'ouvris les paupières, grande fut ma surprise : le prédicateur s'avançait vers moi, le pas rapide. Si tôt, de peur mon cœur se mit à battre, tel bourdon contre une porte, et ma face s'enflamma en sorte que, vergogneuse, j'inclinai le chef lorsqu'il me joignit. Un long moment passa en cette manière, et, comme nul son n'issait de ses lèvres, curiosité m'amena à relever la tête. Devant moi, le frère me regardait selon son habitude, mais, chose étrange, il avait un oiseau sur l'épaule comme sur branche posé, un de ces oiseaux noirs qu'au jour d'hui les males gens accusent de diablerie pour la raison que de chair parfois se nourrissent. Enfin il sourit et dit : « Nous lisons, étudions et écrivons pendant jours, mois et ans à la recherche de Vérité, or tout en ces cinq mots tient : Je suis Celui qui suis. » Alors, comme foudroyée, je m'affaissai.

Puis mon nom fut clamé plusieurs fois, pendant que des mains me saisissaient aux bras, et quand je fus sur la souche haussée je reconnus Elsbet et Tude. « Ha, Haedwig ! Tu dormais face contre terre, et ores tu es blanche comme lait. N'es-tu pas folle ? » dit cette dernière, moult dolente et courroucée. Mais Elsbet, qui déjà le dos et les doigts avec vigueur me frottait, fit : « Las ! Point n'est besoin de la gronder, Tude. Aide-moi plutôt et prions pour que maladie ne l'ait prise, tant est grande la froidure. » Ensemble elles réchauffèrent de leurs paumes ce corps qui m'était comme mort, sans interrompre leur besogne pour me laisser parler. En vérité, je n'en avais aise : ma langue aussi était en ma bouche sèche. Seuls mes yeux paraissaient vifs, et ils voyaient sur une branche haute de l'arbre à quelques pas de nous dressé l'oiseau que le prédicateur plus tôt sur l'épaule portait. Ils le mirèrent à loisir, attendant qu'il battît des ailes et s'en volât, or soudainement il sauta à bas du tronc, puis courut, car c'était un de nos chats ! Déconfortée, je baissai les paupières et à mes sœurs m'abandonnai.

Lorsqu'elles eurent terminé, Elsbet manda Tude avertir la bibliothécaire et m'emmena à l'enfermerie sans que je m'y opposasse, étant encore engourdie et déçue du songe que j'avais tenu pour vrai. Nous entrâmes en l'édifice et traversâmes le dortoir où se trouvaient maintes sœurs lasses par défaut de nourriture et de dormir, ou parce qu'elles enduraient fièvres et maux. Parmi elles, j'avisai la vieille Katharina qui toujours silence gardait, encore que sa bouche remuât pendant la messe et l'oraison, et la saluai d'une inclinaison du chef à laquelle elle ne répondit point. Me voyant arrêtée, Elsbet proposa que je m'alitasse près le feu, chose que je refusai, arguant que je n'étais point malade ; adonc elle dit qu'elle apprêterait pour moi un breuvage et je la suivis en la chambre qui conservait les simples du jardin.

Là aussi il y avait un feu, et je m'y réchauffai pendant qu'elle puisait avec une ferme contenance mélisse et écorce de saule en les dressoirs où pots, brocs et fioles étaient alignés, et faisait une décoction qui, étant remède contre la fièvre, pouvait empêcher qu'elle survînt, expliqua-t-elle. Et elle parlait avec tant de bonté, alors que j'étais déjà si troublée, que grande douceur au cœur me toucha et que de pleurer je ne me tins. Ainsi elle demanda : « Dis-moi, Haedwig, pourquoi te tourmentes-tu en telle manière ? Depuis quelque temps tu es moult changée. De quoi es-tu si affligée ? »

Un moment je faillis confesser ce que je roulais en ma tête, tant je désirais être en ses bras étreinte et confortée, mais je compris que c'était folie et répliquai : « Je ne sais néant de ce que tu me dis, Elsbet. Je suis lasse comme nous toutes en ces jours de privations. » Chose à laquelle elle opposa : « Aurais-tu oublié l'enseignement de notre frère sur les châtiments corporels ? Tu étais de celles qui l'approuvaient ! » À ce rappel, la honte fut si forte que derechef je mentis : « De moi je ne cherche rien. Dès que le dormir me vient, les trompettes des anges m'éveillent, et je ne puis trouver repos. – Bienheureuse es-tu alors », dit Elsbet. Et de sa bouche vermeille elle me baisa le front, puis m'offrit son breuvage que je bus avec autant d'amertume que si c'était du fiel.

Vint enfin la semaine sainte, et de pleurs et de soupirs le couvent retentit, car, plus que de coutume, nous participions en ces jours-là avec les souffrances de la Passion, maintes sœurs se donnant plus féroce discipline qui souillait leur robe de sang, ou honorant Notre Seigneur couchées en longues *veniae* sur la pierre du chœur, devant le grand crucifix aux trente reliques, où certaines se pâmaient. De matines jusqu'à complies, les prières à la gloire des cinq plaies semblaient ne point vouloir cesser, pas même en le réfectoire où de fort maigres repas étaient servis quand nous ne jeunions mie, en sorte que tous les lieux bourdonnaient comme vaisseaux de mouches à miel et cire. Parfois ils résonnaient même de cris, et l'on apprenait bien tôt qu'une de nous avait vu apparaître Notre Dame, le Christ ou une sœur périe et enterrée, lesquels l'avaient encouragée ou merciée.

Si m'en croyez, mon frère, ce n'était pas merveille, mais chose commune entre nos murs ; ainsi, souventes fois j'avais moi-même reçu pareille grâce en ces temps saints ou en d'autres. Or, en cet an, plus approchait la Pâque de Notre Seigneur, plus approchait le terme de la Septuagésime où le prédicateur partirait, et mon cœur, je le confesse, en était plus troublé que par les tourments de la Croix et la joie de la Résurrection.

Et ce jour vint aussi, en l'octave de Pâques, alors que liesse était grande en le couvent, lequel ores de chants retentissait, et qu'en l'église maints pèlerins accouraient. Le cœur en tourment, je joignis la bibliothèque après complies pour du frère prendre congé. Mais lorsque je me fus avancée jusqu'au coude, à senestre, en lequel la salle se prolonge, je découvris qu'il était vide et que nulle trace n'y avait ni de lumière ni de livres sur la table où nous avions coutume d'étudier. Néanmoins, je m'assis et regardai le cercle de clarté que ma lampe sur le bois faisait, sans pouvoir m'en détourner, comme si c'était là auréole de saint ou coupe d'or par magie apparues. Mille pensées coulaient en ma tête, et la plus vive était que, n'ayant cure de moi, le frère n'avait point désiré me saluer, qu'il s'en était peut-être déjà allé vers sa contrée et qu'oncques je n'ouïrais plus parler de lui.

Quand ces pensées se furent taries, ne me laissant que tristesse et dépit, je décidai d'aller quérir en le chœur le confort sans faille de Notre Seigneur. Mais soudainement j'ouïs l'huis s'ouvrir et me celai contre une armoire, après avoir ma lampe éteinte. Le cœur me battait vite pendant que le bruit de pas enflait, et point ne savais me dire que c'était peur ou que c'était espoir. Tôt l'extrémité de la salle les pas atteignirent, de lumière accompagnés, et de derrière l'armoire j'aperçus celui que n'osais plus attendre. Alors de mon refuge je sortis et à sa vue parus ainsi, le visage de larmes mouillé et l'âme en grand effroi.

Sans baisser la lampe qu'il avait haussée, il dit : « Ha, sœur Haedwig, je savais ici vous trouver. Mais pour quoi pleurez-vous en telle manière ? » Et comme mot je ne pouvais lui répondre, il me montra le banc pour que je m'y assisse. Lorsque ce fut chose faite, il s'assit aussi et commanda : « Par Dieu, apaisez-vous ! » de voix douce comme miel et les yeux plus clair reluisant qu'une glace, en sorte que tôt paix recouvrai. Je fis : « La vérité je vais vous dire, même si je crains de vous ennuyer. À demain vous en irez de ce couvent, et plus ne vous verrai, plus ne pourrai étudier ensemble à vous. Plus ne pourrai lire livres défendus, mais beaux, de béguines ou d'autres. Plus ne pourrai ouïr ni copier votre glose. Et sans connaissance, ma vie n'a pas de sens. Voilà ce qui me trouble. »

Il sourit et demanda, soupçonneux, si c'était vraiment là la vérité, puis, quand j'eus incliné le chef, m'opposa que de lui point n'avais besoin pour l'esprit m'élever. N'étais-je pas déjà en divine leçon bien introduite avant qu'il arrivât ? Et comme je me taisais, il continua en autre guise, affirmant maintenant que pour s'unir à Dieu il fallait de tout se dépouiller. De connaissance aussi. « Oui, ma sœur, de connaissance, de pensées et de tout ce qui opère selon les sens naturels, lesquels sont manières de possession. Tout apprendre, puis tout oublier, telle est vraie pauvreté, en autre terme humilité. Tel est le chemin de ceux qui Dieu purement cherchent. »

Il devisa en cette matière comme si ce dernier enseignement il me voulait bailler, et sa parole entrait en mon esprit tel précieux breuvage dont chaque goutte se délecter, s'y gravant mieux qu'en la cire ou la pierre, car au jour d'hui encore je m'en souviens. Et, tandis qu'il parlait, temps et lieux semblaient anéantis par quelque force ou enchantement, et de bruit seulement restait sa voix que nulle faiblesse n'interrompait. J'eusse aimé qu'oncques ne s'arrêtât, si grande était ma félicité, mais soudainement de sons de cloche le cloître retentit et j'entendis que c'était matines. Tous deux nous levâmes pour nous rendre à l'office, moi premièrement. Alors il me dit : « Ores je vous salue, ma sœur, car ayant à faire moult longue voie et grande journée, je me mettrai par matin en chemin. »

Si tôt le sang me mua, chose qu'il nota, et il prit mes mains en les siennes et les tint. En tel moment, je le confesse, j'eusse préféré en un feu d'épines arder plus tôt que partir, mais il ajouta : « À Dieu vous commande, qu'Il de mal vous défende. Allez », et j'obéis. Ce fut la dernière fois que de près je le vis, parce que encore je l'aperçus sur son cheval à l'heure que prime sonnait, d'un mantel enveloppé et d'un mulet accompagné, tandis qu'il s'éloignait du couvent. Et le cœur me serra pendant qu'à ma vue il disparaissait.

Maintenant il chaut que je vous conte les jours qui ensuivirent. Tôt s'évanouit la fièvre dont j'avais semblé prise, et, comme après mésaise, j'étais moult lasse et affaiblie. N'ayant du dormir plus de crainte, je tentais ores de m'y abandonner, mais long temps je demeurais en éveil à me souvenir des semaines passées, si bien que sommeil toujours me fuyait. Alors je me levais, joignais la bibliothèque et me mouvais comme de coutume, allumant ma lampe et doucement l'huis refermant, posant sur la table stylet et tablettes, allant un livre quérir, puis l'étudiant. Mais souventes fois je restais devant les pages immobile, l'esprit tout engourdi, lisant et lisant encore la même phrase sans en entendre le sens, pendant qu'en mes oreilles la voix du prédicateur sonnait et que ses yeux paraissaient par-dessus les lettres me regarder. Puis je tressaillais, me maudissais, folle m'appelais tout bas, folle et sotte et simple, et si grand était mon tourment que les mains me tordais, ces mains qu'il avait touchées.

Adonc, laissant la salle, je courais en le chœur chercher le confort du Seigneur et en oraison me mettais. Or si les larmes à mes yeux montaient, plus joie elles ne disaient : de tristesse coulaient, chose qui n'advenait plus depuis le temps qu'au manoir de nos parents j'avais été ôtée. Oui, sur ma robe les pleurs descendaient, mon frère, et pas en l'église seulement, au scriptorium aussi pendant qu'un livre je copiais, parce que, malgré honte et angoisse, point ne pouvais les arrêter. Et quand Tude, ayant le cœur tendre vers moi, m'accolait et m'embrassait, mourir aurais-je voulu, tant la honte m'envahissait.

Et, comme les jours en pareille manière passaient, que Notre Seigneur à mes prières point ne répondait, pis, qu'il me fuyait, le doute me vint que du prédicateur d'amour terrestre m'étais éprise. Alors moult je me désespérais et déconfortais, honnie et maudite me sentais, car en cherchant connaissance je m'étais perdue, moi qui avais rejeté à tous jours le monde, la chair, moi qui le monde n'aurais ja mais et qui Notre Seigneur n'avais plus.

Pour cette raison je délibérai de me délivrer de ce fardeau en confession, mais plusieurs fois de parole point ne tins, craignant que le prédicateur ne fût par mes mots entaché : sans licence de la prieure nous nous étions, en effet, en la nuit maintes fois trouvés. Néanmoins, comme grand était mon tourment et grand mon désir d'accueillir de nouveau en mon cœur Notre Seigneur, il me sembla que je devais d'un péché m'accuser. Adonc j'affirmai que mon art me faisait d'orgueil brûler, que d'humilité je m'étais dépouillée, si bien que pénitence je demandais.

Ainsi, un matin de mai la prieure m'appela pendant qu'avec mes sœurs je quittais la salle du chapitre et me commanda de la suivre. En ses chambres elle me mena, à sa table elle s'assit et voulut que je répétasse la demande que le confesseur lui avait rapportée. Ayant dès ore mais coutume de mentir, avec ferme contenance derechef je servis les mensonges que j'avais déjà dits. Après quoi elle déclara qu'elle avait de mes paroles grand étonnement, car toujours elle m'avait vue humble et sage, or que pénitence point ne me refuserait si c'était à mon plaisir. Au jardin j'œuvrerais, mais quelques mois seulement, parce que les copistes de monnaie vaillante le couvent enrichissaient. Que je me hâtasse donc d'humilité recouvrer et me misse l'âme en paix, conclut-elle.

L'endemain je joignis mes sœurs converses en le jardin et, ma robe ceinte d'un tablier, m'appliquai à fendre et remuer la terre où semence déposer. C'était là rude et sèche besogne à laquelle je n'étais point accoutumée, et, à vêpres, j'avais le dos comme brisé et les paumes ensanglantées. Me voyant ainsi, Elsbet à l'enfermerie m'emmena, les mains me lava et essuya, oignit d'un onguent et rebanda, avant de me bailler un pot du même remède pour qu'une fois le jour elles en fussent appareillées. Et cette nuit-là, comme j'étais moult lasse, à grand repos je dormis, chose qui depuis long temps ne m'était advenue.

Grâce à l'onguent d'Elsbet et par force d'accoutumance, en moins d'une quinzaine je ne sentis plus mal ni douleur. En cet an, printemps était chaud, et tôt je prisai ce labeur non plus entre des murs, mais en l'air odorant, mené. Quand je le pouvais, je m'asseyais sur une souche ou une pierre tiède, tirais de ma robe un morceau de pain conservé d'un repas et en faisais des miettes, alors il était beau de voir les petits oiseaux se rassembler et les manger, puis s'en voler vers le ciel enfin bleu. En le verger, les feuilles étaient aux arbres revenues, et ce vert, ajouté à celui de l'herbe où les vaches au loin pâturaient, reluisait contre le soleil. Toute chose semblait joyeuse et nouvelle.

Pour cette raison aussi d'autres sœurs accouraient à l'heure de récréation, et premièrement Tude, qui avec moi cheminait un peu, riant de ma face et de mes mains, non plus blanches comme lait, mais par le hâle colorées, et son rire au chant des eaux grosses de la Töss se mêlait. Puis toujours avant de partir elle m'accolait et me disait qu'elle brûlait qu'en le scriptorium je revinsse, et point n'osais lui confesser qu'ores je n'en avais ni envie ni métier : la besogne du jardin tel un baume me soignait, chassant mes pensées en le jour et, en la nuit, me faisant de sommeil reposer. Certes, Notre Seigneur ne daignait point encore la demeure de mon cœur regagner tout entier, mais sa gloire je chantais tandis que mes mains sur terre, tige, feuille puis fruit se mouvaient, et paix en moi peu à peu revenait.

À sourire je me surprenais même lorsque j'ouïssais les oiseaux en les arbres siffler, ou les chats faire ce grognement bas qui chez eux signifie contentement, contre ma robe se frotter en un sens et en l'autre. Parmi eux était celui qu'en mon songe j'avais vu en manière d'oiseau : par remembrance du prédicateur, peut-être, je le chérissais plus que les autres, souventes fois je le haussais et entre mes bras l'étreignais un peu, avant de le laisser aller. Les chiens aussi faisaient de moi grande fête et entre le jardin et le verger m'accompagnaient, courant, sautant, jouant au milieu de mes pas. Alors je me disais que, plus que les hommes, les bêtes savaient lire le cœur, y déceler joie ou tristesse, s'attendrir, et de toute mon âme les merciais. Puis je pensais que du Seigneur elles étaient peut-être les messagères, comme les anges dont les Écritures parlent, qu'Il me les mandait pour adoucir mes plaies, et liesse m'emplissait. Oui, en tout Il était, en les bêtes, en la terre, en l'herbe, en les nuées, en la pluie et en le soleil, en les étoiles qui clair luisaient en le ciel, en l'eau chantante de la Töss, et tandis que je les mirais grâce Lui rendais.

Quand automne vint, la prieure un jour m'envoya quérir et, sans me questionner, me commanda à retourner au scriptorium, chose à quoi j'obéis. Adonc, après des mois, je retrouvai ma table, les encres, le couteau, les plumes, les feuilles de parchemin que plus je n'avais touchés, et le parfum dont la salle était pleine m'enivra comme vin, si bien que mon cœur de battre fort se mit. Près moi Tude souriait, aux autres tables maintes sœurs me regardaient, certaines mues par curiosité, d'autres par amitié, aussi il me sembla qu'en maison je revenais après un long voyage. Et si mon intellect était prêt, mes doigts n'avaient point oublié l'usage et l'exercice d'art, encore qu'ils fussent plus gros et durcis par tout autre labeur, et si tôt en la tâche je m'absorbai. Cette nuit-là, je retournai pareillement en la bibliothèque et connus que, sans le savoir, moult m'avait tardé que je reprisse mon étude, car curiosité et plaisir je recouvrais, si vifs que rien ne paraissait pouvoir les étancher. Adonc je la regagnai l'endemain et les jours d'après, et vis que tout redevenait comme avant, que mes pensées je savais rattraper lorsqu'elles se sauvaient pour errer après un souvenir, que je savais les dompter comme bêtes sauvages.

J'étais donc en paix lorsque, à la Saint-Martin, un frère de notre ordre en nos murs arriva pour nous faire la prédication de l'Avent. Il appartenait au même couvent que le frère précédent, mais point ne le ressemblait, étant plus jeune et plus introduit en la doctrine qu'en les choses de l'esprit, comme je le découvris à travers la grille. De même il délibéra de nous ouïr en confession, chose que l'autre n'avait oncques jugée nécessaire, et nous nous assemblâmes toutes en le chœur pour nous acquitter l'une après l'autre.

Mon tour venu, la grille j'approchai, murmurai les paroles en usage, puis me tus, comme de coutume, attendant d'être questionnée. Grand fut alors mon étonnement : de péchés point le nouveau prédicateur ne parla, mon nom voulut savoir et aussi à quoi en ce couvent j'œuvrais. À ma réponse, il déclara : « Par un confrère j'ai appris qu'une docte moniale appelée Haedwig entre ces murs vit. » Je repartis que moi ce ne pouvait être : point docte je n'étais, les textes humblement étudiais. Mais de nouveau il demanda : « N'est-il pas vrai, ma sœur, que vous étudiez à la bibliothèque en la nuit plus tôt que dormir ? » Cette fois je répondis oui, que ce l'était, le cœur battant comme bourdon, car maintenant j'entendais qui avait prononcé mon nom. Or, déjà, le frère reprenait la confession et bien tôt m'absolvait.

Tout le jour moult fus troublée et en la nuit je l'étais encore, alors que je quittais ma cellule pour la bibliothèque. Mais ce n'était néant face à ce que je ressentis en atteignant ma place. À la lumière de ma lampe, en effet, je vis un sac d'étoffe sur la table posé. Devant je m'assis, un moment demeurai sans bouger, puis les cordons je défis, soudainement certaine que pour moi quelque main mystérieuse l'y avait apporté. De fait, il contenait un livre, ainsi qu'une missive qui portait l'inscription *Sœur Haedwig, couvent de Töss, contrée de Winterthur*. Avant d'en rompre la cire, tremblante, j'ouvris le volume et sur la première page lus un nom que je reconnus, puis un titre, *De l'Étreinte mystique*. La lettre, écrite en latin, disait :

Le frère X, du couvent de X, adresse son salut à Haedwig, vierge consacrée de Dieu et moniale de Töss.

J'ai commandé à frère Mathias de te faire parvenir ce traité qui te revient plus qu'à quiconque. Je garde, en effet, en le for de ma mémoire les nuits éclairées de ta douce présence qui m'ont mené à son achèvement, et les discours durant lesquels j'ai vu briller ton intelligence. J'ai conservé en souvenir de toi les feuilles de parchemin écrites de ta main et commandé à nos moines d'établir une copie pour ton usage. Au jour d'hui, je t'invite à prendre toi aussi le stylet ou la plume pour formuler les pensées que ton docte esprit saura accueillir sous la forme qu'il te plaira.

Le Seigneur donne des talents à chacun selon sa mesure, et nous ne pouvons refuser d'accomplir ce pour quoi Il nous a créés et dotés. Laisse-Le donc toi aussi remplir de Son souffle le vase de ton esprit sans jamais oublier de veiller à son intégrité, puisque les vases par définition sont fragiles. Ainsi risquons-nous sans cesse de nous briser, nous autres créatures humaines, promptes à céder au monde et à ses illusions, par exemple à l'amour du siècle par lequel les êtres concupiscents se lient par vil désir.

Je te salue en Christ, sœur aimée de dilection. Que l'Esprit Saint rayonne en toi comme un soleil et que tu puisses figurer parmi les âmes haut placées dans le Ciel.

Cette missive je lus et encore lus, de chaque mot je laissai mon esprit se graver, tel ivoire taillé, et de mes doigts l'encre touchai et encore touchai, comme pour de leur existence m'assurer, bien que je susse qu'entre les mots, plus qu'en les lettres, ils devisaient. Et c'était d'amour terrestre qu'ils le faisaient, même si tôt le rejetaient, c'était de dilection et peut-être aussi d'admiration, parce que écrire une œuvre docte me conseillaient, comme si fin intellect vraiment j'eus. Et ainsi ils me révélaient que, de cette sorte d'amour, l'auteur avait été saisi comme je l'avais été, lui malgré lui, moi malgré moi, mais pour vérité. Si bien qu'à mon cœur ils étaient autant baume que plaie. Puis j'ouvris le livre qui m'avait été donné, ses pages je tournai, et tout en elles était si beau, si subtil, si nouveau que le temps j'oubliai et que toujours je lisais quand sonna matines. Alors au fond d'une armoire je le celai, et, la lettre dans ma robe cachée, à l'office courus, pour le soir revenir le quérir et dans ma cellule le porter.

Plusieurs semaines ont passé depuis et encore rien je n'ai délibéré, fors cette lettre que je vous adresse, mon frère, à vous qui êtes mort mais que je sens vif, comme si près moi étiez. Chose qui n'est point folie : des Antiques n'enseignent-ils pas qu'après la mort l'âme du corps s'échappe pour un autre habiter jusqu'à ce qu'elle ait son devoir accompli ? Ainsi, je veux croire que nous nous reverrons un jour sous cette forme ou sous une autre, de même que le prédicateur je reverrai. Pour l'heure j'achève cette missive que je garderai en témoignage de mes tourments et de mes joies, car, étant entièrement en la gouverne du Seigneur, néant je ne sais de ce qui m'adviendra.

Oui, je ne sais néant. Telle est la vérité qui souvent m'assaille pendant que j'étudie. Et cette ignorance est, je l'entends, matière à pensée et écrit, telle condition de l'Étreinte divine, puisque pour accueillir le Christ en notre âme devons-nous être vierges de toute conception, ou connaissance, et de tout désir humain. Ainsi, ne désirant point fuir pareille absence, je referme tablettes et codex, éteins la lampe puis retourne à mon lit, où en éveil je demeure.

Mais parfois le sommeil vient et un songe me prend. Et ce songe commence toujours en même manière, non par une image : par un bruit. C'est le bruit que la Töss fait au printemps quand elle est grosse et déborde, et ce bruit mes oreilles emplit, les assourdit. Puis je me vois sur la rive, sans robe ni voile, les cheveux longs comme à ma venue en ce couvent, de même blondeur que la vôtre ; tout doucement, pas après pas, j'avance, et tôt en les flots j'entre, tôt je suis le courant et m'abandonne. Étrangement, l'eau n'est pas froide ainsi qu'elle l'est au printemps, mais tiède et tendre, aussi tiède et tendre que les bras de notre chère Ita lorsque, jadis, elle nous abreuvait à son sein en chantant de voix légère. Et point noire non plus elle n'est en ses abymes où je tombe, comme par force attirée : les rais de soleil la traversent, tel verre. Et dans cette lumière m'apparaissent poissons de rivière, coquilles, créatures vraies et d'autres pareilles à celles que ma chère Tude de sa plume aime inventer, énormes escargots, crapauds pers et rouges, oiseaux aux ailes comme voiles, chats ayant des palmes pour pattes, chiens à queue d'écaille, chevaux aquatiques, dansant lentement près moi et gentiment m'accompagnant.

Et ma liesse est si grande qu'oncques je ne voudrais me réveiller.

2.

Amsterdam
1658

Cette nuit encore j'ai fait le songe qui me tourmente depuis quelque temps : je me baigne dans un étang quand le sol se dérobe sous mes pieds. Entraînée dans ces profondeurs subites, je me démène, bien résolue à remonter, mais l'étrange robe dont je suis vêtue est si pesante, si encombrante, que je n'y puis rien. L'eau s'enténèbre de plus en plus et se peuple de créatures que je distingue à peine, ce qui accroît ma crainte, aussi je multiplie mes efforts. C'est toujours dans le moment où, gagnée par le froid, je m'apprête à renoncer que je me réveille, la poitrine battante, le souffle court, ne sachant plus en quel lieu je suis. Il me faut alors attendre que de l'obscurité surgissent les faïences et les cariatides de la cheminée, les porcelaines alignées, le dos en argent de mes brosses, le cuir doré ornant les murs, puis peu à peu l'armoire, la table, les poutres du plafond, les peintures, les colonnes torses du lit, pour qu'en ma chambre je me retrouve. Je ne me rendors pas, je ne me lève pas non plus : j'écoute la crécelle des gardiens de nuit, les sonneries de trompette au loin et, lorsqu'il est présent, la respiration de Diogo tout en méditant les changements qui affectent ma vie. Enfin, Grietge entre et ouvre les rideaux, éclairant ce qui n'était qu'esquisse.

Aujourd'hui aussi cela se produit et, une fois le bonjour donné, elle me dit : « Madame, il est l'heure. Quels vêtements dois-je vous apporter ? » Je lui rends son salut, écarte le drap, puis lui commande de quérir dans l'armoire certains jupon, chemise, corsage, robe, col, coiffe et manchettes pour former une tenue élégante mais austère. Quand elle m'a habillée, je m'assieds à ma table et, pendant qu'elle m'applique le fard, peigne, roule et tord mes cheveux, je regarde, découpés par les losanges en verre de la fenêtre, le Houtgracht, les mâts des bateaux, les entrepôts et les maisons au loin, sur l'autre rive. Peut-être est-ce cette eau, l'eau de cette ville, qui déborde désormais jusque dans mes songes, menaçante et funeste. « Je peux, Madame ? » interroge Grietge qui m'arrache incontinent un cheveu blanc, le jugeant trop visible dans la masse brune, sans me laisser le temps de repartir que cela m'est maintenant égal, comme tant de choses, du reste. Elle ajuste ma coiffe, la plus petite que je possède, celle qui n'empêchera pas de voir, à mes oreilles, les deux perles que je tire de ma boîte en argent et lui tends : elles seront aujourd'hui ma seule parure.

Je descends et gagne la pièce de derrière. Ce matin, la vue du fromage et du lait me soulève presque le cœur, aussi je m'accommode d'un morceau de pain avec du beurre et réclame un peu de cette bière que Grietge et Lysbet boivent volontiers à la cuisine. Jadis nous étions quatre réunis à cette même table, mais le négoce et le mariage ont éloigné mes deux enfants, et mon mari m'accorde sa présence quand ses affaires ne le retiennent pas ailleurs. J'ai le cœur lourd chaque fois que je me remémore leurs voix, les rires de Joseph et les chansons que Catharina entonnait lorsqu'elle était gaie, sous le regard fier de son père. Désormais la maison est le plus souvent silencieuse si l'on excepte les bruits du ménage et les airs que je joue au virginal lorsque je suis de belle humeur.

Avant que ces souvenirs ne me deviennent amers, je vais dans le bureau voisin dont je referme la porte derrière moi, puis, avec une de mes clefs, déverrouille un tiroir du cabinet en marqueterie et actionne le mécanisme qui ouvre l'un des compartiments secrets dans lesquels Diogo serre, à l'intérieur d'étuis en cuir et de bourses en étoffe, ses biens les plus précieux, gemmes, pièces de monnaie, billets à ordre. C'est l'un de ces derniers, pourvu de son cachet et de sa signature, que je prends et coule dans ma robe.

Déjà Grietge m'attend dans le vestibule. Elle pose sur mes épaules mon manteau dont je relève le capuchon, et nous sortons. Dehors, les allées ont commencé au bord des quais ; artisans, marins et marchands s'interpellent entre bateaux, barques et entrepôts, pendant que toutes sortes de marchandises sont déchargées, et les mouettes redoublent leurs cris dans le ciel dont le bleu, ajouté à la tiédeur de l'air, laisserait entendre qu'on s'est mépris sur la saison. Des femmes se hâtent vers le marché, nous effleurant du seau qu'elles tiennent au creux du bras, tandis que Grietge sourit d'être relevée de cette tâche quotidienne, nul besoin de tourner la tête pour le comprendre. Quoique notre destination soit proche, nous marchons à grande allure, passons la synagogue et, à la hauteur du pont de bois, empruntons à droite la Vloonburchsteeg, pour joindre la Breestraat en direction de la Sint Anthonis Sluys. C'est cette large rue, garnie d'arbres et de beaux bâtiments récents, qu'habite celui que je désire voir. Tous, dans le quartier, connaissent sa demeure, les traits de sa figure, de même que son tempérament et l'infortune qu'il subit depuis deux ans, aussi n'est-ce pas sans anxiété que je regarde bientôt Grietge abattre le heurtoir de sa porte avec la délicatesse toutefois que je lui ai commandée, en haut des quelques marches.

La porte s'ouvre et, une fois énoncé le motif de ma visite, nous entrons. Dans le vestibule, la femme qui nous a introduites et qui – cela se sait pareillement – est la maîtresse du logis, me demande, la mine lasse, de répéter ce que Grietge a murmuré sur le seuil. Je prononce mon nom et déclare : « Je souhaite m'entretenir d'une affaire avec le sieur van Rijn. » Puis, comme ces mots l'assombrissent, j'ajoute : « Une affaire à son profit. » Alors elle lance au jeune homme bien fait, beau de visage et doté de boucles blondes, qui a surgi sur ses talons : « Titus, je te prie, va quérir ton père », et, tandis qu'il obéit prestement, m'adresse un geste et retourne à l'arrière, où des cris d'enfant se sont élevés entre-temps.

La chaise qu'elle m'a indiquée est la seule de la pièce et son seul meuble, du reste : il n'y a là point de coffre ni d'armoire, point de tapis ni de porcelaines non plus, point de peintures aux murs, lesquels ne conservent çà et là que l'ombre de leur ancienne présence. Des fastueux ornements que je vis ici il y a plusieurs années en compagnie de mon mari, venu acheter des estampes, rien ne subsiste, hors les dalles en marbre blanc et noir. Je m'assieds et attends. Près de moi, Grietge jette à l'entour des regards timides, et il se peut que son cœur batte aussi fort que le mien. « Ne viendra-t-il donc pas, Madame ? » interroge-t-elle au bout d'un long moment. Je lui réponds par un signe de tête rassurant ; de fait, après un demi-quart d'heure, retentit le bruit de marches en bois qu'on descend à plusieurs.

Le voici maintenant qui avance avec son fils, en apparence nullement abattu, droit, fier, massif. Il porte sur un pourpoint noir une longue robe brune resserrée à la taille par une ceinture, et, sur ses boucles mêlées de fils d'argent, un bonnet blanc ; aux pieds, de simples mules. Arrivé devant moi, il me salue et pose les mains sur ses hanches en une attitude ferme, voire arrogante, peut-être destinée à me décontenancer. Pendant le bref silence qui suit, je scrute son front creusé de rides, les plis qui soulignent ses yeux marron, le renflement au bout de son nez. Sa mine agacée, comme par une présence importune, est un masque, je le vois bien. Je dis : « Puis-je vous parler privément ? » Il montre la pièce voisine et m'invite à l'y précéder.

C'est une salle plus petite mais pareillement vide, où pas et voix résonnent de même manière. Une fois son centre gagné, je déclare sans préambule : « Je voudrais que vous me représentiez en peinture », et précise, déterminée : « Sans délai. » Ces deux derniers mots lui tirent des marques de désagrément et, comme il argue des commissions pressantes, j'ajoute que je paierai cinq cents florins, dont deux cent cinquante ce jour, conditions qu'il ne peut refuser : outre que la somme est énorme, elle vient à point nommé après sa banqueroute. Alors seulement j'explique : « Monsieur van Rijn, je vais mourir, voilà pourquoi je ne puis attendre.

– Nous allons tous mourir, me repart-il, c'est la seule certitude que nous ayons. » J'objecte : « Mais vous, vous ne savez pas quand. » Nul besoin de lui préciser que mon médecin m'a trouvé un mal puissant, incurable : accoutumé comme il est à scruter les visages, il voit assurément que je ne mens point. Il se dit navré et me fait remarquer qu'il ne me faudra point bouger pendant plusieurs heures de temps, tandis qu'il œuvrera, ce qui est chose fatigante. Je me borne à sourire. Alors il appelle son fils, avec lequel nous débattons un peu, puisque c'est lui qui établira un contrat en qualité de marchand, afin de permettre au peintre de percevoir ses gains, crois-je entendre. Ainsi, je prie le jeune homme d'y inscrire une clause que j'énonce : en cas que je meure subitement, l'œuvre devra être achevée de mémoire et remise, après quoi elle sera incontinent payée selon des instructions secrètes que j'aurai laissées écrites. Il me demande alors de répéter distinctement mon nom. « Isabel Gomez », dis-je, et il s'éclipse.

Le sieur van Rijn me reconduit à la salle voisine, où je retrouve la chaise ; derrière l'ouverture pratiquée dans le mur intérieur et pourvue d'une grille, une lumière brille à présent, éclairant les boucles du jeune homme à la tête penchée : la pièce est sans nul doute un cabinet. Le maître me salue et me dit à demain avant que de disparaître. Je patiente donc en la seule compagnie de Grietge, demeurée là. Puis la femme qui nous a accueillies nous rejoint, une enfant sur la hanche, et me tend un gobelet en étain. Tout en buvant le liquide, de la bière allongée avec de l'eau, j'observe sa mine affligée – par son sort ou le mien ? Je ne saurais l'affirmer –, mais surtout sa jeunesse, son teint rose, ses cheveux blonds, son court menton, la menotte de la fillette posée tendrement sur son cou.

Elle me remercie quand je lui rends le gobelet vide et me présente la petite, cette Cornelia dont la conception lui a valu l'opprobre et la condamnation de la part de son Église, cela est également connu. Puis le jeune Titus revient et me prie de le suivre dans le bureau. Avec la plume qu'il me prête j'appose mon nom sous le sien et la croix qui le flanque, après quoi je tire de ma robe le billet à ordre, y écris la somme promise et le contresigne. Cet arrangement ressemble au commerce auquel est accoutumé mon mari, et pourtant c'est, à mes yeux, bien plus que cela : la possibilité de demeurer en quelque sorte en vie.

*

Est-ce parce qu'il est malmené par la mer tempétueuse de l'infortune, comme Jonas dans le ventre de la baleine, et que je me trouve sur la rive, prête à m'abandonner à une autre espèce de ruine, que j'ai choisi Rembrandt van Rijn pour me représenter ? Ou parce qu'il n'a que faire des convenances, lui qui s'est mis en ménage avec sa servante et qui n'hésite point à fréquenter les membres de notre Nation, tel le regretté Menasseh ben Israël, trépassé il y a quelques mois ? Parce que la renommée le désigne comme le plus grand artiste que compte la république des Provinces-Unies ? Ou encore en vertu de la destinée dont Dieu seul tient les rênes ? Voilà les questions qui me viennent à l'esprit dans le temps que je gravis les marches de l'escalier de bois étroit qui mène au premier étage, mais déjà le fils du peintre me conduit dans ce qu'il appelle l'atelier et elles s'envolent à tire-d'aile.

La vaste salle où je pénètre a de multiples fenêtres donnant sur la Breestraat et sur l'écluse, qui l'emplissent de lumière, elle est moins nue que le vestibule ; ceux qui ont privé le sieur van Rijn de ses biens lui ont laissé les instruments de son métier : toiles et cadres contre le mur ; sur de petites tables et sur des étagères, pinceaux, boîtes, mortier, pots en porcelaine, palettes, chiffons, flacons contenant probablement cette huile à couleurs dont la forte odeur flotte dans l'air, ainsi qu'un miroir de bonne taille qui a visiblement servi au peintre à se représenter dans de riches atours, les doigts refermés sur une canne, comme le montre une peinture posée sur le plancher, proche la porte. À chaque extrémité, un poêle trône dans une cheminée au fond revêtu de faïence ; au milieu, m'attend une chaise, à laquelle le jeune homme me mène, avant que d'inviter Grietge à prendre place dans un coin. Alors seulement le maître du logis se lève, derrière la toile qui, appuyée sur le chevalet, le dissimulait en partie, à quelques pas d'une fenêtre, et apparaît dans toute sa figure pour se diriger vers moi, suivi d'un barbet gris. S'il porte la même tenue qu'hier, sa mine est plus sombre, comme s'il me voulait signifier que ma générosité ne l'émeut guère, que je lui ai offert le salaire de son art, rien de plus, pas une planche de salut, surtout pas une aumône, et en mon for intérieur je ne lui peux que donner raison.

Enfin il me salue et, pendant que son petit chien renifle mes vêtements, me prie de tourner la tête d'un côté et de l'autre, de lever et baisser le menton, d'unir et désunir les mains, tout en commandant à son fils, maintenant aux fenêtres, de changer la lumière à l'aide des volets et d'une toile blanche, pareille à une voile de bateau, qu'il détache du plafond. J'obéis de bonne grâce ; un instant ses doigts effleurent les miens, et leur chaleur me trouble. Il finit par se déterminer, me dit de ne point bouger et, avec une plume de roseau, trace rapidement ma figure au dos d'un papier. Puis il se place devant la toile.

Voilà donc comment mon mari et mes enfants me verront lorsque je ne serai plus de cette terre, et après eux leur descendance peut-être : de noir vêtue, les oreilles ornées de fines gemmes, visibles sous la petite coiffe, les épaules dissimulées par un précieux col blanc, les mains blotties l'une contre l'autre tels des chatons ensommeillés. À cette pensée, l'émotion me saisit et je m'efforce de la masquer, mais elle n'échappe pas au peintre, comme l'indique son regard : je suis devant lui tel un livre ouvert ; étrangement, je n'en avais pas tenu compte, et soudain la gêne s'empare de moi. Peut-être cela serait-il moins désagréable s'il parlait, or il garde le silence, ne se laissant distraire que par son fils, qui reproduit une peinture à ses côtés. Dans son coin, près du poêle, Grietge est également muette, tout entière tendue vers le jeune homme qui à l'évidence lui agrée.

Pour tromper mon embarras, je tourne mes pensées vers la vie de la demeure, mais il n'y a guère de bruit en ce début d'après-midi, si l'on excepte des grincements de bois à l'étage supérieur – produits par un élève, entends-je quand il se présente plus tard, muni d'un papier et d'une plume, en quête d'un conseil. Appelé, il se place derrière son maître et l'observe. Voilà un autre regard d'homme posé sur moi, ou plutôt d'enfant : il doit avoir quinze ou seize ans. Il s'en va bientôt, son dessin corrigé de quelques traits de plume dans des murmures qui évoquent des grognements. Pas de bruit non plus à l'étage inférieur. La fillette, Cornelia, dort peut-être, à moins qu'elle ne soit sortie avec sa mère.

Dans le silence et l'inertie, le temps semblerait figé si le carillon de la tour de Keyser, sur la Suyder Kerck, ne sonnait pas les heures et les demi-heures, et si la lumière du dehors ne changeait pas, diminuant peu à peu et obligeant à rouvrir les volets. Avant qu'il ne soit l'heure d'allumer les bougies, Rembrandt van Rijn pose ses outils et me fait connaître qu'il en a fini pour aujourd'hui. Je me lève donc et m'approche de la toile, désireuse de la regarder, mais lui, bourru : « Il ne vaut mieux pas, l'odeur des couleurs vous incommoderait. Plus tard, quand ce sera achevé et sec. » Puis, à l'improviste, alors que ce refus m'est encore sensible : « Vous avez peur. Vous avez peur parce que vous ne savez pas qui vous êtes. Vous avez peur de mourir avant que de le découvrir. » Piquée par son audace, je lui lance : « Et vous, savez-vous qui vous êtes, monsieur van Rijn ? – Oui, dit-il calmement, j'ai été créé pour peindre. Et je peins. Ce qui est visible et ce qui ne l'est pas. » Ne trouvant rien à lui riposter, je reste coite.

Grietge s'est levée à son tour et m'a jointe pour mieux se rapprocher du dénommé Titus, qu'elle continue de scruter avec ce regard moitié effarouché moitié hébété qu'ont les jeunes filles aux premiers émois. Il nous accompagne à la porte et nous sortons, une fois nos capuches remontées. En chemin, elle demande : « Madame, le sieur van Rijn est-il méchant ? – Mais non, dis-je, ne sois donc pas sotte, il entend juste montrer qu'on ne peut pas l'acheter. »

Nous retournons à la maison, toutes deux songeuses. Dans le vestibule m'attend une lettre de Diogo écrite de Venise, où il séjourne pour ses affaires, et transportée jusqu'ici par un de ces bateaux qui parcourent régulièrement l'Ij et l'Amstel. Je la lis devant le feu que j'ai commandé à Lysbet d'allumer, malgré la douceur de cet automne : il y décrit en quelques phrases son voyage ainsi que la cité italienne à laquelle il est affectionné et me conseille de voir *nos amis* ; cela servira, pense-t-il, à me distraire et surtout, je le devine, à entretenir ses relations. J'avais renoncé à me rendre ce soir, à souper, chez les Lopes Suasso, de *nos amis* justement ; or, comprenant que cela obligera mon mari, je romps ce dessein et vais m'apprêter avec l'aide de Grietge, choisissant une tenue et des bijoux exprimant le mieux, mais sans ostentation, la richesse de mon ménage.

L'heure venue, je regagne la Breestraat et, arrivée à la demeure de mon hôte, renvoie Grietge : un valet me raccompagnera. Dans le vestibule où résonne l'écho de multiples voix, un serviteur à la peau noire, coiffé d'un turban et vêtu d'une belle livrée, prend mon manteau, et j'avance, derrière d'autres invités, jusqu'à la grande salle où l'on reçoit. Mille bougies y brûlent, éclairant tapisseries et peintures, rideaux de serge, meubles en ébène, immense miroir, blason au-dessus de la cheminée, ainsi qu'une longue table entourée de sièges garnis de velours rouge. Rachel, la maîtresse de maison, vêtue d'une robe en satin bleu et d'un corsage à raies, me tend les bras : fille d'Abraham Pinto et veuve d'un fils Peyrera, elle s'est mariée à Suasso, de vingt ans son aîné ou presque, banquier et marchand, l'homme le plus riche de notre Nation depuis qu'il y a quatre années il s'est aménagé parmi nous. En sa jeune personne sont ainsi réunies trois familles puissantes.

« Ma chère, dit-elle, vous serez heureuse, nous écouterons ce soir les célèbres sœurs Duarte faire de la musique. Elles sont venues avec leur ami, le sieur Huygens, que je vous vais présenter. » Elle adresse un signe à l'homme sexagénaire, élégant, aux traits fins, qui se tient à quelques pas de là, et sitôt qu'il nous a jointes, abandonne le portugais, notre langue maternelle tout juste retrouvée, pour celle de son illustre invité. Elle paraît fort à son aise face au conseiller du prince d'Orange, dont elle vante la poésie et la musique. Tout près, Suasso s'entretient quant à lui en français avec Éphraïm Bueno, le médecin. Autour de Leonora et Francisca Duarte, que j'ai connues autrefois à Anvers, s'est formé un groupe d'hommes dont les vêtements sombres semblent tout exprès faits pour souligner les teintes vives, du rouge, de l'orange, du rose, qu'elles arborent. J'interromps un moment ces admirateurs pour saluer les deux femmes, m'enquérir de leurs sœurs et de leur frère, évoquer leur père disparu il y a quelques années.

Enfin on s'assied à la table parée d'une précieuse nappe sur laquelle des doigts habiles ont représenté en fils de couleur et petites perles l'histoire des Lopes, venus de Bragance à Bordeaux puis aux Provinces-Unies, comme chacun le sait. Sur ce somptueux fond formé de navires et de voitures tirées par des chevaux empanachés, les assiettes en porcelaine de Chine aux armes de la famille, les vaisseaux à boire, les couverts, salières, services à épices et aiguières en argent étincellent. Je me demande dans quelle vaisselle mangent le sieur van Rijn et les siens maintenant qu'ils ne possèdent plus rien, et soudain toutes ces richesses m'embarrassent.

Le maître de maison trône à présent entre Leonora et Francisca Duarte, qui distribuent des sourires à la ronde, tandis que, en face, Rachel a pris place à côté de l'invité d'honneur. Assise vers le bout de la table, j'écoute mes voisins, l'imprimeur Emmanuel Benveniste et Éphraïm Bueno, non seulement médecin mais aussi poète, parler d'académies littéraires et de théâtre, tandis que défilent les plats : pâtés, légumes en sauce, morue et, sans doute à l'intention de Constantin Huygens, l'inévitable ragoût de cette contrée, le hutsepot, cuisiné ici avec du bœuf, du gingembre et des pruneaux fourrés ; de chacun, je ne mange que de petites quantités, pour éviter d'être discourtoise, en avalant du rhenish, ce vin du Rhin qui aide à oublier.

Naturellement, les deux hommes en viennent bientôt à évoquer Menasseh ben Israël, bien-aimé rabbin, mort cet hiver de maladie et de chagrin après le décès de son fils aîné, de retour d'Angleterre : Bueno a été le premier à financer sa célèbre imprimerie. Ils observent ensuite un silence respectueux, à court de mots peut-être, puis Benveniste tourne la tête de l'autre côté, et le médecin poursuit à mon adresse : « Je me souviens avec regret de longues soirées passées en discussions théologiques en compagnie de Menasseh et de Rembrandt van Rijn. C'étaient de grands amis, le savez-vous ? » Mais ce n'est pas une question, car, sans me laisser répondre, il décrit un souper très animé chez le peintre ayant duré jusqu'au matin.

À cette mention, le déplaisir d'être venue ici, où tout m'indispose, pour obliger mon mari s'efface soudain et j'interroge : « Pouvez-vous m'expliquer comment cet artiste a pu faire banqueroute ? Ses œuvres sont partout présentes en ville et nombreux sont ceux qui le considèrent comme le plus grand peintre des Provinces-Unies. – Oh, c'est une fort déplaisante histoire, dit-il. Rembrandt a toujours eu des goûts dispendieux, il lui faut... il lui fallait posséder tous les dessins, toutes les estampes, de maîtres anciens, et il en a acheté bon nombre à des prix déraisonnables. Ajoutez à cela les objets et étoffes exotiques, les bijoux acquis pour sa défunte femme, sa riche demeure... »

J'objecte : « La vente de ces trésors et de cette maison même aurait dû lui permettre de rembourser ses dettes... » Et lui : « Il semblerait que marchands et patriciens se soient entendus pour payer à vil prix ses œuvres et ses trésors, comme vous dites. » Il baisse le ton. « Vous n'ignorez pas le méchant litige qui l'a opposé dans les années quarante, alors qu'il était au plus haut de sa gloire, à Andries de Graeff, notre bourgmestre. Ce dernier l'accusa de l'avoir représenté sans ressemblance aucune et refusa de le payer. Rembrandt fut contraint de recourir au jugement des goede mannen pour le contredire et obtenir ce qui lui était dû. De Graeff ne le lui a jamais pardonné, et sa bande non plus. Regardez le sieur Huygens, à notre table… après avoir tant loué notre peintre, cet aimable lettré crut bon, à l'époque, de le railler. Certains savent flatter les puissants, d'autres pas… J'ai vu cette peinture. Sur le sol où se tient l'homme, gît un gant abandonné, un doigt pointé vers l'extérieur. Dans le langage des arts, savez-vous, les gants symbolisent les masques que l'on adopte en société. »

Bueno marque une pause, comme pour me laisser le temps de faire réflexion. Il avale quelques bouchées, puis : « Il en est allé de même avec Jan Six, l'ami préféré, que Rembrandt représenta il y a quatre ans, alors que le patricien n'était pas encore magistrat. L'année suivante, lorsqu'il épousa la fille de Nicolaes Tulp, notre ancien bourgmestre, c'est étrangement Govaert Flinck que Six chargea de peindre son élue. Flinck, le disciple, et non le maître. Flinck, le lisse, le policé, le rusé, l'homme du monde, mari d'une héritière. Vous comprenez ? Les régents aiment qu'on les serve, qu'on les adule, et Rembrandt a une trop haute idée de lui-même, de son art, pour l'accepter. Je crois qu'en son for intérieur il les méprise, ce qui explique ces brouilleries.

– Et vous ? dis-je. Lui êtes-vous resté fidèle ? – Je ne sais pas. Peut-être pas assez. Non, pas assez. » Un silence, puis il ajoute : « Nous n'avons pas coutume, dans notre Nation, de nous faire représenter en effigie, mais il y a fort longtemps

Menasseh, d'abord, puis moi-même avons demandé la nôtre à Rembrandt en signe d'amitié. Il m'a donné dans sa gravure un regard songeur, mélancolique, que je ne me connaissais point et qui me laisse perplexe. En vérité, cela m'a d'abord désagréé. Une mine sérieuse, voire sévère, eût été à mes yeux plus appropriée à mon métier. Mais… je ne sais si Rembrandt voit des traits de notre personne que nous ignorons nous-mêmes ou s'il s'amuse à nous travestir par simple goût du jeu. Pour le reste, la ressemblance était parfaite, évidemment… »

Tandis que l'on savoure des gâteaux à l'anis et aux fruits confits, ainsi que du massepain, les sœurs Duarte s'éclipsent avec Huygens et un homme qui, Benveniste me l'apprend, vient d'Angleterre; peu après, des notes de musique s'insinuent faiblement dans les conversations, et nos hôtes invitent l'assistance à gagner la salle apprêtée pour l'occasion. Dans la galerie qui y mène, ornée de coffres sculptés, de multiples bougies éclairent des peintures faites par les plus grands maîtres, tels Raphaël, Titien ou Rubens, comme Suasso ne se lasse pas de le répéter. De Rembrandt, Bueno me montre une tronie, tête d'un vieillard coiffé d'un turban dont le regard est si puissant qu'il semble vous transpercer et vous jeter sa vérité au nez. Les mots du peintre, *vous ne savez pas qui vous êtes*, me remontent en mémoire, tandis que je pénètre dans la salle de musique.

Dans le fond, Francisca Duarte est déjà au clavecin, près de sa sœur, debout; à côté, le sieur Huygens tient un théorbe et l'homme anglais une viole. Ils attendent que tous les invités soient assis, après quoi Leonora fait connaître qu'ils joueront des fantaisies composées avec son frère, des airs de Nicholas Lanier et de Michel Lambert, ainsi que des madrigalettes italiennes. Quelques applaudissements retentissent, sitôt suivis par les premières notes, et les voix des deux sœurs se libèrent, enchanteresses : de ma place, sur le côté, je peux observer les profils ravis des maîtres de maison et de leurs voisins.

Ici sont réunis les membres les plus prestigieux de notre Nation, les parnassim qui, au sein du Mahamad, nous dictent notre conduite sans hésiter à nous menacer de blâme et d'exclusion. Je me demande s'ils sont capables, eux, de répondre à la question que Rembrandt van Rijn a soulevée dans mon esprit : qui sont-ils ? Qui sommes-nous vraiment, nous autres conversos qui parlons dans nos foyers le portugais, l'espagnol à la synagogue et, ailleurs, la langue des Hollandais ; qui avons été baptisés et instruits dans la foi catholique en terre d'Inquisition, pour revenir, une fois à l'abri, à notre religion secrètement pratiquée ; qui avons vécu autrefois dans la crainte de nous dévoiler et qui vivons ici dans la peur d'être jugés trop tièdes ou non conformes à la confession que nous osons maintenant clamer sans la connaître parfaitement ; qui, au fil des ans, n'avons jamais cessé de changer de masque et de nom ?

Perdue dans ces pensées, je n'écoute que par intervalles irréguliers les pièces de musique, aussi s'écoulent-elles sans que je le remarque, ou presque. Une fois les applaudissements éteints, musiciens et chanteuses en exécutent deux supplémentaires, après quoi les invités se lèvent et les vont féliciter de leurs talents, pendant que des serviteurs entrent en proposant de l'hypocras sur des plateaux d'argent. Les conversations reprennent, mêlées d'exclamations. Je trempe les lèvres dans le vin épicé et sucré, puis, fatiguée par tout ce bruit, me dirige vers la sortie. Je n'ai pas encore attaché ma cape quand Éphraïm Bueno me rejoint. « Je vous raccompagne, dit-il. Je rentre moi aussi. La journée a été longue et je suis las. »

Nous cheminons un moment dans la Breestraat, éclairés par la lanterne du médecin, pendant que résonnent les pas de la garde qui effectue sa ronde et les aboiements d'un chien, puis tournons vers le Houtgracht. Tandis que nous débouchons de la rue, il demande des nouvelles de mon mari, qu'il appelle Isaac comme les membres de notre Nation. Je souris à la pensée que je lui ai conservé le nom chrétien qu'il portait sur notre terre natale, où nous nous sommes connus, enfants, et lui réponds. Alors : « Vous ne lui avez toujours pas dévoilé votre mal ? interroge-t-il. – Non. Plus que tout, je redoute la pitié. Je n'ai point envie que l'on m'attache le masque de la maladie », dis-je. Mais je lui tais que, s'il existe un infime espoir de rémission, ce masque m'en priverait à jamais. « Il s'agit tout de même de votre mari, l'homme avec qui vous partagez la plupart de vos journées et de vos nuits, objecte-t-il. C'est un bien lourd secret à tenir. Vous feriez mieux de décharger votre cœur, cela vous apaiserait. – Oh, le secret… n'y sommes-nous pas tous accoutumés ? – Certes, certes, mais nous vivons désormais en sécurité dans ce pays. »

Nous nous taisons un moment, comme stupéfaits face à cette vérité, puis Bueno reprend son rôle de médecin et veut savoir si l'enflure, comme il nomme la sorte de bille qui s'est formée dans mon sein et qui, m'a-t-il expliqué, se répandra un jour dans tout le corps, a grossi, ce à quoi je réponds par la négative. Alors : « Vous n'avez presque rien mangé ce soir. Et, à en juger par les cernes qu'on vous voit sous les prunelles, vous ne dormez pas bien. – C'est vrai. Un méchant songe me dérange, un songe qui me montre toujours près de me noyer. – Ma pauvre enfant, dit-il, c'est la peur qui forme dans votre âme ces images. » La peur, la revoilà jetée à mon visage. Par chance nous avons atteint entre-temps ma demeure. « Mandez-moi votre servante demain, m'enjoint Bueno avant que de me saluer. Je lui remettrai un billet pour mon ami Abraham Francen, l'apothicaire, afin qu'il vous prépare une potion conciliant le sommeil. » Sur ce, je le remercie et le quitte.

*

Aujourd'hui le sieur van Rijn paraît de belle humeur. Il sourit presque tandis que je m'assieds face à son chevalet et tâche de reprendre la même position qu'hier. Est-ce parce que nous sommes seuls dans son atelier ou parce que son mal de dents a cessé de le tourmenter aux premières heures du matin, ainsi qu'il le raconte, soulagé ? M'entendant mander Grietge au Jordaan, munie de la prescription de Bueno, il a griffonné un message et l'a remis à ma servante : il veut dormir la nuit prochaine, a-t-il dit, car son ouvrage n'attend pas, et Francen, qui est son ami comme celui du médecin, lui saura renouveler le remède qu'il lui faut. Il a ensuite commandé à la jeune fille, avec ma permission, de demeurer à son retour auprès de celle qu'il appelle sa femme, la dénommée Hendrickje Stoffels, sous prétexte que, entre le soin de leur fillette et les besognes ménagères, elle a besoin d'aide, et concluant : « Il n'est pas bon de rester à ne rien faire, en particulier quand on est domestique dans une maison. Et aujourd'hui ta présence est d'autant moins nécessaire à l'atelier que mon fils n'y est point. » Il a ri parce que Grietge baissait la tête et prenait le rouge, puis a confessé qu'il regrettait le temps où, à Leyde, il poussait la fleurette et volait un baiser à une jeune beauté.

Transportée de son allégresse, je lui repars qu'il n'a pas motif de se plaindre : ne partage-t-il pas justement ses jours avec une belle femme de douze ou quinze ans sa cadette ? « De vingt ans », rectifie-t-il non sans fierté avant que de me dire son âge, cinquante-deux ans, qui est également le mien, ce que je tais. Mais, tandis qu'il se remet à l'œuvre, je repense à mes jeunes années, à ma propre beauté et à celle qu'arborait Diogo, mon cousin, quand je le revis à Anvers où il s'était établi avec les siens, fuyant Lisbonne, notre ville natale, avant mes parents et moi-même. L'adolescent frêle que j'avais connu s'était effacé devant un homme robuste aux épais cheveux bruns et aux gestes vifs, qui me paraissait étranger, mais qu'il ne me coûta nullement d'épouser selon le souhait de nos familles.

Un moment, je m'efforce d'imaginer la physionomie du jeune Rembrandt van Rijn derrière ses traits irréguliers, son nez proéminent et son front plissé, ses lèvres fines entre moustache et petite touffe de poils, le bouton à son oreille gauche. En vérité, plus que tout, les prunelles attirent le regard, brillantes comme certaines agates dont mon mari fait commerce à côté des diamants, et je me demande combien de visages elles ont vus, mieux, ce qu'elles ont vu au travers d'eux, si, comme l'a expliqué Bueno, elles savent percevoir ce qui demeure obscur à la plupart des mortels. Et aussi : qu'est-il resté, chez le peintre, de l'homme couronné d'honneurs et de succès qu'il était lorsqu'il a acquis cette demeure ? Le dépit s'est-il frayé un chemin dans son cœur ?

« J'ai pleuré mes estampes de Lucas de Leyde, mes dessins de Mantegna, de Dürer et de Holbein, dit-il alors, laissant entendre que j'ai parlé tout haut ou qu'il a lu dans mes pensées, le *Tobie* de mon maître Pieter Lastman, les peintures de mon ancien ami Lievens, mes bustes antiques et toutes mes *mirabilia*, tombés dans des mains cupides et ignares. Mais les imbéciles qui m'ont dépouillé de mes biens jamais ne m'enlèveront ma mémoire. Et mon art encore moins. »

Il paraît faire réflexion, puis il poursuit, pointant son pinceau vers moi : « Il m'est arrivé une chose bien étrange, savez-vous. Le premier mouvement de tristesse et de rage passé, j'ai été envahi par une espèce de joie mêlée de légèreté, comme si, privé de ce que je croyais nécessaire à ma vie, j'avais aussi été déchargé d'un fardeau dont j'ignorais l'existence même. Et, pour la première fois, je me suis senti libre, vraiment libre. Pas seulement des règles du bon usage, dont je n'ai jamais fait cas, de mes dettes ou de l'humiliation d'avoir à quémander un prêt, non, libre de la soif d'accumuler, d'être apprécié, admiré, révéré, peut-être même envié, toutes choses du monde qui éloignent de la Vérité. Un jour j'ai même ri de mon aveuglement : quel besoin avais-je eu de mets fins, de somptueux vêtements, d'une demeure grandiose, de l'approbation des plus riches marchands, des régents ? Mon art m'assurerait et assurerait toujours aux miens des harengs, du fromage, du pain, un gobelet de bière, peut-être même quelques friandises… alors, à quoi bon se tourmenter ? » Il a un petit rire, puis de nouveau : « Aujourd'hui j'ai tout ce qu'il faut à un homme pour être heureux : deux enfants en bonne santé, une femme aimante et la faculté de peindre. Ainsi que la Parole, bien sûr, qui ne m'a pas quitté et qu'il est sans doute temps de mettre en pratique, elle qui proclame en effet *Ne soyez donc en souci disant Que mangerons-nous ? ou que boirons-nous ? ou de quoi serons-nous vêtus ? Car votre Père céleste…*

– … *connaît que vous avez besoin de toutes ces choses*, dis-je. *Mais cherchez premièrement le règne de Dieu et Sa justice, et toutes ces choses vous seront baillées par-dessus.* Ne soyez pas étonné, monsieur van Rijn : comme la plupart des membres de ma Nation, j'ai été instruite dans la foi chrétienne et, si j'ai renoué avec la confession de mes aïeux à mon arrivée dans cette contrée, je n'ai point renié l'enseignement de Jésus le Christ, n'en déplaise à ces messieurs du Mahamad qui refusent de le considérer comme l'oint du Seigneur. »

Il pousse une sorte de soupir et : « Oh, je me défie de ce monde qui divise et limite toute chose. Je suis de ceux qui croient en un seul et même Dieu pour tous, un Dieu qui est Esprit, donc infini. Et qui est aussi la Vie même, son principe, raison pour laquelle tout ce qui est vivant participe de sa nature. Ce Dieu est trop vaste pour l'entendement des hommes, trop vaste pour les ministres des religions, qui se bornent dans leur majorité à mettre en scène des rituels, à dispenser des préceptes et des règles, à décréter ce qu'il faut faire et ce dont il faut se garder, ce qui est bien et ce qui est mal, condamnant là où il nous est demandé de ne point juger, pas même en pensée. Pharisiens ! Idiots ! Que savent-ils du Bien ? Le Bien de Dieu, j'en suis convaincu, n'est point le Bien de l'homme… » S'étant échauffé, il reprend haleine avant que de poursuivre : « N'imaginez pas que tout cela vient de moi, qui suis un rustre, vous le voyez. Je tiens ces convictions de votre ancien rabbin, Menasseh ben Israël, et de Cornelis

Anslo, jadis pasteur des mennonites de Waterlander, que ma défunte femme fréquentait – paix à leurs âmes à tous trois. »

Je souris malgré moi et : « Si vous me le permettez, monsieur van Rijn, je ne crois pas que vous soyez un rustre. Je pense que vos manières sont un masque qu'il vous agrée de prendre pour intimider autrui et peut-être également pour importuner les burghers que vous ne pouvez souffrir. C'est aussi à cela qu'obéit la façon négligente que vous avez d'essuyer vos pinceaux sur votre robe...

– Qu'en savez-vous ? marmonne-t-il, comme s'il regrettait d'avoir déchargé son cœur. Personne ne connaît personne, voilà la vérité. Et rares sont ceux qui se connaissent eux-mêmes. Mais à présent cessez de remuer la bouche, j'ai cette peinture à faire, et à faire sans délai, comme vous me l'avez commandé. »

J'avale le petit rire qui me monte à la gorge et me surprends à faire réflexion qu'il se trompe, qu'en vérité je le connais et qu'il me connaît, lui aussi : en ce moment particulier il me semble en effet avoir retrouvé un ami, un être cher, perdu il y a longtemps, à Lisbonne ou à Anvers, comme en témoigne la douce quiétude qui soudain se répand en moi, chassant toute peur, tout souci. Je la savoure, tel un nectar, trop satisfaite pour me soucier d'élucider ce mystère.

Par chance, elle ne me lâche pas – pas même quand la lumière se met à décliner et que le peintre abandonne ses pinceaux. Nous nous coulons dans le petit escalier, au milieu duquel des rires, des éclats de voix et des aboiements parviennent, étouffés, à nos oreilles. Une fois en bas, Rembrandt van Rijn se dirige vers l'arrière, et, poussant une porte, offre à ma vue une longue salle, ainsi que les auteurs du tintamarre, Hendrickje Stoffels, la petite Cornelia, son frère Titus, Grietge et Jan, l'élève. Tous se figent à notre vue, telles des statues de sel, à l'exception des chiens dont ils sont accompagnés, un épagneul et le barbet, lesquels bondissent sur leur maître, la langue pendante et la queue qui frétille. Alors Hendrickje Stoffels explique : Grietge a rapporté du Jordaan, outre les remèdes de l'apothicaire, un cornet contenant dragées, pralines, pastilles et autres bâtonnets de sucre, présent du bon Francen à Cornelia, et la saveur des friandises les a réjouis au point qu'ils se sont mis à jouer, danser et chanter.

Comme pour prouver ces dires, la fillette va quérir le cornet et le présente à son père, lequel ne se détermine cependant pas à y puiser, hésitant apparemment entre la gourmandise et la crainte du mal de dents qui toujours le guette : la main tendue, la mine perplexe, il ressemble à un marmot pris en faute, si bien que Hendrickje Stoffels part d'un rire gai, qui bientôt se répand, tels des cercles dans l'eau, à tous les occupants de la salle et, pour finir, au Maître lui-même. Transportée de cette allégresse qui s'ajoute à ma joie particulière, j'accepte volontiers l'invitation à m'asseoir et croque une praline tout en regardant mieux ce qui m'entoure, la belle cheminée reposant sur deux hermès, le lit clos, la petite table, les sièges et la grosse armoire en chêne au-dessus de laquelle trois chats sont perchés, pareils à des oiseaux sur les branches d'un arbre : sans doute ont-ils trouvé refuge à cette hauteur pour échapper au bruit des humains et des chiens.

C'est alors que le jeune Titus soulève sa sœur et se met à tournoyer avec elle, sous le regard attendri des deux adultes. J'entends Rembrandt van Rijn murmurer : « Ah, si j'avais encore un luth ou une guitare… », mais ses regrets ne durent guère : il commence à taper dans ses mains et à fredonner, bientôt imité par sa femme et par Grietge ; de gaieté, je me laisse entraîner moi aussi, non sans penser aux pièces de musique raffinées que j'ai entendu jouer hier sur de somptueux instruments. Soudain la richesse et l'arrogance de Lopez Suasso me semblent sans importance face à la simplicité de cette famille que l'infortune et les accusations d'indécence, loin de briser, ont renforcée, tant est grand l'amour que ses membres se portent, cet amour qui nourrit mieux que les mets les plus délicats, qui désaltère plus que l'eau la plus fraîche, qui vêt plus joliment que les plus beaux atours, selon la Parole que Rembrandt van Rijn a citée un peu plus tôt. Et je me demande si c'est là que réside le secret de la liberté dont tant il s'enorgueillit.

Nous partons peu après. En chemin, Grietge me fait le récit de son après-midi : elle a aidé à quelques besognes Hendrickje Stoffels et découvert, au fil de la conversation, leurs origines communes, puisqu'elles sont toutes deux natives de la province de Gueldre, précisément de villages voisins, et toutes deux filles de soldat. Cette proximité, sans doute, a entraîné des confidences, et Grietge a ainsi appris que la femme a sauvé de la saisie quelques biens de Rembrandt van Rijn en les dissimulant dans une armoire dont elle a prétendu être propriétaire, cette armoire même que nous avons vue dans la salle de l'arrière, la seule en vérité de la maison. En vertu d'on ne sait quelle créance, ou miséricorde, le secrétaire de la chambre des faillites, responsable de l'inventaire, n'a pas exigé qu'on l'ouvrît.

« Hendrickje Stoffels est bien fortunée de vivre auprès du sieur Rembrandt », affirme Grietge. Et moi : « Sais-tu que cela lui a valu d'être exclue de son Église ? – Oui, je le sais. Est-ce donc mal d'aimer et d'être aimée ? Je me serais conduite comme elle. Il lui faudra certes changer de demeure, quand celle du sieur van Rijn sera enfin acquise, mais elle restera maîtresse de son logis. » Je souris. Comment ne pas ambitionner pareil destin, lorsqu'on est une jeune paysanne aventurée dans la grande ville d'Amsterdam ? Ne vaut-il mieux pas, en effet, s'exposer à l'opprobre et être libre, plutôt que soumise à la volonté d'étrangers ? Je m'aperçois que j'ignore presque tout de celle qui est entrée à mon service il y a quelques mois. Je ne lui ai même rien appris des tâches domestiques, ayant laissé ce soin à Lysbet. Je lui demande si elle regrette sa province, sa famille. Et elle : « Non, Madame, je n'ai guère connu mon père, paix à son âme. Et, quand ma mère s'est remariée, qu'elle a eu d'autres enfants, j'ai bien vu que je l'encombrais. » Ne sachant que dire, je garde le silence, et elle m'imite jusqu'à la maison, en apparence perdue dans ses pensées.

Une fois débarrassée de ma cape, je monte à l'étage et pénètre dans la chambre que jadis ma fille occupait. Catharina n'y est jamais retournée depuis qu'elle vit à Rotterdam, auprès de son mari, et pour ma part je n'aime guère m'y rendre : la tristesse m'étreint quand j'en franchis le seuil au souvenir de ce qui ne reviendra plus. Pour la prévenir peut-être, j'ouvre la fenêtre donnant sur le jardin et contemple les hellébores, maintenant que mes précieuses tulipes et peu à peu les ancolies, les iris, les pivoines, les tagètes, les santolines, les lys et les soucis ont fané. Serai-je là au printemps pour les voir refleurir ? Puis je vais vers le coffre placé contre le mur, me mets à genoux et l'ouvre. C'est alors que Grietge apparaît sur le seuil : « Lysbet réclame des instructions pour le souper », dit-elle. Je réponds que je n'ai pas faim et, la voyant intriguée, l'invite à me rejoindre.

Assises sur nos talons, nous admirons ce que le meuble contient : animaux sculptés dans du bois, petit chariot, cerceau et bâton, balles, marionnettes rapportées d'Italie, ménage fait de minuscule vaisselle en faïence et en étain, toupie, tambour… Chacun de ces jouets réveille dans ma mémoire une image, une phrase, des cris, des rires. Heureusement, la présence de Grietge m'empêche de m'égarer dans ces souvenirs, et, comme elle me demande la permission de toucher un de ces objets, j'y consens volontiers. J'en tire un premier de son obscurité et le lui tends, puis un deuxième, un troisième… Bientôt elle éclate de rire, ne sachant plus sur lequel fixer son attention. Alors je l'observe à la dérobée : la candeur et la gaieté que manifeste son visage sont davantage celles d'une enfant que d'une jeune fille de seize ans, l'âge qu'elle m'a dit avoir lorsqu'elle s'est présentée ici. Peut-être m'a-t-elle trompée.

Enfin, elle reprend le petit cheval de bois qu'elle avait posé sur ses cuisses et l'examine, l'air sérieux, comme s'il s'agissait d'une pièce de grand prix. « S'il t'agrée, garde-le donc. Le veux-tu ? » lui dis-je. Elle hoche la tête, toujours comme une enfant, en me remerciant, et, pour éviter de prolonger sa gêne, j'en viens à l'objet pour lequel je suis ici en ce moment particulier : il gît au fond du coffre dans une boîte de merisier. Je m'en saisis et lance : « Qu'en penses-tu, Grietge ? Et si nous donnions ceci en présent à Cornelia ? » Lentement je soulève le couvercle, découvrant une poupée au visage de cire sous la coiffe encore blanche, au vêtement gris et rouge, identique à l'un de ceux qu'autrefois portait ma fille; de peau et non de bois, son corps se manie comme celui d'un enfant.

Interdite, Grietge pousse des exclamations et dit n'avoir vu pareil jouet qu'à la traverse dans la boutique d'un bimbelotier: petite, elle possédait bien une poupée, mais faite de chiffons. Elle ajoute qu'elle aimerait tenir celle-ci un moment, et j'y consens: objecter qu'elle n'a plus l'âge de manier de tels objets serait un mensonge, je le sais maintenant. Puis elle demande s'il ne vaut mieux pas la conserver pour la fille que ma fille un jour peut-être aura, plutôt que de l'offrir à celle du sieur van Rijn. Et moi: « Il se peut fort bien que ma fille la juge trop ancienne ce jour-là et qu'elle préfère en acheter une nouvelle. Et pour l'heure Rembrandt van Rijn ne peut offrir à son enfant un jouet de ce prix. Surtout, je suis certaine qu'elle sera davantage appréciée chez lui. Vois-tu, les choses devraient appartenir à ceux qui en conçoivent le plus grand désir », dis-je en pensant aux caprices de Catharina, souvent encouragés par son père, et à la richesse de son mari. Alors Grietge prend l'air perplexe et je me lève en l'invitant à rouvrir ce coffre toutes et quantes fois elle le souhaitera. Enfin, l'abandonnant à ses derniers éclats d'enfance, je redescends.

*

Au fil des jours, des objets – buste, tête, casque, étoffes, corbeau empaillé, coquillages – sont apparus dans l'atelier, ainsi que plusieurs peintures, laissant entendre que le Maître, comme l'appelle Jan, son élève, recoud peu à peu le lambeau présent de son existence à celui qui a précédé sa faillite. Il se peut bien que je ne sois plus la seule à m'asseoir en silence derrière son chevalet. D'autres personnes me précèdent peut-être le matin, à moins que Rembrandt van Rijn n'œuvre en puisant dans sa mémoire les trésors qu'il y a enfouis, comme un jour il s'en est vanté. De temps à autre, Titus nous rejoint, mais il emploie désormais une bonne partie de ses journées à louer devant de possibles acquéreurs les talents de son père, tel le marchand qu'il est malgré lui devenu. Je tiens cela de Grietge, qui s'est gagné la créance et peut-être l'amitié de Hendrickje Stoffels, pas tant par la poupée offerte que par sa gentillesse et les menus présents qui ont suivi ce premier cadeau. Pas un jour ne s'écoule en effet sans qu'elle interroge : « Madame, je peux ? » dans le moment que nous nous apprêtons à sortir, me montrant sur sa paume des fruits secs, des biscuits, soustraits à la cuisine, ou encore un ruban, une dentelle, tirés d'on ne sait où, peut-être de mes propres vêtements ou de ceux de Catharina dont je ne me suis pas défaite. Je souris et la mets en garde, l'invitant à ne point confondre générosité et charité, en particulier dans la maison d'un homme aussi fier que l'est le sieur van Rijn. Alors elle prend le rouge et, coulant ces petites choses dans la poche de son jupon, repart qu'elles ne sont pas pour lui, mais pour Cornelia. Nul doute, elle témoigne à cette enfant une affection qui lui est à l'évidence rendue en retour, comblant peut-être le vide qu'a creusé en elle l'absence de sa propre famille. Ainsi, les séjours que nous faisons depuis quelques semaines dans la demeure nue de la Breestraat, elle à la cuisine ou dans la salle de l'arrière, moi dans l'atelier, nous auront toutes deux façonnées d'une nouvelle manière, me dis-je en marchant sous le ciel gris et dans l'air traversé de fins rais de pluie.

Voyant mon regard errer sur les étagères, le peintre me demande si je m'assure que mes florins sont correctement dépensés et, avant que je ne proteste, murmure quelques paroles à l'oreille de son fils. Lequel disparaît un moment et revient avec un panneau de bois de petite dimension qu'il lui tend. Tandis que le jeune homme repart, Rembrandt van Rijn tourne ce panneau vers moi. Une figure y est peinte en teintes brunes, hors les parties du visage que les cheveux, séparés sur la tête en deux moitiés, et la barbe ne cachent pas, ainsi qu'un fragment du vêtement sous le menton. Éberluée, je reconnais le fils d'une famille de notre Nation : « Monsieur van Rijn, vous avez peint Daniel Vega, un juif, pour représenter Jésus le Nazaréen ! N'est-ce pas là matière à scandale ? » Il a l'un de ses petits rires et : « Vous autres juifs n'acceptez pas qu'on fasse des images de Dieu, et vous n'avez tort qu'en partie. Il faudrait en vérité que cela soit interdit aux mauvais artistes ! » Puis, reprenant son sérieux : « Vous dites que c'est le jeune Vega. D'autres disent que c'est Jésus le Christ. Qui de vous a raison ? N'est-ce pas, comme toujours, une question de regard ? Chacun ne voit-il pas ce qu'il veut ou ce qu'il peut voir, prisonnier de ses expériences et de ses croyances qui jettent une fausse lumière sur tout ? »

Je demande : « Voulez-vous signifier que personne ne connaît personne ? » Et lui : « Oui, je vous l'ai déjà dit, et il en est ainsi lorsqu'on en reste aux apparences. Au masque que les autres s'ingénient à nous donner d'eux-mêmes. À ce qu'ils voudraient être, ou parfois croient être, mais qu'ils ne sont pas. » Je hasarde : « On prétend que vous savez voir au-delà de ce masque, jusqu'à la vraie nature des êtres. » Alors, nullement surpris : « Ce n'est pas chose ardue ! Chaque geste, chaque posture, chaque expression, mais aussi chaque détail du costume, constituent un langage qui compose l'image que nous présentons de nous-mêmes. Ce faisant, il révèle qui nous sommes vraiment, nos failles, nos peurs, nos tourments. Ne le savez-vous pas ? Nous nous épuisons tous à jouer un rôle et, si rien ne vient nous en détourner, nous le jouons jusqu'au jour de notre mort. »

Le cœur battant, je répète : « Nous en détourner ? », n'osant point l'interroger sur ce qui a causé en lui pareil changement : la mort de sa femme et de ses premiers enfants ? La faillite ou la disgrâce, l'isolement ? Mais il reprend, énigmatique : « Pour ma part, quand j'ai cessé de vouloir être un peintre à succès, je suis devenu ce que je suis », avant que de replonger dans le silence.

Et moi ? me dis-je. Qui suis-je vraiment ? Qui s'est caché derrière les masques dont je me suis tour à tour affublée – nouvelle chrétienne, juive, Portugaise, jeune fille avenante, fiancée, épouse, mère et d'autres encore ? L'apprendrai-je un jour ? Et s'il en est ainsi, mon être véritable m'agréera-t-il ? Ou en concevrai-je du déplaisir, comme notre bourgmestre et le poète Jan Six, qui, le découvrant, se sont brouillés avec le peintre ? Tout ce mystère m'effraie. Il me semble que je ne sais plus rien, pas même en quel Dieu croire, ni comment Le prier.

Mais, soudain, le peintre : « Ne prenez donc pas cette mine soucieuse, elle change votre figure que je dois représenter. – Pardonnez-moi, mais puis-je vous poser encore une question ? » Et, sans attendre : « De quelle manière cela est-il advenu ? » Lui : « Cela ? – Oui, ce retournement qui vous a fait ouvrir les yeux. » Il écarte son pinceau de la toile et, dans un rire : « Je n'en sais rien ! Un jour j'ai bonnement compris que la lumière de la renommée, cette lumière qui tant de séduction exerce sur les êtres, n'était qu'une illusion. Par conséquent, que tous les jugements humains, lesquels disent un jour beau et le lendemain laid, un jour bon et le lendemain mauvais, en étaient une aussi. Qu'il ne fallait donc pas s'y attacher, mais s'élever au-dessus d'eux. Tout est affaire de regard, je vous l'ai dit et je le répète. » Il marque une pause, puis, moqueur : « Vous me pensiez tout autre, confessez-le. »

Je me contente de marmonner une objection tant je suis prise par de nouvelles pensées : si Rembrandt van Rijn a raison, à savoir si les jugements humains ne sont qu'une illusion, car sujets à l'erreur, quelle créance leur accorder ? Quelle créance accorder au docteur Bueno ? À son jugement sur l'infirmité dont je serais atteinte ? À la science en général ? Aux coutumes ? Au bon usage ? Et plus encore : à ceux qui nous gouvernent dans cette cité et à ceux qui nous dirigent dans notre Nation ? Soudain une sorte de gouffre s'ouvre sous mes pieds, et de vertige je suis comme saisie, car cette thèse ne peut être contenue à la personne particulière, elle doit être élargie à l'universel. Les mots se pressent à mes lèvres et je les en laisse échapper : « Mais alors à quoi donc faut-il s'attacher ? »

La mine surprise, le peintre hausse les épaules et : « À l'Esprit, évidemment. »

*

Un grand losange, suivi d'une succession de petits formant une queue, se détache dans le ciel sans nuages et tourbillonne aussi haut que les mouettes pendant que cris et battements de mains saluent chaque arabesque, chaque virage. À l'extrémité de la corde qui en pend, Titus est trop occupé à la manœuvre pour se laisser distraire par les exclamations de Cornelia, près de Grietge, laquelle est transportée de la même joie que sa jeune compagne. Des passants lèvent la tête et, sur leurs bateaux, marins et passagers agitent la main à notre adresse, tandis que, sur terre, des ailes géantes tournent et tournent encore. Sous son chapeau, le sieur van Rijn sourit, et Jan en oublie un instant le Fortuyn, le moulin à grain qu'on lui a commandé d'ébaucher à l'encre. Tout cela est si beau, si gai, que cela ressemble à un songe, et un moment je crains que ce n'en soit un, que ce tableau ne change soudain, que je ne tombe à l'eau, cette fois dans l'eau sombre qui m'engloutit souvent, la nuit.

Par chance, il n'en est rien : ce matin, alors que je jouais une pièce de musique au virginal, des coups ont retenti à la porte. C'était Jan, venu avertir que le Maître ne serait point chez lui dans l'après-midi ; il partait en effet en promenade afin de mettre à profit la belle lumière de cette journée pour dessiner, a-t-il expliqué : il serait sitôt difficile d'emprunter les chemins jusqu'au printemps prochain. Voyant la déconvenue se peindre sur le visage de Grietge, que j'avais jointe dans le vestibule, et probablement sur le mien, il a ajouté, rieur, que le sieur van Rijn proposait de nous emmener toutes deux, si je le désirais. J'y ai consenti sans trop faire réflexion, et le garçon s'est éclipsé après m'avoir recommandé de gagner St Antonis Poort quand dix heures sonneraient. Je me suis hâtée de donner à Lysbet sa journée, de me vêtir et me chausser comme il se devait en pareille occasion, et, lorsque les dix coups ont retenti à l'horloge de la Suyder Kerck, nous avons quitté la maison. Virant deux fois à gauche, nous avons longé le lazaret, Grietge baissant comme toujours la tête sous l'effet de la crainte ou de l'embarras, et débouché dans la Breestraat.

À quelques pas de là, Rembrandt van Rijn avançait, sa fillette dans les bras, entre son fils et son élève, munis de besaces, l'épagneul dans les pieds, à croire qu'une main nous avait actionnés par une clef invisible de façon que nous nous retrouvions au même moment à cet endroit particulier. Le voyant marcher, le menton levé, indifférent aux regards des curieux qui se posaient sur lui, j'ai repensé à notre première rencontre, à l'arrogance qu'il avait affichée ce jour-là, et il m'est apparu que désormais je connaissais l'homme derrière le masque. Cornelia a tendu ses menottes vers Grietge, qui l'a accueillie un moment contre son sein, et, nous nous sommes dirigés vers la porte de la ville, que nous avons franchie, tout comme le pont, pour tourner ensuite à droite et emprunter la rive orientale de l'Amstel. Hendrickje Stoffels ne nous accompagnait pas : peut-être avait-elle préféré veiller sur la maison presque vide du sieur van Rijn, qui déjà ne lui appartient plus.

Malgré l'air vif, la lenteur de nos pas m'agrée : elle permet de tout admirer, moulins, arbres, fermes, paysans et promeneurs partis comme nous de la ville ou y venant, bateaux de diverses dimensions selon qu'ils sont pour l'agrément, le transport ou le commerce, glissant sur les eaux de l'Amstel que le soleil pare, telle la moire, de taches dorées en mouvement. Car sans cesse Rembrandt van Rijn rappelle l'attention de son élève ou de son fils, quand il ne puise pas lui-même dans sa poche un carnet où il trace des lignes qui habilement s'agencent pour former l'exacte représentation du paysage étalé sous nos yeux. Alors le temps se suspend, tout comme notre souffle, par crainte de rompre le charme ainsi établi. En dépit de son jeune âge, Cornelia parvient elle aussi à garder le silence, serrant entre ses doigts le petit cheval de bois qui appartenait jadis à ma fille et que Grietge lui a baillé, ou s'appuyant contre l'épaule de cette dernière, laquelle irradie de joie dans ce rôle de confidente et, en quelque sorte, de sœur aînée, si bien que les deux garçons sont comme malgré eux attirés par sa personne. À leur vue, un sentiment de bonheur m'envahit, mêlé d'amour, cette sorte d'amour sans condition qui embrasse tous les êtres, et de reconnaissance mon cœur se remplit pour mes compagnons de ce jour.

Nous avançons encore. À notre droite, deux hommes pêchent, l'un au filet, l'autre à la canne, et il semble que l'un de leurs paniers soit déjà plein. Titus et Jan s'en approchent, suivis de Grietge et de Cornelia, et le peintre s'entretient un moment avec eux en retenant le chien. N'ayant nulle envie de contempler les poissons agonisants ou morts, je regarde l'autre rive où se dresse la Bergenvaaderskamer, la chambre des navigateurs de Bergen, reconnaissable à ses quatre bâtiments, flanqués d'arbres. Soudain je me revois sur l'Amsteldijk, devant la taverne, marchant en compagnie de Diogo et de mes enfants en bas âge. Je voudrais tendre la main à la jeune femme que j'étais alors, farouche, candide, peut-être un peu sotte, et la ramener à moi, mais elle est trop éloignée désormais de celle que je suis devenue : son fantôme ne se détourne même pas des minuscules silhouettes, elles aussi illusoires, sur lesquelles il a les yeux fixés. Où se trouve mon mari ? Quand reviendra-t-il ? Ces demandes jaillissent en moi et je m'aperçois que je ne ressens point le manque de sa personne, que je n'en conçois même nulle honte. Je pense aux années que j'ai passées, enfermée en son absence dans ma demeure, alors que les femmes de ce pays se déplaçaient seules à leur guise, et, loin de m'affliger, cette pensée me tire un sourire. Un petit voilier glisse devant nous, sa voile déployée telle l'aile d'un papillon.

Nous nous arrêtons et traînons tant, en cette matinée, que le midi nous surprend au pied du molengang, succession de trois moulins à vent, qui borde l'étroit canal du Watergraafsmeer. Le peintre hèle alors un batelier qui nous le fait franchir à la rame, nous conduisant sur l'île De Omval, la Ruine, située dans le coude que forme le fleuve, dessinant une baie. Devant un autre moulin, majestueux et moderne, à côté d'un chantier naval, il m'aide à sauter à terre, pendant que Jan attrape Cornelia et que Titus soulève l'épagneul, puis Grietge qui s'empourpre dans ses bras. Après quoi nous longeons des jardins ceints de murets en direction de cette auberge que tous connaissent à Amsterdam, en particulier les amoureux, ce qui lui vaut une mauvaise réputation chez les gens les plus austères. La proximité de Rembrandt van Rijn ne me cause aucune gêne ; au contraire, je suis heureuse et fière de me trouver à ses côtés. Ravie, je l'écoute expliquer à sa fillette que les deux grands poteaux qui dépassent de la construction de pierre forment un phare constitué d'une partie mobile au bout de laquelle on suspend une lanterne une fois la nuit venue.

Dans la vaste salle les clients ne sont guère nombreux en ce jour de semaine, et le peintre obtient qu'on nous place proche le poêle, puis il s'entretient du midi avec une servante, qui semble nous prendre pour un couple en promenade avec ses enfants. Je savoure l'amusement que cette méprise me cause, tandis que Rembrandt van Rijn écoute l'énumération des plats tout en goûtant la bière légère qui nous a été incontinent versée. Du potage de légumes cuits au lait, de l'anguille et des gaufres, voilà ce que nous aurons, à la grande joie de Jan, qui se dit affamé.

La nourriture est simple, mais bonne, et je la mange avec un appétit qui m'avait abandonnée ces derniers mois. Entre deux gorgées ou bouchées, nous bavardons de petites choses insignifiantes, ainsi qu'on le fait entre gens accoutumés les uns aux autres ; de temps en temps le peintre m'adresse un sourire satisfait, comme pour souligner une théorie démontrée avec succès – que je suis bien en vie ? que mon médecin a tort ? qu'il m'a entraînée, lui, loin de mes habitudes, de mon milieu, dans cette auberge où la majorité des clients le connaît ? Peu m'importe. J'aimerais figer ce moment comme en une de ces peintures dont il a le secret, mais c'est hélas tâche impossible : le temps s'échappe irrémédiablement.

Alors qu'on nous sert les gaufres, le peintre est attiré par un nouveau venu qui s'assied, il pose donc sa cuiller pour se munir de son carnet, de sa plume, et se met à l'œuvre. Je tourne les yeux vers son sujet, un vieillard accoudé à une table, et manifeste tout bas ma surprise face à ce triste modèle, auquel la servante apporte prestement une soupe. Mais lui, sans cesser de dessiner : « Là où vous voyez la pauvreté, je vois l'humilité. Là où vous voyez la vieillesse, je vois la sagesse. Là où vous voyez la laideur, je vois l'histoire d'une vie. » Tant de sapience m'irrite un peu, et par provocation je lui repars : « Et là où je vois la méchanceté, que voyez-vous, monsieur van Rijn ? – L'ignorance, sans nul doute. » Puis, comme une fillette capricieuse : « Et là où je vois la mort ? – Je vois une autre existence qui commence. – N'est-ce point là un blasphème ? – Mais non, voyons. Blasphème est celui qui ne contemple pas l'amour. »

Je médite ces paroles dignes d'un prophète pendant qu'il ajoute à sa feuille trait après trait, et qu'à ma gauche la conversation se poursuit, ponctuée de rires, du rire aigu de Grietge surtout, qui tient Cornelia sur les genoux. *Une autre existence qui commence...* J'aimerais interroger le peintre plus avant, mais il est trop occupé maintenant par son dessin et ce n'est point le lieu, je le sais. Je me promets de le faire plus tard dans son atelier.

Le dessin terminé et les gaufres avalées, le Maître commande de partir : les jours se sont raccourcis, argue-t-il, et il entend profiter de la belle lumière de cet après-midi jusqu'au village d'Ouderkerk, où nous nous rendons. Nous gagnons donc la jetée et nous entassons dans une barque qui nous mène à l'autre rive, à la hauteur de Meerhuizen, où il enjoint à Jan de représenter le coude que forme la baie et, au loin, het Molentje, le petit moulin à vent, flanqué d'un bâtiment de bois, d'une ferme et d'un quai auquel plusieurs bateaux sont amarrés. Pendant que l'élève s'exécute sous l'œil du Maître, que Grietge et Cornelia courent avec Titus et son jouet volant, je m'assieds sur la barrière qui longe l'Amsteldijk : derrière la végétation sauvage, à quelques pas de moi, un bateau à voile glisse lentement, croisant un coche d'eau qui traîne vers Amsterdam un chargement de bois. Rires, éclats de voix, cris de corneilles et de mouettes se mêlent à la conversation de deux cavaliers qui se dirigent vers le sud, et je me dis que rarement j'ai eu le sentiment d'être aussi vivante. J'imagine que je pourrais marcher aisément jusqu'à Ouderkerk et son cimetière, où notre bien-aimé Menasseh ben Israël a été enterré, comme tous les membres de notre Nation, peut-être même au-delà, car ni l'effort, ni la douleur, ni la fraîcheur n'ont apparemment de prise sur moi.

Puis Rembrandt van Rijn fait tomber son carnet dans sa poche, et le chemin défile de nouveau sous nos pieds, bordé de fermes dont les immenses toits bas, en forme de triangle, conservent le foin destiné aux bêtes, m'apprend-il un peu plus tard. Jovial, il salue les paysans que nous croisons et s'arrête pour causer un moment avec eux. Une femme lui propose du lait de ses vaches tout juste tiré, et il rappelle nos compagnons qui nous ont devancés afin qu'ils y goûtent ; rebroussant chemin, ceux-ci se pressent autour du seau dans lequel la paysanne plonge une louche qu'elle offre à la ronde, en commençant par moi. J'ai du mal à avaler ce liquide tiède, épais et gras, quoique tout frais, mais je m'y oblige pour ne point désagréer la compagnie.

Est-ce cela ? Ou le midi copieux auquel je ne suis plus accoutumée ? Est-ce l'émotion qui depuis le matin m'habite ? Nous n'avons pas encore atteint la tour de Kostverloren, dont Rembrandt van Rijn me narre l'histoire, quand je suis prise de vertige. Je tends la main vers lui et le vois se tourner vers moi, puis son bras se porte à ma taille et je ne sens plus rien.

*

Un gros visage rouge sous une large coiffe, dont la bouche remue en déclarant : « Voilà, je vous l'avais dit, elle revient », est penché sur moi. Il se retire dans des excuses pour les soufflets qui, je l'entends à la chaleur de mes joues, m'ont été infligés. Si tôt d'autres s'approchent. Je reconnais Grietge, en pleurs, Titus et Jan ; plus loin, Rembrandt van Rijn qui commande aux curieux de s'écarter afin que je puisse reprendre haleine. Du petit groupe qui m'accompagnait, nul ne porte son manteau, à l'exception de Cornelia, dans les bras de son frère. Étalés l'un au-dessus de l'autre par terre, ils forment la sorte de matelas sur lequel je suis allongée, la tête lourde et douloureuse. Je tente de me relever, mais le gros visage réapparaît pour m'enjoindre de n'en rien faire : « Quand on a pâmé, Madame, affirme la femme qui en est dotée, on doit se reposer un peu. Sans dormir ! » Malgré mon envie de repartir que je n'ai point sommeil, je me contente d'expliquer : « Ce n'est rien. Le lait, sans doute, ou l'air vif », tandis que, me voyant en vie, quelques badauds passent leur chemin. Elle a toutefois déjà reculé et personne ne m'écoute. Peu importe la cause, semblent me reprocher les visages qui tantôt grossissent tantôt rapetissent en une succession évoquant les mauvais songes, le fait est là. Seule Grietge reste près de moi, agenouillée, les yeux à présent secs, la mine encore inquiète. À l'arrière, le peintre et un inconnu se concertent.

Je n'ai point sommeil, mais je ne désire point me lever non plus. Si ce n'était le mal de tête, toute cette agitation autour de moi ne me donnerait qu'amusement. Saisie par une paix soudaine, je contemple le bleu immaculé du ciel que les branches de saule rongent à ma droite en une jaune dentelle ; des corneilles y dessinent d'épaisses virgules noires, qu'elles accompagnent de leurs cris. J'aimerais me trouver parmi elles, libre, regardant, indifférente, cette réunion de gens et mon corps inerte au sol, mains sur la poitrine, jambes jointes, comme celui d'un mort. Peut-être est-ce cela, le calme du *gan eden* ? Si tel est le cas, je n'ai pas peur.

Au bout d'un laps de temps que je ne saurais estimer, des bras me redressent et je peux enfin me lever – brièvement toutefois puisqu'il me faut monter dans un coche d'eau que Rembrandt van Rijn a hélé. Le batelier, un gamin minuscule sur son énorme cheval, échange encore quelques mots avec lui pendant que Titus et Jan m'aident à monter à bord : il jure à cause du retardement que cet arrêt imprévu va entraîner, puis finit par se taire.

Dans la salle commune, par chance à moitié vide, deux hommes changent de place pour me laisser installer commodément sur le banc d'angle qui me permettra de m'adosser à la paroi de bois, les jambes étendues. À en juger par leurs chapeaux et leurs vêtements, il s'agit de marchands. Il y a en vérité ici toutes sortes de gens, paysans, magistrats, marins, qui regagnent la ville ou s'y rendent pour la première fois ; certains bavardent, d'autres écrivent, un couple pousse même la fleurette. Jan et Titus sortent sur le pont, où ils ont décidé de voyager avec le chien, tandis que Grietge s'assied à côté de moi et hisse sur ses genoux Cornelia, à qui elle se met à conter une histoire tout bas. La fillette l'écoute, captivée, tout en jouant avec le lien de son capuchon : l'air lui a rosi les joues qu'elle a d'habitude pâles, comme les femmes de cette contrée, et les cheveux blonds qui s'échappent de sa coiffe ont un peu frisé. Un instant, je pense à Hendrickje Stoffels, sa mère, qui partage l'existence de Rembrandt van Rijn, cet homme qui a eu, murmure-t-on, de multiples amantes, et, quoique ce ne soit pas bien séant, je me dis que j'aurais aimé compter à leur nombre.

Je le regarde. Assis près de mes pieds, il a tiré de sa poche son carnet et sa plume, et il représente les passagers qui lui font face. La lumière de la petite fenêtre qui se trouve derrière lui éclaire sa joue droite et son œil couleur d'agate, ainsi que les mèches de cheveux châtains et gris épousant dans son cou les mouvements vifs de sa tête. J'ai le souffle coupé. Soudain plus rien, ni bruits ni objets, ne semble exister à l'intérieur de la barque, hors sa présence. Puis une chanson parvient du pont. Elle dit :

Ainsi j'erre le long des courants de l'Amstel
Vers le Diemermeer,
Où jadis j'ai beaucoup joui
De la chère lumière
De votre visage…

Lentement Rembrandt van Rijn se tourne vers moi. Décidant de me représenter à mon tour, il m'observe et sourit. Je ne baisse pas les prunelles.

*

Derrière les fenêtres de ma chambre, la neige forme de gros flocons. Cela fait deux mois qu'elle tombe, et je la regarde se déposer sur les bords du Houtgracht, les entrepôts, les bateaux, les marchands, les passants et les femmes qui se rendent au marché ou en reviennent. D'un côté de la cheminée, Grietge brode, les pieds sur une chaufferette ; parfois je l'observe, elle aussi, absorbée dans sa tâche, ou se levant pour raviver le feu, et dans le temps que nos regards se croisent, elle sourit, d'un sourire où se mêlent diverses nuances, de plaisir, de gêne, d'affliction, mais également de concorde.

Il est vrai que nous partageons plus d'un secret. Le matin qui a suivi notre promenade le long de l'Amstel et la pâmoison dont j'ai été prise, le sieur van Rijn a mandé celle qu'il appelle sa femme quérir de mes nouvelles ; après que j'ai dit me porter fort bien, son message m'a été livré : œuvrant à présent aux particularités de sa peinture, il n'avait plus besoin que je me rendisse à son atelier. Pour cacher mon effroi, je me suis tournée incontinent vers Grietge, qui s'attardait devant la porte du vestibule, et j'ai lu dans ses yeux cela même que je tentais de dissimuler, à croire qu'ils étaient un miroir des miens.

Comme Hendrickje Stoffels affirmait que j'avais la carnation fort pâle, j'ai marmonné je ne sais quoi, puis, recouvrant mes moyens, l'ai questionnée à mon tour sur la santé des siens. Par chance, sa visite n'a point duré. Se levant, elle s'est légèrement inclinée devant moi puis, baisant les joues de Grietge, lui a glissé que son amie Cornelia la réclamait, ainsi que la première me l'a ensuite rapporté : j'étais déjà dans l'escalier, j'étais déjà dans ma chambre, à me tourmenter et à m'interroger sur les motifs d'un tel rejet. Pour quelle raison ma présence désagréait-elle désormais le peintre ? Était-ce ce qu'il avait vu dans mon cœur pendant qu'il me représentait à la plume, à l'intérieur du coche ? Le sentiment que j'éprouvais pour sa personne ? Ou avait-il été effrayé en me voyant inanimée ? Souhaitait-il me ménager ?

Entendant les pas légers de Grietge, je me suis redressée sur mon lit, et c'est ainsi qu'elle m'a trouvée quand elle a franchi le seuil, après avoir frappé. Elle avait elle aussi les joues rayées de larmes, la poitrine battante, comme je l'ai remarqué en l'invitant à s'asseoir, et j'ai accepté le mouchoir que gentiment elle me tendait, un carré de lin simple dont la vue a plus tard formé dans mon esprit une idée. Nous avons toutes deux séché nos pleurs, puis je lui ai dit que non seulement elle, Grietge, reverrait le fils du sieur van Rijn, mais qu'en outre elle serait mon émissaire, qu'elle serait ma voix et mes yeux dans la demeure de la Breestraat : elle visiterait son amie Cornelia et peut-être apercevrait-elle la représentation que le peintre faisait de ma personne, peut-être obtiendrait-elle des renseignements à ce sujet.

Il en est allé ainsi le lendemain et les jours suivants. À l'heure où nous avions coutume de sortir, hors le samedi, elle se dirigeait d'un pas rapide vers la maison de Rembrandt van Rijn, munie d'un ancien jouet de ma fille, d'un gâteau, d'un pâté, ou d'une quelconque babiole. Je la regardais s'éloigner, perdant bien vite sa mince figure au milieu de la foule, puis attendais son retour, essayant de tromper mon impatience par des lectures ou des pièces de musique, descendais même à la cuisine m'entretenir avec Lysbet de ce qu'elle préparerait pour le souper. Parfois, simulant la faim, je mordais dans une crêpe frite ou dans un de ces beignets au gingembre, aux amandes et aux pommes qu'on nomme ici olie-koeken et dont Grietge avait emporté en cachette un petit paquet ; alors Lysbet riait et se réjouissait de mon appétit qu'elle croyait revenu. Mais il lui arrivait aussi de poser sur moi un regard perplexe, n'osant pas m'interroger sur les motifs qui détournaient la jeune servante d'une partie de ses tâches habituelles, motifs que cette dernière gardait elle aussi secrets.

Enfin, j'apercevais la figure bleue tant attendue et la regardais, impatiente, gagner la porte du vestibule. Souvent, me sachant à mes fenêtres, Grietge rejetait son capuchon et levait la tête, montrant la même et sempiternelle mine déconfite. Le sieur van Rijn, me faisait-elle connaître ensuite, demeurait enfermé dans son atelier, auquel l'accès était barré, y compris à Hendrickje Stoffels, et tant pis si les lieux n'étaient pas nettoyés, avait-il dit. Quant aux deux garçons, ils n'erraient plus dans la maison, l'un étant sans doute confiné dans le petit atelier, l'autre arpentant la ville pour vanter et vendre les œuvres de son père.

Après plusieurs semaines de pareil régime, j'ai relevé Grietge de ses obligations et, la laissant libre de retourner chez le peintre toutes et quantes fois elle le souhaiterait, ai proposé de lui enseigner la broderie. Telle était, en effet, l'idée que la vue de son mouchoir de lin avait formée dans mon esprit : cet art, que je connaissais bien, l'ayant pratiqué dès ma jeunesse, joint à la somme que je comptais lui léguer, lui permettrait un jour, pensais-je, d'ouvrir une échoppe et d'améliorer ainsi sa condition. J'ai trouvé, je le confesse, plaisir à ce devoir ; il était aisé de faire naître sous les doigts des fleurs, des animaux, des paysages ou autres figures : prenant toutes directions et formes, le fil obéissait plus promptement au vouloir que la vie. De plus, dans l'application, l'esprit se vidait des pensées ou souvenirs, surtout des chagrins, rendant cet exercice semblable à un coup de vent qui chasse du ciel les nuages à l'avantage du soleil. Parfois je me demandais même si ce que j'avais vu et éprouvé auprès de Rembrandt van Rijn n'avait pas été un songe, mais il me suffisait de lever la tête, et le front et les sourcils plissés de Grietge, ses lèvres arrondies, m'assuraient qu'il n'en était rien.

Peu avant la fête de Hanukkah, Diogo est rentré de Venise. Quoique accoutumés aux absences que requièrent ses affaires, nous nous sommes longuement observés, telles deux bêtes se rencontrant dans une clairière, après quoi mon mari a tendu à Grietge sa cape, son grand chapeau, et, se débarrassant de sa perruque, est venu vers moi. Un instant, il m'a semblé que ses cheveux, coupés très court, étaient plus gris que le jour de son départ, puis il m'a pressée contre sa poitrine, et j'ai reconnu l'odeur qui n'appartient qu'à lui. D'Italie, il avait rapporté en présent un miroir bordé de petites roses en verre, qu'il a souhaité clouer incontinent sur le mur de ma chambre. N'osant lui repartir que je n'avais point envie de contempler sans cesse mon visage, je l'ai remercié de son attention.

Plus tard, au souper, nous avons bu du vin en échangeant des nouvelles d'ici et d'ailleurs. Ses yeux noirs brillaient dans le temps qu'il parlait de Catharina, notre fille, à qui il avait rendu visite sur la route du retour et qui m'envoyait, a-t-il dit, toute son affection, ainsi qu'une missive qu'il ne manquerait pas de me bailler. Quant à notre fils, il l'avait laissé en chemin, en compagnie de marchands de son âge qui pensaient, hélas, moins aux affaires qu'aux plaisirs, même s'ils avaient fait le pari de gagner tous ensemble les Petites Antilles et de s'y enrichir, a-t-il ajouté avec un soupir. Je l'ai regardé parler, boire, sourire. La douceur du vin et la lumière des bougies qui ornaient la table le faisaient paraître fort beau, et peut-être m'embellissaient-elles aussi, car, avant le dessert, il a voulu monter dans notre chambre, s'allonger avec moi sur notre lit. Il s'est endormi incontinent après la chose, et j'ai écouté sa respiration une partie de la nuit. Étrangement, elle m'apaisait et m'inquiétait tout à la fois.

Notre existence habituelle a ainsi repris, partagée entre les réunions de musique et de littérature, les offices à la synagogue, les soupers chez *nos amis*, que nous recevions aussi à notre table, étalant en ces circonstances nos nappes et notre vaisselle les plus riches, des vins et des mets recherchés que Lysbet savait préparer et que Grietge avec grâce servait. Au cours de ces repas, il m'arrivait de contempler convives, plats, objets ainsi qu'on contemple les comédiens et les ornements d'une pièce de théâtre, étourdie par le bruit et les gestes, de loin. Comme ce n'était point désagréable, je me complaisais un moment à cette situation, après quoi je me tournais vers Diogo, dont le regard me ramenait incontinent dans la réalité. Il souriait, amusé par ma mine distraite, sans soupçonner les sentiments qui m'animaient, ni l'infirmité dont le docteur Bueno avait affirmé que je souffrais. Alors je repensais aux paroles de Rembrandt van Rijn, *personne ne connaît personne*, et constatais qu'elles correspondaient au vrai.

Pareille pensée m'a saisie quand mon fils est rentré, dans le mois de janvier. Inquiet, turbulent, il ne semblait avoir que le désir de repartir. « Comptes-tu donc aller de place en place comme les oiseaux ? lui ai-je un jour demandé. Ne serait-il pas temps de fonder, comme ta sœur, une famille ? N'y a-t-il point de jeunes filles qui t'agréent chez nos amis ? » De ses prunelles noires, il m'a lancé ce genre de flèches qu'on destine aux vieillards et aux importuns, puis il a répété d'un ton résolu : « Je veux voir le monde » et m'a priée de le laisser en repos.

Désormais il accompagnait son père chaque jour à la Bourse et au siège de la WIC, la Compagnie des Indes occidentales, en essayant de le gagner à sa cause, ce à quoi il s'appliquait également à la maison : « L'île de Curaçao est une terre d'avenir. On y fera bientôt de multiples commerces avec l'Afrique et les colonies espagnoles des Amériques, déclarait-il. – C'est possible, objectait Diogo, mais dis-moi quelle sorte de plaisir tu pourras trouver à vivre loin de tout, sur une île perdue dans la mer des Antilles. » Joseph haussait les épaules en répétant la même phrase, *Je veux voir le monde*, et soudainement je croyais retrouver le garçonnet têtu d'autrefois. Sans se lasser, il recommençait le lendemain.

J'ignore quel genre d'accord ils ont conclu pour terminer, si Diogo lui a prêté de l'argent ou s'il lui en a donné, s'il lui a offert sa bénédiction en sus de ce viatique : je ne l'ai pas demandé. Après nos adieux, je suis montée dans ma chambre et me suis placée à la fenêtre, espérant apercevoir mon fils un moment encore sur le quai. Mon mari m'y a jointe au bout d'un demi-quart d'heure et, passant son bras autour de mes épaules, m'a pressée contre lui. Bien qu'il me montrât son profil, ses yeux aussi brillaient de larmes, et soudain j'ai failli décharger mon cœur. Mais je n'en ai pas été capable, j'ai conservé dans son linge de silence mon secret.

Quelques jours plus tard, la neige s'est remise à tomber, elle tombe maintenant depuis deux mois sans s'arrêter.

*

Puis le printemps est arrivé et, en ce jour que brille le soleil, je contemple, assise dans le jardin, les fleurs que je redoutais de ne point revoir. Mes *Semper Augustus* aux pétales rouge et blanc, dont chaque bulbe se vendait jadis au prix d'une maison, se dressent dans toute leur élégance parmi d'autres variétés de tulipes fines et cassées, des hyacinthes, des crocus et des narcisses. Nous sommes de nouveau en vie, semblent-elles dire fièrement, et en vérité je le suis moi aussi, même si l'enflure, comme la nomme Bueno, la bille qui s'est formée en mon sein, a grossi et si j'ai rédigé mon testament sitôt Diogo reparti, le dixième de mars, partageant ma fortune entre les membres de ma famille et réservant à Grietge de quoi s'établir ; à Lysbet, une somme moindre. J'ai remis également au notaire mes dispositions concernant le paiement de la peinture que j'ai chargé de faire Rembrandt van Rijn, dont je ne sais plus que les renseignements glanés par Grietge auprès de Hendrickje Stoffels, soit qu'il chercherait une nouvelle demeure de l'autre côté de la ville, dans un quartier plus modeste, mais plus en vogue, où se sont aménagés d'autres peintres. Malgré son silence, mes pensées courent encore vers lui, parfois mêlées d'amertume et de ressentiment, car je regrette les heures passées dans son atelier ainsi que l'assoiffé regrette la fontaine. Et je continue de m'interroger : est-ce parce qu'il n'a rien puisé, lui, à cette fontaine qu'il a interrompu notre commerce, ou est-ce plutôt parce qu'il craignait de goûter au breuvage qu'elle contenait ? Ce sont toutefois des questions vaines, je ne l'ignore point.

Je referme la missive que ma fille m'a mandée de Rotterdam il y a de cela trois jours pour m'annoncer qu'elle est demeurée grosse et me proposer de la visiter après l'été jusqu'à ce qu'elle soit accouchée. Je lui répondrai que je me déterminerai plus tard, non que je sois indifférente à cette autre vie qui commence : mon esprit refuse simplement de former des projets dans un temps excédant plusieurs jours, tout au plus plusieurs semaines. Cela n'est point désagréable : ce que perçoivent mes sens et mon intellect m'apparaît désormais comme au petit enfant qui s'émerveille de toute chose avec candeur et s'en repaît intensément. Dans le même mouvement, mon âme semble peu à peu se libérer des attaches du monde, de ses croyances, comme s'il s'agissait de simples songes. Suis-je en voie de devenir sage ?

« Madame ! » Grietge a surgi dans le jardin. « Madame ! Venez ! Venez vite ! » répète-t-elle, les poings refermés sur son tablier comme à une amarre, la mine troublée. Elle me précède dans le vestibule où je découvre Titus van Rijn, ainsi que je l'ai vu pour la dernière fois : mince, blond, bien fait. Il me salue avant que d'indiquer non sans fierté le paquet rectangulaire de bonne dimension, recouvert d'étoffe et ficelé, qui repose contre sa jambe. Nul besoin de lui demander ce qu'il renferme : je l'ai tant attendu, je le sais. Il tend les doigts vers un des nœuds, quand je l'arrête. Qu'il le porte d'abord à l'étage, c'est là que je le verrai. Il accepte, et nous montons tous deux, accompagnés de Grietge et de Lysbet que les exclamations ont tirée de la cuisine.

Dans ma chambre, je commande aux deux femmes d'ôter les porcelaines qui ornent le coffre en ébène, contre le mur, en face la fenêtre, afin que le jeune homme y place son paquet, et prends dans mon cabinet le billet à ordre que j'y conserve, déjà rempli et signé. « Ne voulez-vous pas voir la peinture avant ? » interroge Titus, apparemment surpris dans le moment que je le lui remets. Je le prie plutôt de dénouer les ficelles, puis de me laisser : je veux la regarder seule. « N'avez-vous point de message à livrer à mon père ? » demande-t-il encore. Je lui repars que je ne saurais point que lui dire à présent, mais que peut-être je lui manderai plus tard une missive. Il s'incline et quitte la pièce en compagnie de Grietge et de Lysbet qui, selon mon instruction, lui serviront du vin et des beignets ; ainsi, la première pourra l'admirer à sa guise, tandis que je contemplerai l'œuvre du sieur van Rijn.

Enfin, j'écarte délicatement l'étoffe qui enveloppe la toile et, de surprise, tombe à genoux. La femme que Rembrandt van Rijn a représentée n'arbore point de robe noire ni de grand col immaculé, point de coiffe non plus, elle n'a point les mains serrées l'une contre l'autre, ni la mine posée et digne que, dans ces atours, j'ai montrée pendant des semaines de temps. Elle possède un visage identique à celui que chaque jour me renvoie mon miroir de Venise, mais ses cheveux, du même brun que les miens, ne sont pas coiffés ni retenus : ils forment une masse ondulée qui lui retombe sur l'épaule. Elle porte à sa seule oreille visible une petite perle semblable aux miennes et a pour vêtements une longue chemise à plis, blanche, presque impudique, traversée d'une chaîne ouvragée, ainsi qu'un somptueux manteau broché d'or aux pans ouverts, comme dans les peintures à l'antique. Sa main droite serre la tige d'une grande flèche, peut-être d'une lance, tandis que la gauche, plus large, tient à la laisse deux animaux, un lévrier et une biche, dont on ne voit que tête et poitrine. Et si elle a les yeux tournés vers ces deux bêtes, on lui devine une mine à la fois grave et résolue. Derrière elle, une nuit noire.

Une beauté. Une chasseresse. Telle est donc celle que le peintre a vue derrière mon apparence ? Tandis que, tout à la surprise, je fais réflexion, une particularité attire encore mon attention. Au bas de la peinture, cachés dans un repli du manteau, sur ce qui m'est d'abord apparu tel un ruban, on peut lire en tournant la tête les mots : *Quem diligis numquam perdes*, soit en langue vulgaire : « Qui tu aimes jamais ne perdras ». À qui s'adresse donc cette phrase ? À ceux qui verront la peinture après moi, aux membres de ma famille, afin qu'ils ne m'oublient pas, une fois que j'aurai péri ? Ou plutôt à ma personne ? Et si c'est à ma personne, est-ce lui, Rembrandt van Rijn, que je ne perdrai jamais ? Croit-il donc que nous nous reverrons un jour, malgré son refus dernier de me recevoir ? Le veut-il ? Est-ce par conséquent une promesse ? Les doigts pressés contre mes lèvres, je pleure et je ris tout à la fois.

3.

Province de Nijni-Novgorod
1795

« Nikolaï Mikhaïlovitch ! Nikolaï Mikhaïlovitch ! » Il me reprend encore de cette manière, la voix aiguë et la mine offusquée, comme si j'avais commis je ne sais quelle faute méritant l'eau et le pain sec. « Oui ? » dis-je avec une nonchalance sans doute excessive puisqu'il lance, irrité : « Vous rêviez encore, Nikolaï Mikhaïlovitch... À moins que vous n'ignoriez la réponse ? » Je soupire avec ostentation et m'abstiens de répliquer que les tableaux ornant cette galerie sont la fierté de ma famille depuis que le grand-père de ma mère les a réunis, composant une collection à nulle autre pareille dans la province, et que ce n'est donc pas un précepteur français nouvellement arrivé qui va me les expliquer. Mais lui : « Je répète, un chien, une biche, une flèche... À quelle divinité appartiennent ces attributs ? Alors ? » Il marque une pause pour mieux accueillir la réponse de mon frère et : « Fort bien, Sergueï Mikhaïlovitch, à Diane, déesse de la nature et du monde souterrain, c'est cela. Malgré l'absence du carquois et du croissant de lune qui lui sont en général associés, on ne peut se méprendre sur cette représentation. »

Satisfait de sa personne, il esquisse en quelques traits une biographie du peintre qui, à l'entendre, se serait ruiné au milieu du siècle dernier en menant une vie dispendieuse. Qu'en sait-il ? Il n'a même pas remarqué les mots cachés sur un ruban dans un pli du manteau, ces quatre mots latins qui forment une déclaration d'amour – Sérioja, lui, est trop jeune pour le comprendre, et notre mère a mis moins de sollicitude à l'instruire qu'elle ne l'a fait avec moi, son préféré. *Compte tenu de cette phrase*, a-t-elle chuchoté un jour à mon oreille, me livrant son secret, *la flèche que le sujet tient à la main ne peut être que celle du dieu de l'amour, Cupidon. Quant au chien et à la biche, ils symbolisent, non le chasseur et sa proie, mais l'amoureux et l'amoureuse réunis, pacifiés.* Une thèse qui n'a rien d'étonnant chez cette grande lectrice de romans et qui n'effleure certes pas l'esprit de Monsieur Borel, lequel glose un moment encore sur la mythologie romaine, puis se détourne et va pérorer plus loin, suivi de mon frère, toujours discipliné. « Nikolaï Mikhaïlovitch ? » interroge-t-il plus qu'il n'ordonne. C'est alors que du bruit retentit au-dehors – des aboiements, ou plutôt des jappements joyeux –, et je me dirige vers la fenêtre, pensant découvrir l'équipage de mon père, de retour de Moscou avant le temps prévu.

Mais ce n'est pas leur maître que les chiens fêtent, c'est, à en juger par son bâton, sa tunique et son sac, un pèlerin errant, comme je l'explique au précepteur en m'éloignant : en l'absence de mon père, je suis le maître de la maisonnée, raison pour laquelle je ne puis me soustraire aux devoirs de l'hospitalité, dis-je encore. Sérioja se précipite derrière moi, et la cage de l'escalier résonne bientôt de cris – « Vite ! Un strannik, un strannik ! » – puisque mes sœurs, venant de l'étage supérieur, nous y rejoignent en prononçant ces mots dans des bruissements de jupes. J'atteins le rez-de-chaussée en tête, et cependant pas le premier : près de la porte, ma mère, qui devait être déjà en bas, accueille au même moment le visiteur, et il ne nous reste plus qu'à nous presser à ses côtés, telles ces figurines en papier découpées toutes ensemble selon un seul tracé, qu'on déplie et replie à sa guise pour amuser les petits.

« Sois le bienvenu ! C'est le Seigneur qui t'envoie ! » lance-t-elle à l'homme de haute taille qui ôte son sac et son bonnet, dévoilant un visage maigre, ridé, qu'une barbe et des cheveux gris semblent ronger. Il la remercie de son accueil et de la prière qu'elle adresse ensuite à Macha, ma sœur aînée – demander du thé à la cuisine pendant que nous nous établirons au salon, près de la cheminée, « car le pèlerin doit avoir froid », ajoute-t-elle. Aussi passons-nous tous dans la pièce en question, où Monsieur Borel se glisse derrière nous et, s'adossant au mur près de la porte, regarde, la mine soupçonneuse, le nouveau venu enlever la couverture qui reposait sur ses épaules, puis, l'ayant soigneusement pliée, la placer au sol et s'agenouiller dessus, comme s'il entendait se mettre en prière. « Que le Seigneur bénisse cette maison et ses habitants ! Que ceux-ci soient remerciés de la charité avec laquelle ils accueillent le pèlerin ! » s'exclame-t-il encore, alors que nous l'imitons tous et nous signons. Et, comme il en reste là, ma mère répète : « Sois le bienvenu, toi que le Seigneur envoie ! », puis s'assoit sur ses talons, ce que nous nous hâtons de faire à notre tour. Elle nous présente alors, l'un après l'autre, et nos prénoms rebondissent et s'enchaînent, tel un refrain que l'homme ponctue de hochements de tête, comme s'il les approuvait. Enfin, elle interroge : « Dis-nous donc, saint homme, qui tu es, d'où tu viens et de quoi tu as besoin. »

Mais, avant même qu'il n'ait le temps de répondre, Macha survient, accompagnée d'Agafia, qui apporte le samovar et le service à thé, ainsi que des petits gâteaux aux amandes dont mes jeunes sœurs et Sérioja raffolent. Nous voyant tous assis par terre, à l'exception du précepteur qui, en fidèle disciple des Lumières, s'est dès le premier jour proclamé athée, elle réprime un sourire moqueur et se joint à nous, une fois la collation servie et Agafia repartie. Le silence s'étire pendant que le pèlerin savoure le breuvage à petites gorgées, nous permettant de mieux observer son épaisse tunique traversée d'une ceinture et sa culotte large, les bandes qui lui enveloppent les mollets et ses galoches. Étant le plus proche de lui, je me demande si je suis le seul à sentir l'odeur surprenante qui émane de sa personne, une odeur de pin, de bouleau et de fougères, une odeur agréable de forêt.

Enfin il tend sa tasse vide à Macha, qui s'est penchée vers lui, et conte : « Noble dame, chers enfants, vous me pardonnerez de ne vous donner ni mon prénom ni mon patronyme. Si vous souhaitez lire le passeport avec lequel je voyage, je vous le montrerai volontiers et vous les y trouverez inscrits. Je leur ai cependant retiré toute valeur, comme à tout ce qui constituait ma vie passée, à savoir mon rang, mes qualités et même mes habits, dont je me suis défait sans nulle difficulté pour adopter la tenue simple que vous me voyez. Voilà pourquoi je me présente désormais sous une appellation plus conforme à la vérité, à savoir Enfant-de-Dieu, car c'est ce que je suis au fond, c'est ce que nous sommes tous. »

Ma mère sourit et branle du chef, mais, la connaissant mieux que quiconque, je lis la déception dans ses prunelles. Une histoire, voilà ce qu'elle attendait, de préférence semblable à celles que lui offrent ses bien-aimés romans, je le sais. Le pèlerin l'a peut-être lui aussi remarqué, car il ajoute :

« Je viens du nord et je me dirige vers le sud. Je compte en effet rallier le monastère de Sarov où, m'a-t-on dit, vit un starets qui saura répondre à mes questions et augmenter ma foi. Notre Seigneur, m'a-t-on également raconté, a bien voulu le libérer de ses attachements mondains et lui insuffler la Vraie Sagesse. En sa présence, paraît-il, les pèlerins se trouvent éclairés sans nulle autre forme d'instruction. » Ma mère s'exclame : « Veux-tu bien nous en dire plus long sur ce starets qui habite non loin d'ici sans que nous en sachions rien ? » Mais lui : « J'ignore tous les détails, à l'exception de celui-ci : il vit tantôt au monastère, tantôt dans la forêt en bonne entente avec les animaux qui la peuplent. »

Des *oh!* jaillissent des lèvres de mes sœurs, et je suis moi-même saisi d'enthousiasme : « Pèlerin, il est dommage que mon père se trouve encore à Moscou, où il avait à faire, car il a certainement entendu parler de votre sage et il saurait vous renseigner. Mais je consulterai ses cartes après le souper et établirai pour vous le meilleur chemin jusqu'à votre monastère. Ainsi, demain matin, vous pourrez repartir repu, dispos et sans crainte de vous perdre. »

Ma mère, dont j'ai croisé le regard fier, propose au visiteur de se reposer, ou de s'isoler en prière, dans la chambre où il dormira, avant de passer à table, ce à quoi il répond : « Je vous remercie, chère hôtesse, mais je ne suis point las. En revanche, j'aurais une demande à vous faire, si cela ne vous importune pas. » Et comme elle l'invite à continuer : « Je vois sur ce beau piano-forte une grosse liasse de partitions, signe que l'on en joue et qu'on y étudie. Il y a fort longtemps que je n'ai pas entendu de musique… »

Trop heureuse de lui agréer, elle l'interrompt – « Sonia ! Natacha ! » –, et mes deux sœurs se lèvent, comme toujours ravies de s'exhiber. « Pardonne-moi, Enfant-de-Dieu, de t'abandonner quelques moments, poursuit-elle. Pendant que tu entendras mes petites colombes, je veillerai que ta chambre et le repas soient prêts. Prends donc ce bon fauteuil, tu seras mieux pour écouter. »

Le pèlerin se déplie à son tour, puis s'incline, attendant pour se redresser que la maîtresse de maison ait quitté la pièce en compagnie de Lizavéta, ma jumelle, qui ne perd jamais une occasion pour se pendre aux basques de notre mère afin de me supplanter dans son cœur, tâche impossible. Mais, au lieu d'occuper la bergère qu'on lui a indiquée, il se rassied par terre, sur sa couverture, prêt à entendre les deux musiciennes, lesquelles ont entre-temps conféré. « Un lied de Monsieur Haydn vous conviendrait-il, strannik ? » lancent-elles. Le sourire qui éclaire le visage de l'étranger est plus éloquent que toute parole, et il y reste imprimé alors que Natacha s'établit au clavier et que Sonia presse son corps mince contre l'instrument. Monsieur Borel a profité du mouvement pour se glisser sur une chaise, près d'une fenêtre, et Sérioja pour se blottir dans le giron de Macha ; se retrouvant isolée, Tania, la benjamine, vient rouler jusqu'à moi, tel un petit chien, et je l'accueille entre mes bras, dépose un baiser sur son cou un peu moite sous les boucles blondes.

Il me faut l'avouer : bien qu'elles soient dépourvues du caractère fantasque de notre mère et trop vaniteuses à mon goût, Sonia et Natacha sont les êtres les plus passionnés de la famille, et je me plais de regarder le visage de la seconde, que je vois de profil, se couvrir de plaques pourpres, pendant que les gestes de la première se font de plus en plus emphatiques, comme si nous étions dans un théâtre pourvu d'une estrade et d'un vaste public. Je surprends Monsieur Borel à contempler Sonia avec un air nouveau : peut-être s'est-il épris de ses traits fins, des iris clairs que nous possédons tous, hors notre père, et de son front large sous les cheveux châtains ? Un tel spectacle échappe toutefois au pèlerin, dont les yeux maintenant fermés laissent couler des larmes, à croire qu'il entend davantage qu'une succession de notes et une mélodie : un message divin. Au reste, sa personne dégage une tranquillité mêlée de paix que je n'ai jamais ressentie chez quiconque, sûrement pas chez mon père, homme bon, certes, mais auquel le rang de haut fonctionnaire impose gravité et sévérité. Je demeure sous son charme tout le temps que durent les morceaux de musique et, plus tard, pendant le souper.

D'ailleurs, je ne suis pas le seul à être ensorcelé par sa présence : ma mère, qui ne cesse d'habitude de causer, l'écoute dans un silence respectueux dépeindre les étapes de son voyage et les individus qu'il a rencontrés en chemin – paysans, moines, serfs en fuite ou affranchis, raskolniki – les vieux-croyants –, intellectuels, nobles et autres âmes en quête de leur salut –, si bien que je me demande s'il est juste de nous borner à la simple pratique chrétienne, comme nous le faisons, plutôt que de chercher plus à fond dans nos cœurs. Même Monsieur Borel a abandonné son scepticisme initial, il paraît à présent favorablement impressionné par notre invité. Quant à Olga, qui sert le repas, elle semble si occupée à saisir la moindre bribe de ses propos qu'elle en oublie de passer les plats, demeurant figée sur place, les yeux écarquillés, ce qui lui vaut d'être sans cesse rappelée à ses devoirs.

En vérité, le pèlerin mange peu et boit à petites gorgées le kvass qu'on lui a versé après qu'il a refusé le vin de raisin : ses longues marches – il affirme parcourir chaque jour de trente à soixante-dix verstes – ne lui ont visiblement pas ouvert l'appétit, à moins qu'il n'ait choisi, pour s'alimenter, une forme de frugalité. Alors que mon frère et mes sœurs, Lizavéta exceptée, se jettent sur le dessert, il se contente de grignoter quelques gimblettes et d'avaler une cuillerée de crème épaisse. Et comme il finit par se taire, ma mère comprend qu'il désire gagner sa chambre pour la nuit. Elle le prie, toutefois, de réciter l'*Acathiste au doux Jésus*, et nous répétons tous en chœur « étonnement des anges ! », « délivrance des ancêtres ! », « exaltation des patriarches ! », « affermissement des rois ! », puis nous nous signons au terme de la litanie.

Je profite de l'apparition de la niania venant chercher les petits, des souhaits de bonne nuit, de la distribution des lampes et des chandelles pour me rendre dans le bureau de mon père et déployer les cartes de la province qu'il conserve dans des étuis de cuir. Je m'absorbe un moment dans l'étude des divers chemins, des stations de poste, des fabriques, des villages, des ermitages, des cours d'eau et, tout en griffonnant quelques notes, me laisse envahir par un désir nouveau. Je connais les terres familiales pour les avoir arpentées avec mes parents, depuis l'enfance, à chaque moisson et à chaque récolte, avoir pêché dans les lacs et les rivières, chassé dans les bois et les plaines, mais je n'ai jamais poussé au-delà, si ce n'est à l'occasion de visites à des oncles ou des tantes. Il y a là tant de lieux, dont j'ai entendu parler dans les récits de mon père ou dans les gazettes, que j'aimerais connaître ! En proie à cette envie, je me précipite chez ma mère, qui m'invite, d'une tape assenée à ses draps, à m'allonger près d'elle.

Elle est déjà apprêtée pour la nuit, assise contre ses oreillers, cependant elle n'a pas encore ouvert son livre, un roman français, l'esprit sans doute occupé par mille pensées. De fait, sans même me poser de question, elle se met aussitôt à bâtir des hypothèses concernant le passé de notre invité au langage châtié et aux manières fines, malgré son rude aspect : elle en est certaine, s'il fuit jusqu'à son nom, c'est pour oublier un terrible chagrin, probablement la mort de sa bien-aimée. Nous nous taisons un moment, comme pour méditer cette hypothèse, puis je prends la parole : « Petite mère, avez-vous vu la façon dont les chiens l'ont accueilli ? Comme s'ils le connaissaient ! » Elle opine du chef. « Avez-vous vu aussi cette lumière qui sort de ses yeux et, plus encore, de tout son être ? » Elle acquiesce une nouvelle fois. « Avez-vous senti le parfum délicieux qui émane de sa personne ? Et surtout avez-vous perçu la paix qu'il répand autour de lui ?

– Oui, oui, Kolia, c'est un être extraordinaire, vraiment un envoyé de Notre Seigneur, béni soit Son Nom ! Nous sommes bien fortunés de l'accueillir dans notre demeure ! »

Alors je dis, jetant ma ligne : « Quel dommage qu'il ne puisse séjourner auprès de nous…

– Oui, quel dommage ! Mais comprends-le, il a hâte de rendre visite à ce starets de Sarov. »

Je fais mine de remâcher un peu mes pensées, puis, comme sous l'effet d'une inspiration subite : « Et si je l'accompagnais ? Quel bénéfice ce serait pour moi, et par conséquence pour nous tous !

– C'est bien vrai… Mais ton père n'est pas là pour t'y autoriser et te bénir… Et le temps… il fait déjà froid et il pourrait neiger… Oh, mon petit faucon, tu es si jeune… Si je te perdais, j'en mourrais, c'est certain. »

J'ai une objection toute prête : « Voyons ! Comment pourrait-il m'arriver malheur auprès d'un pareil homme ?

– Certes, certes… » Elle réfléchit encore, puis : « Le chemin est-il long jusqu'à son monastère ? » La voilà maintenant de mon côté.

Je réponds que seules cent cinquante verstes nous en séparent, soit fort peu, puisque le pèlerin dit en parcourir entre trente et soixante-dix par jour. Ce à quoi elle réplique que je ne suis guère habitué à cheminer. « Si ton père était là, il nous dirait ce qu'il convient de faire… » murmure-t-elle, indécise encore. Et je songe que, s'il était là, il m'interdirait de partir, idée qu'il ne faut pas laisser se frayer un chemin dans l'esprit de ma mère chérie. Alors je pose ma carte, comme au piquet : « Nous pourrions faire une halte chez tante Varvara, à Arzamas. C'est sur le chemin.

– Vraiment ? De là, tu pourrais m'envoyer un courrier ! » J'acquiesce. Et elle : « Si jamais ton père rentrait entre-temps et se montrait mécontent de ton absence, tu y trouverais un message t'ordonnant de rentrer avec ta tante ou l'un de ses valets.

– Bien sûr ! J'y consens et vous remercie.

– Attends ! Et pour le retour, si ton père permettait que tu poursuives, tu prendrais une voiture. Promets-le !

– Je le promets et vous remercie. »

Alors elle m'ordonne de me lever, va ouvrir l'armoire contenant les icônes, sur lesquelles les veilleuses jettent des taches de lumière, et me fait agenouiller devant, près d'elle. Nous prions un moment, puis elle me signe et m'autorise à dormir à ses côtés, me couvrant de baisers et de caresses.

Quand je me réveille, le jour se lève, et ma mère n'est plus près de moi, chose étrange puisqu'elle a l'habitude de boire dans sa chambre le thé du matin. Je me rhabille en hâte, passe les doigts dans mes cheveux et descends. La salle à manger étant vide, je gagne le salon, où je la trouve assise en compagnie du pèlerin : c'est là, de toute évidence, qu'ils ont pris le petit déjeuner, ainsi qu'en témoignent le thé, la crème, les pains aux épices, la vaisselle, disposés sur une table. Elle sursaute à mon entrée, comme si je les interrompais dans un conciliabule secret, et tend la main vers moi. « Viens vite, mon enfant, tout est réglé », dit-elle. Elle me sert en énumérant quantité de consignes pour le voyage, mais, bien qu'elle s'efforce de sourire, sa voix est plus aiguë que de coutume et ses yeux sont embués de larmes. Le pèlerin demeure, quant à lui, impassible, hochant la tête, tandis qu'elle parle de papiers officiels, d'une lettre à remettre à ma tante Varvara et de vivres.

Puisque tout se précipite, je m'absente un moment pour faire ma toilette, me munir de la carte, de mes notes de la veille, ainsi que du nécessaire pour écrire. À mon retour, mes sœurs et mon frère se présentent en vêtements de nuit, suivis d'un certain nombre de domestiques. Nous gardons le silence, assis, puis nous nous agenouillons et récitons l'hymne à la Mère de Dieu, dont les « Réjouis-toi ! » semblent claquer comme le linge mouillé étendu au vent. Après quoi le strannik bénit l'assemblée, et l'on se dit adieu – Sérioja, renfrogné, Macha moqueuse comme toujours, Tania à moitié endormie dans les bras de la niania, Sonia et Natacha serrées l'une contre l'autre, Lizavéta, vague, éthérée, elle qui dort et mange si peu. La gorge nouée, j'enfile la pelisse et les bottes qui m'attendent dans le vestibule avec un bâton et une besace, coiffe ma chapka, serre la main de Monsieur Borel et presse ma mère contre ma poitrine tout en promettant, en promettant encore de revenir dans cinq, dans six, dans sept jours, très bientôt.

Enfin, nous voici dehors, accueillis par les chiens qui bondissent autour de nous, ou plutôt autour du pèlerin, qu'ils fêtent plus que moi, plus que Fiodor, l'intendant, lequel nous salue à son tour, son bonnet à la main, avant de les rappeler d'un sifflement. Le strannik les caresse une dernière fois, puis s'engage sur le chemin, sans attendre que je tire la carte de la province, mieux, me devançant par les mots suivants : « Ne t'inquiète pas, ami de Dieu, la route nous trouvera toute seule, il en est toujours ainsi pour les pèlerins. » Il éclate ensuite d'un rire que je ne sais interpréter, mais qui me met mal à l'aise, comme s'il avait lu en moi. Je m'oblige à ne pas me retourner vers la maison, devant laquelle, j'en suis certain, ma mère nous regarde nous éloigner, et je m'en veux d'avoir le cœur gros.

En ce matin d'octobre, l'air est froid, néanmoins les rayons du soleil que le pèlerin a visiblement choisi pour guide commencent à chauffer, faisant fondre le givre posé en mince couche sur les arbres et le sol. Tout m'est familier dans les terres environnantes : elles appartiennent à mon père, qui ne manque jamais de m'emmener les parcourir lorsqu'il va chasser, pêcher et, surtout, inspecter les travaux des champs. Il souhaite que je sois prêt à les administrer, le jour venu, ce qui explique pourquoi il s'est abstenu de me placer dans une école de cadets, comme la plupart des garçons de notre milieu, lesquels deviennent, selon lui, des maîtres étourdis au moment de prendre leur retraite de l'armée. Ma mère l'a, bien entendu, soutenu dans ce choix, mais, je le confesse, il m'arrive de m'ennuyer un peu et de rêver à la vie brillante que j'aurais pu avoir à Pétersbourg, en tant qu'officier de la Garde : voilà ce que je dis au pèlerin qui m'interroge à ce sujet.

Apparemment satisfait, il replonge un moment dans le silence, puis m'invite à admirer les « merveilles de Dieu » dans les canards qui nagent au milieu de l'étang aux rives fangeuses que nous longeons, avant de nous engager sur la côte qui mène aux champs. Sous nos pas, l'herbe sombre témoigne du gel matinal, et pourtant des paysans s'activent encore, à en juger par les charrettes à gerbes que nous croisons, chacune attelée à un cheval ayant pour seuls guides les enfants qui marchent à ses côtés. De fait, nous apercevons bientôt des hommes armés de longues fourches, occupés à charger d'autres véhicules de ce genre ; à notre vue, ils se découvrent et répondent par des remerciements aux « Dieu vous assiste ! » que nous leur lançons. L'un d'eux semble me reconnaître : toutes ces âmes, assurément, appartiennent à mon père.

Un peu plus loin, nous entendons un grand bruit sourd, mêlé de voix de femmes qui enflent au fur et à mesure que nous avançons, se transformant en cris : une trentaine de paysannes, armées de fléaux, battent un tas de sarrasin sur une aire aménagée dans un coin. Elles sont si légères et si habiles qu'on dirait des danseuses exécutant un ballet lors d'une fête de village. Dans leurs mouvements, qui n'ont rien de désordonné, mieux, qui doivent à leur précision la sécurité et la rapidité de cette besogne, fichus et camisoles forment des taches de couleur dont il est difficile de détourner les yeux tant elles vous envoûtent. De fait, le pèlerin et moi-même contemplons ces femmes un long moment avant de passer notre chemin et de nous arrêter devant une autre aire, où deux hommes vannent ce même sarrasin, et d'admirer le spectacle de la balle que la fine brise emporte comme autant d'étincelles sur le bleu du ciel, tandis que le grain retombe en une pluie drue. Mais cette fois nous ne nous attardons guère.

À l'heure du déjeuner, la température a augmenté, et je commence à transpirer sous ma pelisse et ma chapka. J'ôte la première, que je place sur mes épaules tandis que, près d'un ruisseau, nous ouvrons les sacs que ma mère a préparés pour notre voyage. « Je comprends pourquoi c'était si lourd ! s'exclame le strannik. D'habitude, je ne transporte que du pain sec ! » Ils sont en effet remplis de plusieurs sortes de pirojki, de gâteaux et de pâtes de fruits bien enveloppés dans des serviettes, ainsi que d'un flacon de braga. Dans ma besace se trouvent aussi les papiers qu'elle a évoqués au moment du petit déjeuner, une bourse remplie d'argent, un minuscule portrait d'elle et, curieusement, un pistolet dont la vue me glace un peu : j'ai appris à tirer au fusil avec Fiodor, l'intendant, mais je n'ai jamais manié ce genre d'arme. Pourquoi diable l'a-t-elle fourrée là ?

Remarquant probablement un changement sur ma figure, le pèlerin me demande ce qui ne va pas. Je me contente de hausser les épaules et, sans délai, mords dans un premier petit pâté. Alors il rit et prononce une prière, remerciant notre Dieu de la nourriture qu'il se dispose à consommer, ce que, dans ma hâte, j'ai omis, et il est inutile maintenant d'y remédier.

Un instant, je crains qu'il ne se fasse une piètre idée de ma personne, mais je surprends bientôt son regard bienveillant, ce genre de regard qu'on réserve aux petits enfants : nul doute, il a déjà compris que je ne l'accompagne pas pour élever mon âme. En vérité, je ne sais pas moi-même pour quelle raison précise je l'ai suivi – une raison qui l'emporte assurément sur l'envie d'aventure qui m'a envahi hier au soir devant les cartes de mon père.

Le pèlerin mâche lentement chaque bouchée, comme s'il voulait pleinement la savourer, à moins qu'il n'ait perdu l'habitude de ce genre de mets depuis qu'il s'est mis en chemin, ou depuis qu'il a renoncé à sa vie précédente, ainsi qu'il l'a affirmé. Il n'a pas terminé son pirojok que j'en ai déjà avalé deux et que je m'attaque au troisième. Soudain il émiette un morceau de la pâte dans le creux de sa paume et dit : « Ne soyons pas égoïstes, nous ne sommes pas les seules créatures de Dieu sur cette terre. » À peine a-t-il soulevé la main qu'apparaît un freux, surgi de nulle part, lequel se pose sur son épaule et commence à picorer ces miettes comme une perruche domestique. « Te souviens-tu du prophète Élie ? ajoute-t-il. Ce sont des corbeaux mandés par Dieu qui l'ont nourri deux fois par jour près du torrent de Kérith. N'est-il pas juste de leur rendre la pareille ? » Les miettes mangées, le freux reste là, tournant la tête de cette façon saccadée qu'ont les oiseaux, comme s'il nous écoutait. Stupéfait, je détache et émiette à mon tour un morceau de pâte, que j'approche de son bec. Il s'en saisit, nullement effrayé, et s'envole après que le strannik l'y a invité en l'appelant « petit frère ».

« Ami de Dieu, remercions Notre Seigneur pour ce repas, qu'Il nous a offert par l'intermédiaire de ta mère terrestre, dit-il ensuite, puis repartons, car la route est longue. » Il se prosterne plusieurs fois sur l'herbe et, à genoux, s'enfonce dans le silence : on pourrait le prendre pour une statue si ses lèvres ne remuaient pas et si des larmes ne coulaient de ses paupières, comme hier, pendant que mes sœurs s'exhibaient au piano-forte. J'engloutis la pâte de fruits que j'ai entamée et tente de l'imiter. En vain : la pensée des oiseaux qu'il y a quelques jours j'ai tués à la chasse avec Fiodor – des coqs de bruyère – vient hanter mon esprit. Pour me distraire, je contemple le lit du ruisseau et les cailloux qui le bordent, notamment ces jolies pierres longues en forme de pain de sucre qu'on appelle « doigts-de-diable » et dont je me bourrais les poches, enfant, au cours de mes parties de pêche. Enfin, le pèlerin se relève et s'empare de son sac ; avant de repartir, il me donne sur l'épaule une tape assortie d'une moue réconfortante : j'en suis certain, il a lu dans mes pensées.

Nous cheminons d'un bon pas tout l'après-midi sans beaucoup deviser. À mes côtés, le strannik marmonne sans cesse des mots incompréhensibles qui évoquent le bourdonnement d'une abeille et s'immobilise de temps à autre pour cueillir une plante médicinale ou contempler une fleur, un arbre, un animal, des meules de seigle dans un enclos au loin. Il pousse alors des exclamations de bonheur, tel un petit enfant qui les voit pour la première fois : « Merveille de Dieu ! » ou « Loué sois-tu, bon Créateur ! », ou encore « Gloire à Toi, Seigneur ! », puis se signe, apparemment ravi. Afin de lui agréer, je branle du chef, bien que je ne voie rien d'extraordinaire à la rangée de typhas, au bord d'un étang, ou à la grenouille commune qu'il me montre, par exemple. En vérité, mes pensées sont tout entières concentrées sur mes pieds qui, peu habitués aux longues marches, me font souffrir de plus en plus, ce que je m'efforce de dissimuler en espérant que le soir viendra vite, nous obligeant à nous arrêter pour la nuit.

Par chance, les jours baissent promptement en cette saison, et en fin d'après-midi se présente à nous un village composé de quelques isbas placées autour d'une église et pourvues d'une courette ou d'un jardin. Le pèlerin se dirige vers l'une d'elles et, pendant que j'attends à l'extérieur en compagnie d'un garçonnet malingre qui joue avec un chien, va demander l'hospitalité pour la nuit. Au bout de quelques instants, il se retourne vers moi, son bonnet entre les mains, et, d'un geste, m'ordonne de le rejoindre. L'intérieur, enfumé, est rudimentaire – un poêle, une table, des bat-flanc, des murs nus couverts de suie –, mais il y règne une douce chaleur, comme je m'en aperçois vite. Je salue nos hôtes, deux vieillards aimables, et accompagne le strannik devant la bojnitsa, une étagère ornée d'un napperon sur laquelle trônent deux petites icônes, des cierges et une bible, ainsi qu'une branchette de saule toute sèche. Nous disons ensemble une prière, puis nous asseyons à la table voisine sur laquelle la femme a déposé entre-temps le pain et le sel.

Alors qu'elle apporte le thé, le garçonnet malingre survient et va se placer contre la chaise du vieillard, juste en face du pèlerin, qu'il dévisage effrontément. « Ne lui en veux pas, brave homme, dit aussitôt la dame. Il s'appelle Vanka, il est sourd et muet. Ses parents, notre fils et sa femme, nous l'ont confié, car il n'y a pas de place pour lui chez eux. » Étrangement, le strannik se contente de hocher la tête, les yeux bas, comme s'il était importuné, puis il tire de son sac les pâtes de fruits que lui a offertes ma mère et les tend à l'enfant. « Béni sois-tu ! » s'exclament à l'unisson les vieillards, et je me crois obligé de l'imiter. « Bénis soyez-vous, pèlerins ! » ajoutent-ils. Le petit mord dans une friandise et sourit de plaisir, avant de se désintéresser de nous. Sa grand-mère poursuit alors le récit des malheurs de la famille d'une voix monocorde qui, ajoutée à la fatigue, à la chaleur et à la fumée, m'endort un peu.

Nous mangeons bientôt une soupe au chou et nous préparons pour la nuit. Nous coucherons sur les bat-flanc, que notre hôtesse s'emploie à garnir de pièces de feutre et de coussins pour les rendre plus confortables. Elle s'affaire un moment encore, pendant que Vanka et son grand-père gagnent leur couche, sur le poêle, aussi j'en profite pour ôter mes bottes et mes bas – opération si douloureuse que je laisse échapper une plainte. Alors le pèlerin s'approche, muni d'une chandelle, et, ayant vu mes pieds, déclare : « Ne t'inquiète pas, mon enfant, j'ai de quoi te guérir. » Il puise des plantes dans son sac et prie la vieille dame de les faire bouillir, puis il revient au bout d'un certain temps avec des linges mouillés dont il m'enveloppe les pieds. Il m'ordonne ensuite de m'allonger, étend ma pelisse sur moi et confabule encore avec notre hôtesse, qui demande à être signée avant de rejoindre son mari et son petit-fils pour la nuit.

Maintenant que la pénombre et le silence se sont faits, le sommeil semble me fuir, et je songe à l'étrange journée qui s'est écoulée. Le visage de ma mère me vient à l'esprit, m'insufflant une telle nostalgie que, si je ne craignais pas de réveiller mes compagnons, surtout d'ôter les linges censés guérir mes pieds, je me rapprocherais de la veilleuse, sur l'étagère du sanctuaire, et regarderais à leur lumière le minuscule portrait qu'elle a eu soin de glisser dans mon sac avec l'argent et le pistolet, comme je l'ai remarqué lors de notre halte près du torrent. En vérité, je n'en ai guère besoin pour me représenter son beau visage aux traits réguliers, ses yeux gris-bleu, la masse de cheveux bruns qu'elle natte rapidement avant de se coucher, ses petites mains toujours refermées sur un objet, ses lèvres s'étirant et se refermant tandis qu'elle lit à voix haute le chapitre d'un roman ou un poème. Et comme mon cœur se serre, je détermine de chasser ces images et traite d'enfantillage mon attendrissement. La torpeur me gagne quand j'entends le pèlerin abandonner son bat-flanc et traverser l'isba ; en me redressant discrètement, je parviens à le distinguer : agenouillé devant les icônes, il semble nimbé d'une lumière plus vive encore que celle de la veilleuse. Je retombe sur mes coussins, peut-être suis-je déjà emporté par le sommeil.

Soudain des bruits de vaisselle me réveillent. Je jurerais que la nuit est avancée, et pourtant la vieille dame prépare déjà le thé. Le pèlerin est lui aussi debout, il s'approche de moi et me tend mes bas : « Notre bonne hôtesse les a lavés avant de se coucher », me dit-il, et de fait ils sont tièdes, ayant séché à l'évidence sur le poêle. J'ôte les linges dont mes pieds sont enveloppés et, stupéfait, découvre la peau lisse et saine là où elle était couverte d'ampoules et de plaies. De crainte d'être abusé par la pénombre, je les tâte et obtiens la confirmation de ce que mes yeux ont entrevu ; en outre, la douleur s'est envolée. Je m'écrie : « Pèlerin ! Pèlerin ! Il s'est produit un miracle cette nuit ! » Mais il m'enjoint de me taire en arguant que notre hôte et le jeune Vanka sont encore endormis. Puis : « Ce sont les herbes, grogne-t-il, des herbes excellentes. Vite, vite, prépare-toi, nous allons à matines. » Pris d'une étrange hâte, il avale son thé et, sans me laisser terminer le mien, me pousse à l'extérieur, habillé et muni de ma besace, comme il l'est de son sac, avant de remercier et de saluer la vieille dame.

Je ne m'étais pas trompé : dehors, les traces du jour ne sont pas encore visibles ; mais la blancheur de la petite église, éclairée par la lune, nous attire à elle, aussi nous pressons-nous dans cette direction. Nous nous signons et nous inclinons puis franchissons le seuil du bâtiment sacré dont l'intérieur nous apparaît, éclairé et vide, si l'on excepte deux femmes déjà en prière et trois vieillards sur l'unique banquette, contre un des murs. Après quelques génuflexions, le pèlerin tire son chiotki de sa poche et fait défiler les nœuds sous ses doigts jusqu'à ce que l'office débute. Debout, près de lui, privé du sommeil qui a tant tardé à venir, tout engourdi, je m'abandonne au bourdonnement des prières qui agit sur moi telle une berceuse.

La célébration est loin d'être achevée lorsque des cris retentissent derrière nous, m'arrachant à ma torpeur. Ils proviennent des deux paysans qui nous ont hébergés, lesquels s'avancent en tirant par les bras leur petit-fils. Aussitôt, j'imagine que quelque malheur est arrivé à ce dernier par notre faute – peut-être s'est-il goinfré de pâtes de fruits au point de se rendre malade et nous accuse-t-on de l'avoir empoisonné –, mais à ces cris incompréhensibles succèdent bientôt des exclamations qui sèment la stupeur. « Il parle ! » lance en effet la vieille dame. « Il entend ! » renchérit son mari tout en secouant Vanka, qui roule des yeux effarés. « Un miracle ! Un miracle ! » hurlent-ils à l'unisson.

Maintenant les occupants de la petite église forment un cercle autour de nous, tandis que le prêtre, accouru à son tour, ponctue le récit de nos hôtes du mot *thaumaturgie*. « Voyons, voyons, proteste le pèlerin, visiblement embarrassé, ce n'est que le hasard, soyez assurés que je n'y suis pour rien... Notre Seigneur seul... » Entre-temps, d'autres villageois, ameutés par un fidèle, nous ont joints, et l'histoire court de lèvres en lèvres, assortie de commentaires et d'injonctions à l'adresse du jeune miraculé.

Sommé de répéter tel ou tel son pour montrer qu'il entend et parle effectivement, Vanka finit par se couvrir les oreilles et par fondre en pleurs. Alors, sa grand-mère pointe le doigt sur moi et, désireuse de fournir une preuve supplémentaire de guérison, m'ordonne d'ôter mes bas. Je jette un coup d'œil au strannik, à la recherche de son autorisation, et, comme il affiche un air résigné, m'exécute, exhibant un pied blanc, lisse, parfait. Les *oh!* d'admiration se multiplient à ma grande gêne ; de nouveau on se signe, et le pope, oublieux de l'office, nous conduit chez lui, précédé d'une femme à l'air revêche.

Il habite, tout près de l'église, une isba modeste, mais un peu plus vaste que celle où nous avons dormi, et plus propre, son poêle étant doté d'un conduit évacuant la fumée. Sitôt entré, il ordonne à la femme – qui n'est autre que son épouse – de nous offrir de quoi nous sustenter, et bien vite des petits pains, ainsi que du thé, font leur apparition sur la table à laquelle il nous a invités à prendre place. De la main, il trace un signe de croix rapide sur ce bien du Seigneur, puis, tandis que j'entame de bon gré ce qui m'est servi, interroge le pèlerin sur ses dons de thaumaturge et sur l'enseignement qu'il a reçu. De nouveau, le strannik explique ne posséder que des dons d'herboriste, ce que notre hôte refuse encore une fois de croire.

Pendant qu'ils confèrent, un bruit de voix et de piétinements enfle à l'extérieur, et bientôt la femme revient pour dire que les villageois demandent à être reçus. Alors le prêtre se lève, s'empare de deux chaises et les place côte à côte, tels deux trônes destinés à sa personne et à son invité de marque, qu'il prie de s'asseoir près de lui, ce que le pèlerin fait apparemment à contrecœur. Après quoi la porte est ouverte, et nous découvrons dans l'embrasure, à la lumière du petit matin, une file d'individus de tous les âges qui tentent de lorgner l'intérieur de l'isba en se haussant sur la pointe des pieds ou en penchant la tête sur le côté. Devant, l'inévitable Vanka, cette fois accompagné d'un couple jeune, qui entre et se prosterne en multipliant les remerciements, comme s'il avait retrouvé un fils égaré dans une lointaine contrée, et non à l'autre bout du village ; une poule surgie d'un sac est déposée, caquetante, dans le giron du strannik, qui n'ose pas la refuser.

Mais la petite foule presse et, au bout d'un moment, les premiers sont priés de laisser la place aux suivants. Commence alors un défilé de gens de toutes sortes : vieillards à la démarche mal assurée ; infirmes portés sur les bras entrecroisés de deux gaillards ; adolescents ensorcelés, au dire de leurs parents, par une roussalka ou par un vodianoï un jour qu'ils se baignaient dans une rivière ou un étang ; ivrogne prétendument attaqué par le lutin des champs aux cheveux verts ; femme inféconde ; mère dont le nourrisson refuse de téter ; enfant brûlé dans les étuves ; chien dont le maître affirme qu'il aboie à contretemps ; individus souffrant de terribles maux ou d'une simple rage de dents… À chacun le pèlerin dispense bénédiction et signe de croix, imposition des mains et prières, que le prêtre reprend parfois.

L'isba ne désemplit pas de toute la journée, pas même à l'heure du repas, à croire que la rumeur, propagée on ne sait comment, a également attiré les habitants des hameaux et des bourgs voisins. L'épouse du pope étant elle aussi occupée – par les menus présents que les visiteurs apportent au guérisseur et que celui-ci lui tend –, je m'établis à l'écart et ouvre ma besace, à la recherche d'une friandise. Mon regard tombe sur le portrait de ma mère, que je tourne un moment entre mes doigts, puis j'avise mon nécessaire à écrire et l'idée me vient de coucher sur le papier cette étrange aventure : peut-être trouverai-je un messager qui acceptera de porter une lettre en échange d'une pièce. Je trace promptement ces mots : *Petite mère, hier au soir le strannik a accompli un miracle sur ma personne et, mieux encore, sur un enfant auquel il a rendu l'ouïe et la parole. Le côtoyer est vraiment une bénédiction, davantage même que nous ne le pensions : je suis certain que je reviendrai de ce voyage totalement éclairé,* et ainsi de suite.

Quand cela est terminé, je sors me dégourdir les jambes : dehors, la file est toujours là, sans cesse renouvelée, et je me demande comment il se peut qu'il y ait autant de malades et d'infortunés à une si brève distance de l'endroit où je vis. Si ce village est bien situé sur nos terres, comme je le pense, mon père, son intendant et le staroste ne devraient-ils pas veiller à la santé de ceux qui y résident ?

L'endroit offre aujourd'hui une vision différente de celle qu'il présentait à notre arrivée : déserts hier, la rue fangeuse, les courettes et les jardinets sont remplis d'individus qui discutent avec animation – probablement du même sujet.

Tous me saluent, voyant peut-être en moi le disciple du guérisseur, plus que le fils du pomiestchik qu'ils n'ont que rarement croisé, voire jamais. Planté entre ses grands-parents et ses parents, Vanka se précipite vers la palissade et me dévisage, l'air interrogateur ; s'il a recouvré la parole et l'ouïe, il ne sait toutefois rien me dire, et je me contente de lui adresser un signe de la main, lui souhaitant en mon for intérieur de demeurer sous la protection de ceux qui l'ont choyé dans le malheur et le rejet. Un peu plus loin, une télègue à l'arrêt attire mon attention. J'interpelle son conducteur, qui attend apparemment ses passagers – à la queue devant l'isba du pope, confirme-t-il tandis que je caresse son cheval sur le chanfrein. Oui, il confiera ma lettre demain au staroste qui vit non loin d'ici, lequel la remettra à Fiodor, l'intendant, promet-il, et je lui confie la missive assortie d'une pièce.

Bientôt le ciel s'obscurcit et une fine neige commence à tomber, aussi j'interromps ma promenade pour regagner le logement du prêtre, dont la femme invite au même moment les demandeurs à se disperser : il est tard et ils risquent de prendre mal, leur lance-t-elle. Qu'ils reviennent donc demain. À l'intérieur, les deux chaises n'occupent plus la position centrale : elles ont déjà été reléguées à leur place habituelle, devant la table, sur laquelle les présents sont amoncelés, à l'exception des volailles, au sol. Si le prêtre les contemple, visiblement satisfait, le pèlerin, installé à l'écart, se tient la tête entre les mains, et je n'ose point le déranger : à le voir, on imaginerait qu'une calamité, et non une bénédiction, s'est abattue sur lui.

Il se ressaisit un peu plus tard, pendant le repas, même s'il ne participe que succinctement à la conversation. Il est vrai que le pope la mène seul, exposant de grands projets : héberger et nourrir le strannik afin qu'il puisse exercer son activité de thaumaturge au bénéfice de tous, faire ainsi du village, de l'église, un lieu de pèlerinage où les habitants de la province et peut-être même de plus loin afflueront en masse – à en juger par sa mine réjouie, il en a calculé les avantages pour sa personne. L'intéressé le laisse l'instruire en se contentant de branler du chef, un faible sourire aux lèvres, puis l'heure de se coucher arrive et nous prions devant les icônes ; après quoi, le couple s'installe dans la soupente, au-dessus du poêle, tandis que nous nous allongeons sur les bat-flanc garnis de coussins et de couvertures.

Je suis à repasser dans mon esprit la journée qui s'est écoulée, tâchant d'y déceler les erreurs ou les manquements que j'aurais pu commettre, quand le sommeil me saisit, et je m'abandonne à son étreinte. Mais une nouvelle fois la main du pèlerin se charge de m'en extirper. « Vite, chausse-toi et prends ton bagage sans faire de bruit », murmure-t-il. Déjà habillé de pied en cap, il m'incite encore au silence, puis nous gagnons la porte et nous faufilons dehors comme la veille, sans que les ronflements du prêtre et, peut-être, de sa femme se soient interrompus. Mon compagnon m'entraîne par le bras et nous nous éloignons rapidement vers les dernières isbas. Abasourdi, je demande : « Que se passe-t-il, strannik ? Comptez-vous cheminer dans l'obscurité de la nuit ? Nous n'avons pas de lanterne et il fait froid.

– Ne te soucie pas. Cette belle lune suffit à nous éclairer et nous dénicherons sans tarder un refuge. »

À deux ou trois verstes du village, une cabane, en lisière de ce qui apparaît comme un vaste champ, vient confirmer ses dires, et, après nous être assurés qu'elle n'abrite personne, nous y pénétrons. « Voilà, dit le pèlerin. L'Évangile l'affirme bien : le Seigneur comble tous nos besoins avant même que nous ne les connaissions. Ces quelques gerbes seront pour nous une couche confortable. Fais comme moi, étends-toi et dors un peu.

– Avec ce froid ? Et il n'y a pas de porte !

– N'as-tu donc jamais dormi dehors ?

– Si, à la belle saison.

– C'est la même chose.

– Mais enfin… des bandits pourraient entrer et nous voler ! Peut-être même nous couper la gorge !

– Pourquoi tueraient-ils un enfant et un vieil homme sans le moindre bien, deux pauvres pèlerins ? Dors donc, te dis-je. Nous repartirons de bonne heure. »

Je me couche à mon tour en songeant à l'argent que ma mère a fourré dans ma besace, à l'arme qui s'y trouve aussi : saurai-je l'utiliser si l'on nous attaque ? Et en aurai-je le temps ? Pendant que je ressasse ces questions, mes yeux s'accoutument à l'obscurité et je vois bientôt en surgir les contours de vieux outils, de récipients et quelques chiffons suspendus çà et là ou posés sur des étagères. Rien de surprenant, somme toute, puisque nous sommes entourés de champs. Au bout d'un moment je remarque toutefois une bizarrerie : les chiffons semblent remuer et se diriger vers nous. Un instant, je pense avoir rêvé, à moins que je ne sois abusé par la fatigue. Mais, comme la peur s'empare de moi, bien réelle, je secoue mon compagnon.

« Pèlerin, cette cabane est ensorcelée. Réveillez-vous, il y a ici d'étranges créatures, de mauvais esprits… »

Or il se contente de grogner, et j'assiste donc seul, plein d'angoisse, à l'arrivée des lutins. Ils s'approchent, peut-être résolus à étouffer mon compagnon dans son sommeil, quand soudain mes yeux se dessillent et l'illusion se dissipe : ce sont là des chats de divers pelages qui, nullement intimidés, viennent se blottir sur la poitrine et sur les jambes du strannik, lui offrant une protection contre le froid plus efficace encore qu'une couverture. Dans l'espoir d'en attirer quelques-uns et de jouir, moi aussi, de leur chaleur, je fais doucement claquer ma langue sur mon palais. En vain : ils ne me regardent même pas. Est-ce mon odeur ? Ou celle de ma pelisse ? Dépité, je saisis quelques poignées de paille et m'en recouvre puis, bercé par les ronrons, m'abandonne à mon tour au sommeil.

Le jour n'a pas encore commencé de poindre quand nous nous remettons en route. « Aujourd'hui, nous emprunterons uniquement des chemins de contour. Ainsi nous ne ferons pas de rencontres », se contente d'annoncer le pèlerin, et son humeur apparente m'amène à taire pour l'instant les questions qui se pressent dans mon esprit à propos des événements de la veille. Ma patience est récompensée : il les aborde lui-même en milieu de matinée, tandis que nous nous reposons dans un petit bosquet et mangeons un peu de pain sucré.

« Ne crois pas tout ce que tu as vu hier, dit-il de but en blanc.

– Parlez-vous des guérisons, strannik ?

– Je parle d'un homme qui a rendu la faculté d'entendre et de parler à un enfant, soit ce que ce prêtre et ces villageois ont vu.

– Mais je l'ai vu, moi aussi, de mes propres yeux ! Mieux encore, j'ai senti sous mes doigts et dans mon corps un autre miracle : la peau de mes pieds qui avait repoussé, plus fine et plus douce qu'avant ! De simples herbes n'y auraient pas suffi.

– Oui, tu as vu tes pieds. Puis tu as imaginé que je les avais guéris.

– C'est bien cela.

– Non, c'est l'histoire que tu t'es contée. Je n'y suis pour rien, je te le répète.

– Expliquez-vous, je vous prie.

– Mon enfant, de moi-même je ne fais rien, ni prières ni incantations ni sortilèges. Il m'arrive de souhaiter en mon for intérieur que telles ou telles souffrances prennent fin, et c'est ce qu'il advient. Je n'y suis pour rien.

– Je ne comprends pas.

– Vois-tu, il y a une force en chacun de nous, appelle-la Dieu ou Vie, ou encore Amour, qui agit. Mais, fous que nous sommes, nous autres hommes, nous croyons en être à l'origine, nous nous l'approprions à tort.

– Vous en êtes pourtant l'auteur puisque c'est à travers vous que cela se produit.

– Cela pourrait se produire par l'intermédiaire de quiconque, de toi aussi, si seulement tu étais en union avec cette Vie qui est en toute chose.

– Comment cela ?

– Crois-tu que la fleur soit consciente de sa beauté ? L'animal, de sa force ou de sa rapidité ? L'arbre fruitier de son abondance ? La source de sa pureté ? Tout ce qui a été créé se contente de vivre, mû par cette unique Vie, régi par la loi d'harmonie universelle qui gouvernait le jardin d'Éden. Seul l'homme s'en est détourné. Imagine donc sa présomption ! Se prendre pour son propre Créateur… Voilà pourquoi il nous faut maintenant parcourir le chemin inverse. »

Je répète, avide d'explications : « Comment cela ?

– En nous dépouillant de ce qui est humain, de l'illusion cachée dans le regard. En ôtant toutes les couches que nous avons entassées sur notre Être, comme autant d'habits.

– Est-ce ce que vous avez fait, strannik ?

– C'est ce que je tente de faire.

– N'y êtes-vous donc pas déjà parvenu ? »

Il soupire en contemplant le morceau de pain qu'il tient entre les doigts, puis répond d'un ton plus bas :

« En partie, seulement en partie, mon enfant. Parfois mon passé revient, sous forme de songe ou de souvenir, et s'efforce de me ramener à lui.

– Votre passé ? »

Il a un rire amer, puis : « Eh bien, il faut donc que je te le dise. Dans ma vie d'autrefois, j'étais noble comme toi et je servais dans l'armée. En tant qu'officier, j'ai participé à plus d'une guerre. Puis, un jour que nous nous battions contre les Turcs, j'ai eu ce qu'on peut appeler une révélation. Approche. »

Je m'exécute, tandis qu'il tire de son col une petite croix en or, sur laquelle il est inscrit, je le vois, *Prise d'Otchakov – 6 décembre 1788*. Je brûle de lui dire que je connais cette guerre, le long et terrible siège de cette place, les querelles entre le prince Potemkine et le général Souvorov, la bataille finale par une température glaciale ; d'ajouter que j'ai lu et appris l'ode de notre grand poète Derjavine qui lui est consacrée ;

mais, devinant que ce n'est guère le moment, j'attends qu'il reprenne. Ce qu'il fait :

« C'est le seul objet de valeur que je conserve, parce que cette date marque le début de ma vie présente. » Il observe une pause, puis, comme si cela lui en coûtait : « L'existence dans le camp, pendant le siège, était ignominieuse. Des dizaines de soldats et de chevaux mouraient chaque jour de froid, de faim, de maladie. Finalement, après six semaines de bombardement, nous avons porté l'assaut contre la forteresse avec les Français, nous précipitant sous une longue voûte d'où les Turcs jaillissaient en masse. Dès lors, ce fut un véritable carnage, y compris après la prise du palais et du capitan-pacha. Je fus blessé au détour d'une rue et laissé pour mort. C'est là, sur le sol, alors que le sang coulait autour de moi et qu'un poudrin de glace flottait dans l'air, mêlé aux étincelles des feux, que je suis tombé en syncope et que j'ai fait un songe. J'ai vu un champ de blé mûr, étincelant sous le soleil, puis j'ai vu, de ce champ, des soldats, des dizaines de soldats, se lever, ensanglantés, blessés… ou plutôt morts, puisque tous me disaient : *Assassin ! Tu m'as tué !* Leurs visages et leurs cris étaient si terribles que j'avais le sentiment d'étouffer… enfin un homme est apparu et, après les avoir dispersés, s'est tourné vers moi.

– Le connaissiez-vous ?

– Non, je ne l'avais jamais vu. Mais, comme il semblait d'une bonté infinie et qu'il baignait dans une lumière céleste, j'en ai conclu qu'il s'agissait d'un starets.

– Et ensuite ?

– Je me suis réveillé dans un hôpital de campagne où l'on m'avait recueilli. Sur un grabat, parmi d'autres blessés et bon nombre de moribonds, j'ai fait une nouvelle fois ce songe, et je l'ai refait chaque nuit jusqu'à ce que je comprenne. Enfin guéri, j'ai demandé ma retraite de l'armée et suis rentré sur mes terres. Ma femme, sans nouvelles depuis des mois, avait déjà posé les yeux sur un autre homme, que mes filles semblaient elles aussi aimer. Mon retour les a remplies de crainte : je passais alors pour un coléreux, réputation nullement usurpée, je le confesse. Mais je les ai bénies. Puis j'ai affranchi mes serfs et je suis parti. De ce jour-là, je parcours notre pays à la recherche du bon starets dont la vision m'a dessillé les yeux et m'a rendu à la vie. Car j'ai la conviction qu'il existe et qu'il m'attend.

– Est-ce lui aussi qui vous a transmis votre don de guérison dans votre songe ?

– Oh, n'as-tu donc pas compris ? Je ne possède rien qui ne m'ait été donné, comme dit l'Apôtre. Alors pourquoi me glorifier de ce qui m'a été donné ? Mais tu es jeune… Pour l'heure, retiens ceci : ne rien avoir, c'est tout avoir ; ne rien gouverner, c'est tout gouverner. Atteindre le néant, c'est atteindre l'abondance.

– Je ne comprends pas.

– Un jour, tu comprendras. Et maintenant, cela suffit, remettons-nous en marche. »

Le strannik s'enfonce dans le silence, et je le suis tout en remuant ses paroles dans mon esprit afin de leur trouver un sens ; or elles vont toutes à l'encontre de la logique dont on m'a instruit, laquelle enseigne qu'une chose et son contraire ne peuvent se valoir. Aurait-il perdu la tête ? Serais-je en compagnie d'un fou ? Ses miracles ont bien eu lieu, je les ai vus ! Alors pourquoi fait-il tant d'histoires et tant de mystères ?

Tandis que je réfléchis de la sorte, ma bouderie s'estompe et le récit de sa conversion à Outchakov revient à mon esprit. Je m'y abandonne en m'efforçant de le graver dans ma mémoire pour le rapporter à ma mère à mon retour : elle s'en délectera, j'en suis sûr.

Il ne m'adresse pas la parole pendant les heures suivantes, comme s'il m'en voulait d'avoir ouvert son cœur. Lors d'un second arrêt, il se contente de répliquer, après que nous avons partagé notre dernier pirojok et que j'ai regretté, sans doute un peu sottement, d'avoir donné mes pâtes de fruits : « Le pain que nous déposons sur les eaux est le pain qui nous revient. Mais, ne te trompe pas, ce pain est la lettre de Vérité, l'Amour. » Il se remet en route, me livrant de nouveau à ma perplexité, à mon incompréhension et, oserai-je le dire, à mon agacement. Pour la première fois je me demande si j'ai été bien inspiré d'entreprendre ce voyage à ses côtés, s'il ne vaudrait mieux pas que je gagne Arzamas et retourne chez moi en compagnie de ma tante Varvara. Puis je me rends compte que j'ignore jusqu'au lieu où nous nous trouvons : nous n'avons emprunté aucun des chemins que m'avait suggérés la carte de mon père ; confiant, je me suis laissé conduire comme un benêt. Je chemine en ruminant, quelques pas derrière lui, tout à mon désappointement.

Au fil des heures, le ciel se couvre et vire peu à peu au blanc, tandis que l'air se rafraîchit notablement, annonçant la neige. De fait, de petits flocons commencent bientôt à tomber, et je m'amuse à les regarder danser au-dessus de nos têtes : on dirait qu'une main invisible, dans le ciel, saupoudre de grains de sucre une gigantesque pâtisserie. Peu après, nous faisons notre première rencontre de la journée : un paysan et son fils traînant une vache au bout d'une corde. Visiblement pressé de rentrer chez lui, le père se propose de nous héberger, et, comme le pèlerin décline cette invitation, sous prétexte qu'il nous faudrait retourner en arrière et que notre destination est encore éloignée, il nous indique le chemin pour rallier une auberge, que nous atteindrons avant la nuit si nous marchons d'un bon pas.

De nouveau le paysage défile de chaque côté du sentier, alternance de bois, de lacs et de plaines, des lieux désolés dont la vastitude nous ravale au rang d'infimes créatures, de minuscules marionnettes. S'il nous arrivait de perdre notre route, d'être égarés dans une tempête, personne ne viendrait à notre secours, cela est certain, et nos cadavres seraient comme avalés, digérés, par la terre. Telles sont les pensées qui m'habitent alors que je me heurte au bras du strannik, tendu devant lui comme une barrière. Immobile, il scrute l'horizon. Tournant les yeux dans cette direction, je l'imite et très vite je la vois, se détachant d'un bosquet, facilement reconnaissable sur le fin manteau blanc qui recouvre à présent le sol : une meute de loups courant vers nous.

La terreur se saisit de moi. D'instinct, j'ouvre ma besace, mais lui : « Ne cherche pas ton arme, tu ne la trouveras pas. Contente-toi de ne pas bouger. Tu n'as rien à craindre. » Compte-t-il exercer, là encore, un de ces pouvoirs dont il refuse d'endosser la paternité ? Émotions et pensées se succèdent à toute allure dans mon esprit pendant que la distance se réduit entre les bêtes et nous. Une dizaine de sagènes nous séparent désormais, et voilà que les loups ralentissent et se mettent au pas, avant de s'arrêter à leur tour – sans doute pour évaluer leurs proies, me dis-je, comme pétrifié. Ils nous observent, tous les cinq, si proches que l'on peut distinguer la couleur de leurs yeux, le blanc et le gris de leur fourrure, et même les crocs du plus âgé ou du plus gros, sa langue rouge. Si la peur ne me tenaillait pas, j'admirerais assurément leur beauté, leur perfection, même.

Puis j'entends des sons graves. Le pèlerin a ouvert la bouche, et il parle, il parle ou plutôt il leur parle, à eux, les loups, mais si bas que je n'entends point son discours, j'ai même l'impression qu'il fredonne. Intrigué, le chef de la meute s'assied et, à en juger par le mouvement de ses oreilles, tente peut-être de comprendre, ou comprend vraiment, ce qui m'échappe. Enfin, au bout d'un laps de temps que je ne saurais mesurer et qui me paraît interminable, une chose inimaginable se produit : l'homme et la bête avancent l'un vers l'autre du même pas tranquille.

Ils se rencontrent à mi-chemin, et, bien que le dos du premier me cache en partie la scène, je vois nettement ce que je vois : sa main se posant sur le crâne du loup, puis le loup lui léchant les doigts, tel un jeune chien. Je frémis une nouvelle fois quand l'animal se dresse sur ses pattes arrière, mais c'est pour mieux débarbouiller l'homme, lequel rit et continue de lui parler. J'ai grand-peine à en croire mes yeux, et une fois encore je me demande si je ne suis pas à rêver, s'il ne s'agit pas là d'un maître et de son chien, impatients de jouer après une longue absence. Puisque, de toute évidence, nous échapperons à ce danger, il faudra que je le relate à ma mère et à tous ceux que je rencontrerai. Me croira-t-on ? Et pourtant, c'est bien la vérité, je me trouve auprès d'un homme saint, aussi saint peut-être que ce starets qu'il dit chercher dans toute la Russie et qui l'a amené dans notre province. À mon insu, les mots « Gloire à Dieu » montent à mes lèvres.

Je devrais me réjouir, or, une fois le grand loup éloigné en compagnie des siens, mon corps cède et je m'écroule comme un pantin privé de fils. Pis, je fonds en larmes et, à ma grande honte, hoquette sur le sol froid. « Allons, allons, petit sot, dit le pèlerin qui me joint et s'accroupit. Quelles idées as-tu donc dans la tête ? Les loups n'attaquent pas les hommes ! Ils prisent une autre chair. Je sais qu'on t'a instruit du contraire, comme tous les enfants de ce monde, mais c'est, je te l'assure, une de ces histoires que l'on conte à la veillée pour effrayer la maisonnée et qui n'ont pas le moindre sens. De ces histoires rebattues, de ces croyances, vois-tu, j'ai fait un beau monceau que j'ai brûlé avec les chers habits, les chers objets, qui m'avaient si longtemps tenu prisonnier, avant de me mettre en chemin. Je te l'ai déjà dit, n'obéis pas à l'illusion que te présentent tes sens. »

Je suis cependant trop bouleversé pour entendre un autre enseignement, il le devine : me relevant, il me frotte vigoureusement les bras et le dos, puis me presse contre sa poitrine. Est-ce le soulagement d'avoir échappé au péril ? Est-ce cette étreinte ? Soudain une sorte de feu s'allume en moi, un souffle de chaleur, associé à un sentiment que je n'avais jusqu'alors jamais ressenti avec une telle intensité : de la joie, une joie profonde et pure, complète, un éclat de cette félicité peut-être qui, dit-on, anime les mystiques et où je voudrais pour toujours demeurer, me perdre et me baigner, mais : « Viens, dit-il bientôt, il nous faut faire diligence pour gagner avant la nuit l'auberge dont on nous a parlé. » Et, glissant son bras sous le mien, il m'entraîne.

Le soleil est réapparu en fin de matinée, et il fait à présent briller les eaux de la rivière, comme si mille petits miroirs, disposés en mosaïque, flottaient dessus. De la barque dans laquelle nous sommes montés avec une femme et deux jeunes enfants, je regarde s'éloigner la langue de sable qui en forme la rive, et avec elle, définitivement je le crois, mon adolescence. Je l'ai pressenti hier soir, à l'auberge, alors que j'avalais une écuelle de soupe au bout d'une table rude, auprès du pèlerin, et je l'ai compris au cours de la nuit, trop occupé à repasser en mon esprit les expériences des derniers jours pour pouvoir m'endormir. Était-ce le soulagement dû au départ des loups ? ou cela est-il advenu peu à peu, depuis le moment où je me suis résolu à suivre le strannik, mû par un mystérieux élan ? Je n'ai pas réussi à le déterminer, et, en fin de compte, « Qu'importe ? » me suis-je dit. Cette joie, cette brûlante félicité qui m'habitait, était tout ce que je souhaitais.

Pendant que le pèlerin reposait, j'ai quitté le réduit qu'on nous avait attribué en guise de chambre et regagné la salle de l'auberge, où quelques clients buvaient et discutaient, tandis que d'autres, sur des banquettes, tentaient de trouver le sommeil. J'ai abordé un paysan et troqué ma belle pelisse en son rude paletot de drap gris, ma chapka de fourrure en son bonnet de feutre, mais je n'ai pas eu le cœur de me séparer du portrait de ma mère, ni de mon nécessaire d'écriture ; quant au pistolet, il n'était effectivement pas dans ma besace, et je me suis demandé à quel moment mon compagnon l'avait escamoté. J'ai conservé la carte de mon père, bien que je ne l'aie plus dépliée depuis notre départ, ainsi que la bourse et ce qu'elle contient : une fois à destination, je donnerai en aumône ce qui nous restera, ai-je pensé. Me découvrant sous ce nouvel aspect, le strannik a eu un bon sourire, mais il n'a rien dit.

Assise en face de nous, ses deux bambins pressés contre elle, la passagère s'entretient avec le pèlerin, de toute évidence effrayée, si l'on en juge par son débit rapide et par les regards qu'elle jette à tout instant au-dessus de nos épaules vers la berge, où sont restés ses gens et son attelage, dans l'attente du bac. Elle a parcouru plus de trois cents verstes pour visiter son père malade, explique-t-elle, et elle regagne maintenant le domicile de son époux à Arzamas. « J'aurais préféré qu'il soit auprès de nous, oui, je l'aurais préféré, murmure-t-elle en faisant allusion à ce dernier. Il n'est pas agréable pour une femme d'entreprendre, seule, un voyage aussi long dans ces contrées en portant la responsabilité de ses enfants. » Le strannik ne réplique pas, or je sais ce qu'il pense : que la femme a des gens pour l'accompagner ; surtout, que l'on n'est jamais seul en ce monde, que le croire est folie. Du reste, elle ne lui laisse même pas l'opportunité de la rassurer, trop occupée qu'elle est à dévider son bavardage ; à moins que sa présence ne lui suffise.

Le nom d'Arzamas a ramené à mon esprit ma promesse à ma mère : en vérité, elle ne m'a jamais abandonné depuis notre départ, mais peut-être ai-je su dès le début que je ne la tiendrais pas, peut-être ma mère l'aurait-elle su également si elle n'avait pas vu en moi un fils sage et dévoué, soit un fils selon ses souhaits, sans doute selon les miens, puisque, sottement, je me suis toujours employé à me gagner la première place dans son cœur, comme s'il s'agissait d'un trophée, comme si l'amour ne pouvait croître et se démultiplier. À cette pensée, un rire amer éclate dans ma gorge, interrompant la passagère et attirant l'attention du strannik ; contre leur maman, emmitouflés dans des vêtements et des châles qui leur donnent l'allure de poupées, le garçonnet et la fillette me dévisagent, la mine sérieuse.

Mais notre compagne est trop pressée de reprendre son babillage pour laisser s'étirer le silence : elle décrit son père plus en détail, nous apprenant qu'il a exercé des fonctions importantes dans sa ville, ayant été l'adjoint du voïvode, et qu'il continue de conseiller la moitié des habitants dans le cabinet voisin de sa chambre, n'hésitant pas à sortir de son lit à toute heure de la journée pour les recevoir, ce qui explique pourquoi il est unanimement aimé et révéré. À la vue des larmes qui lui voilent soudain les yeux, je me fais réflexion qu'elle regagne sans nul doute à regret le foyer de son mari, comme de nombreuses épouses probablement, une fois éteints les premiers transports amoureux, et un élan de compassion m'envahit, chassant l'agacement premier. Puis elle passe à ses frères, qui se trouvent à Moscou, dans la pension noble de l'Université.

Elle n'a pas achevé son discours lorsque nous atteignons la rive. Nous descendons et, tandis que les passeurs retournent de l'autre côté, la conduisons avec ses enfants vers un rocher qui leur fera un banc parfait. Soulagée d'avoir traversé la rivière saine et sauve, elle autorise ses petits à s'ébattre près d'elle et à ramasser des cailloux sur le sable, tout en devisant encore avec le strannik élu au rang de protecteur. J'en profite pour m'éloigner de quelques pas et, ayant tiré le nécessaire de ma besace, rédige un billet à l'intention de ma tante Varvara – et indirectement de ma mère –, m'efforçant d'enjoliver mes mensonges, ainsi que les affirmations selon lesquelles il est inutile de s'inquiéter : non seulement je ne cours aucun péril, mais aussi j'engrange bénéfice sur bénéfice, si bien que mon caractère en est déjà tout transformé.

Puis j'observe le bac qui s'écarte de l'autre rive et avance lentement ; après la maîtresse, c'est au tour des chevaux d'avoir peur : ils piaffent, tout agités, et ils provoqueraient sans doute un naufrage s'ils n'étaient pas tenus d'une main ferme. Quand ils accostent à leur tour, leur crainte se dissipe tel un nuage et ils se laissent agacer par les enfants, qui sautillent et battent des mains autour d'eux, comme s'ils avaient échappé à un désastre. Maîtresse et serviteurs se congratulent d'une semblable manière, même s'ils n'échangent qu'embrassades et serrements de main ; emportés par ces débordements de joie, les passeurs s'unissent à nous, et nous nous agenouillons tous sur la rive pour réciter une prière d'action de grâce. Enfin, notre compagne de traversée ordonne qu'on apprête sur-le-champ une collation en guise de remerciement, et le strannik a beau objecter que notre route est encore longue, elle se montre inébranlable : comme les chevaux, elle a perdu toute trace de son agitation.

Nous repartons un peu plus tard non sans avoir décliné l'invitation de la dame, qui entendait nous avancer sur notre chemin à bord de sa voiture, voire nous héberger pour la nuit. Après tout ce brouhaha, le silence de la campagne a l'effet d'un bain délassant, aussi nous y abandonnons-nous, contents. Est-ce pour mieux le goûter que le pèlerin s'abstient de commenter mon manquement à ma promesse ? Il m'a pourtant vu confier ma lettre à notre bienfaitrice en la priant de la faire porter à son arrivée par un de ses gens : quand je me suis retourné, il me scrutait, alors que je le croyais occupé à conférer avec l'un des passeurs, et je n'ai pas su déchiffrer son regard. Je songe que, s'il m'interroge, je me bornerai à la stricte vérité, je lui dirai que je désire demeurer auprès de lui ; qu'étrangement, je ne me sens point en faute ; mieux, que j'ai le sentiment d'avoir enfin pris ma destinée en main.

J'avance, attentif au moindre détail du paysage, en proie à une soudaine gratitude pour ce qu'il m'est donné de voir : chaque caillou, chaque buisson, chaque carré de terre, chaque arbre, chaque aiguille de sapin même me paraissent aimables, et il me semble que jusqu'à maintenant mes yeux n'ont jamais regardé. Tout absorbé dans ce nouvel état et libéré de mes obligations, je perds la conscience du temps, aussi, quand, en fin d'après-midi, nous atteignons le village que le passeur a indiqué au strannik en lui recommandant de se présenter à un certain marchand connu pour son hospitalité, suis-je tout ébahi.

Décrite avec précision, la demeure censée nous héberger est facile à trouver : elle se distingue par sa taille sur toutes celles qui l'entourent. Le marchand, un homme replet et jovial, nous accueille en effet avec empressement et, après nous avoir accompagnés devant les icônes, nous fait visiter les ateliers où de multiples ouvriers fabriquent la vaisselle en bois dont il commerce dans la région et au-delà grâce au bateau qu'il possède sur la Volga. Il nous propose ensuite de prendre un bain avec lui et nous conduit dans une vaste cour, à l'arrière, où se dresse l'étuve, flanquée d'un bassin : comme tous les samedis, dit-il, le bâtiment est chauffé depuis le matin. Nous mettons bas nos habits et foulons le sol recouvert de foin pour nous asseoir sur les banquettes, garnies de molleton et de draps. Tandis qu'une servante emporte nos vêtements, un domestique se hâte d'asperger le poêle de kvass à la menthe ; un autre empoigne un balai de bouleau afin de le manier sur le dos de qui le voudra.

Il règne en ces lieux une chaleur intense et un parfum délicieux que répandent toutes sortes d'herbes odoriférantes, disposées en petits bouquets çà et là, notamment entre les bassines de cuivre contenant savons et puisoirs. Je rends grâce à la Providence qui a placé pareil endroit sur notre chemin et savoure ce plaisir en écoutant notre hôte dévider le récit de sa bonne fortune, entre deux plongeons dans le bassin. Il énumère, en effet, les excellentes affaires qui ont accru sa prospérité ces dernières années et l'ont amené à supplanter un rival établi dans la voisine Ardatov. Et comme le strannik demeure immobile, les yeux fermés, se contentant de se flageller de temps en temps avec le balai qu'il a ôté des mains du domestique, c'est à moi qu'il s'adresse. Pour simuler de l'intérêt, je branle du chef régulièrement, sans pouvoir cependant m'empêcher d'observer à la dérobée le corps de mon compagnon, que pour la première fois je vois dénudé : sec, osseux, il est indélébilement marqué, comme ces troncs d'arbre gravés à la pointe d'un couteau, par des cicatrices de diverses formes, souvenirs manifestes de ses années de guerre.

Après le bain, nous revêtons tous trois de longues tuniques brodées, rentrons dans la demeure et gagnons la salle principale où nous rejoint le reste de la famille, soit un couple de vieillards – les parents du marchand –, une femme timide et quatre jeunes filles. Pendant que nous prenons place autour de la table apprêtée pour le souper, les deux plus jeunes me jettent des coups d'œil à la dérobée et ricanent sottement – de notre allure dans ces tenues, ou de ma présence ? Je l'ignore. Mais peu importe : déjà on nous sert les hors-d'œuvre, composés de champignons au vinaigre, airelles et pommes au sirop, pain d'épice, quantité de noix et de raisins secs. « Ce n'est que le début ! annonce le maître de maison. Le meilleur vient ensuite ! » De fait, il frappe bientôt dans ses mains, et voilà qu'on nous présente du saumon d'Elabouga, à la chair blanche et soyeuse, des harengs de Pereslavl et du caviar en grains, qui, vantés par l'homme, paraissent encore plus succulents. À cette vue, les convives se pourlèchent, à l'exception du strannik qui a déjà refusé l'eau-de-vie et le madère, malgré l'insistance de notre hôte ; comme il ne prend qu'une cuillerée de chaque plat, je me sens obligé de l'imiter et, pour imprégner mon palais de la saveur de ces mets, mâche longuement chaque bouchée. Aux déclarations du marchand ont suppléé cliquetis de fourchettes et de couteaux, lapements, gargouillis et rots : seul le contenu de leurs assiettes semble désormais intéresser les convives.

Le maître de maison, qui avale de grosses bouchées, est le premier à terminer ; dans l'attente du dessert, il montre de l'intérêt pour notre sort, nous interrogeant sur notre destination. En entendant la réponse du strannik, il s'exclame : « Ah, vous tombez bien, pèlerins ! Je compte parmi les bienfaiteurs de ce monastère, que je fréquente depuis ma jeunesse. C'est un lieu véritablement saint, je dirais même un lieu miraculeux. Les habitants du village voisin, Kremenkoe, rapportent les légendes transmises par leurs grands-parents, lesquels ont entendu au début de ce siècle des cloches sonner dans la forêt déserte et vu des lueurs descendre du ciel à l'endroit exact où il serait construit. Des signes ! » Il explique ensuite qu'une trentaine de verstes seulement nous en séparent et propose de nous y mener lui-même le lendemain par le chemin qu'il a l'habitude d'emprunter ; puis je ne sais quelle idée lui traverse l'esprit car, l'air soudain soupçonneux, il observe une pause et : « Pourquoi précisément ce monastère ? N'y en a-t-il donc pas de beaux et de saints dans votre région ? »

Voyant mon compagnon hésiter, j'interviens : « Nous cherchons un starets bien particulier qui saura approfondir notre foi.

– Comment se nomme-t-il ? Je le connais sûrement.

– Pour étrange que cela puisse paraître, répond le strannik, son patronyme m'est inconnu, mais sa figure familière. Il est de grande taille, a le visage pâle et rond, le nez droit et effilé, des yeux bleus pénétrants. Ses sourcils sont broussailleux, ses cheveux épais de couleur châtain clair. Il porte une toque usée, ainsi qu'une croix en cuivre sur la poitrine. »

Le marchand éclate de rire, puis : « Ah, pèlerin ! Si l'on excepte les vieillards, cette description correspond à la majorité des moines et hiéromoines de Sarov ! Mais qu'importe, je vous conduirai demain à l'higoumène Isaïe et tu lui exposeras ta demande. » Le pèlerin remercie dans des marmottements qui ne reflètent en rien la joie qu'il devrait à mon avis éprouver, tout près du but.

Après le souper, nous prions avec la famille rassemblée devant les icônes, et, une fois tête à tête dans la chambre qu'on nous a assignée pour la nuit, nous prosternons et nous signons. Puis nous nous couchons à la lumière de nos chandelles, et je demande à mon compagnon pourquoi il se montre marri à la veille de rencontrer son starets : craint-il peut-être de voir ses attentes déçues ?

« Non, mon enfant, répond-il, je t'ai déjà dit ce qui m'afflige : c'est le vieil homme qui résiste en moi. Il lui arrive encore de me harponner de ses griffes, plongeant une partie de mon âme dans les ténèbres. Il a ressurgi à l'improviste à l'intérieur de l'étuve aux si douces senteurs et s'est installé à la table de notre hôte, devant ses mets exquis, m'obligeant à le combattre. C'est donc avec lui que je vais me présenter à mon starets, j'aurais préféré rencontrer ce dernier en pleine lumière…

– Si tel était le cas, le starets n'aurait rien à vous enseigner, strannik. »

Il a un petit rire et : « Tu deviens sage au fil des jours, jeune ami de Dieu. Ouvre donc mon sac et prends-y la *Philocalie.* Lis-moi le passage de Pierre Damascène que j'ai marqué d'un ruban rouge. Ta voix et la sienne m'accompagneront jusque dans les bras de Morphée. »

J'obtempère, heureux de lui agréer. Assis sur le lit qu'on m'a attribué, j'approche de la chandelle l'ouvrage usé d'avoir été mille fois lu et commence : « Si tu fais quelque chose, aie dans ta mémoire le Créateur de toutes les choses ; si tu vois la lumière, rappelle-toi Celui qui te l'a donnée ; si tu contemples le ciel, la mer et ce qu'ils contiennent, admire-les et glorifie Celui qui les a créés… » Je vais de l'avant un long moment, puis, percevant un léger ronflement, je m'interromps et murmure : « Strannik, strannik… » Le silence me répondant, je me lève et souffle sur sa chandelle, puis je me couche et éteins la mienne. Dans cette pièce inconnue, je me surprends à éprouver une délicieuse paix, que rien – ni l'éloignement de ma famille ni mes anciennes habitudes – étrangement ne vient gâter. J'aurais aimé interroger le pèlerin sur l'avenir en telle manière : s'il trouve son starets, demeurera-t-il auprès de lui ? Mais il est trop tard à présent, il me faudra patienter jusqu'à demain. Tandis que je remonte le couvre-pieds jusqu'au-dessus de ma tête, une autre question jaillit en mon esprit : Et moi, que ferai-je ?

Les coupoles du monastère nous apparaissent au sommet d'un escarpement élevé, alors que nous parcourons encore l'épaisse forêt de pins sur des traîneaux tirés par trois chevaux : il s'est mis à neiger dans la nuit, et au matin le marchand a donné l'ordre de les atteler à la queue leu leu, arguant que cette façon de voyager nous éviterait de nous trop attarder dans les bois. « Certes, a-t-il dit, les esprits malins de la forêt, les génies des eaux et les ondines démoniaques dorment depuis la Saint-Nicétas, le sylvain et le velu depuis la Saint-Hiérothée, mais il n'est guère agréable d'avoir à passer la nuit dans les huttes crasseuses et enfumées des bûcherons qui sont à l'ouvrage dès les premières gelées. » Malgré son goût pour la marche à pied, le pèlerin n'a rien objecté, dans sa hâte sans doute d'arriver au but ; maintes fois cependant il nous a fallu descendre de ces véhicules qui, à force de pencher d'un côté ou de l'autre, finissent par verser, et secouer la neige que les branches font pleuvoir sur nos têtes lorsque nous les heurtons. Par chance, les gens du marchand sont robustes et accoutumés à cette tâche.

Enfin nous affrontons l'éminence que des rivières bordent sur trois côtés. Trois églises la surmontent ; la plus grande, à deux étages, est celle de la Dormition, nous instruit le marchand qui semble se mouvoir en ces lieux comme en sa maison. Il salue le moine portier ainsi qu'on salue un ami et s'entretient un moment avec lui avant de nous précéder à l'intérieur de l'enceinte. Il y a là de longues piles de bois destinées au chauffage et à l'ouvrage du monastère, lequel consiste, nous explique notre guide, à sculpter des croix et autres objets religieux, mais guère de monde, si l'on excepte deux ou trois vieillards se déplaçant autour du bâtiment qui les héberge, et quelques domestiques. La mine grave, ils répondent à nos salutations par de brefs signes, ce qui nous déconcerte un peu ; le marchand le remarque et : « Ne vous troublez pas, pèlerins. Vous entrez ici dans le royaume du silence et de l'austérité, où l'on n'a guère coutume de se perdre en discussions. D'ailleurs, les moines ne vivent pas tous dans les cellules du monastère, bon nombre leur préfèrent les grottes et les ermitages, où ils ont tout loisir de prier et de jeûner sans être dérangés. Leur règle ne les en empêche pas. Je crois même qu'elle le leur recommande. Pour tout dire, je les comprends : les offices qu'on célèbre en ces églises sont souvent interminables. On en sort les jambes enflées et la tête vide, quand on ne tombe pas en défaillance. Ce soir, mes amis, soyez-en certains, vous ne mangerez pas aussi copieusement et aussi finement que chez moi, hier. Mais le jeûne est, paraît-il, propice à la prière ! » Il éclate de rire et nous conduit à l'hôtellerie devant laquelle il nous fait ses adieux : ses gens et lui iront se restaurer et passer la nuit dans une auberge de Kremenkoe où l'on jouit de toutes les commodités, puis ils repartiront dans la matinée.

Le moine qui nous accueille, le frère Mikhaïl, est un vieillard d'aspect chétif au regard vif, brûlant, qu'il darde sur nous un long moment comme s'il nous évaluait. Il demande ensuite au strannik si nos intentions sont pures et ce que nous venons chercher chez les hommes de Dieu : la veille, conte-t-il, un officier de police s'est présenté à l'improviste avec deux acolytes et l'a interrogé au sujet des nouveaux arrivés ; l'informant que des bandits rôdent dans les environs, il l'a mis en garde contre les vols dont le monastère pourrait être l'objet, compte tenu de ses ornements précieux, avant de s'en aller avec ses hommes. Le pèlerin lui expose les motifs de notre visite. Alors qu'il décrit le starets qui lui est apparu en songe, le vieux moine, rassuré, s'exclame : « Ce ne peut être que le hiéromoine Séraphim. Ce saint homme est entièrement voué au service de Dieu, il prie jour et nuit au point d'oublier de manger, de boire et de dormir. Et il est bien récompensé : parfois Notre Seigneur se montre à lui durant les saints offices, entouré de sa cour de puissances célestes, d'anges, de séraphins et de chérubins. Nous le devinons à son visage qui tantôt pâlit, tantôt s'illumine et au silence qu'il est contraint d'observer jusqu'à ce qu'il se ressaisisse. »

Le pèlerin demande s'il est possible de lui parler. Alors le frère Mikhaïl : « Il y a près d'un an, le hiéromoine Séraphim a obtenu de l'higoumène Pakhôme l'autorisation de se rendre au désert afin d'y mener une existence solitaire. Il vit à présent dans une cellule en pleine forêt et ne revient au monastère que le dimanche. Il emporte un sac de pain rassis qu'il distribue en bonne partie aux animaux sauvages, car lui-même ne se nourrit que d'herbes. Il se trouvait ici aujourd'hui, il est parti avant les vêpres. Il reviendra dans une semaine. »

Sans délai j'interroge : « Reçoit-il des visiteurs dans son ermitage ?

– Que je sache, il fuit le monde et n'aime point être dérangé. Mais vous n'aurez qu'à en parler à notre abbé, l'higoumène Isaïe, après l'office. »

Nous le remercions et le suivons dans le couloir qui mène aux cellules des hôtes. Il en ouvre deux et nous invite à y entrer, avant de s'éclipser. Dotées de murs élevés et d'une petite fenêtre que protège une grille en hauteur, elles sont simplement meublées d'une banquette, d'un poêle en faïence et d'une tablette de bois dans un coin pour les images. Nous déposons nos sacs et, selon le désir du strannik, les quittons aussitôt pour nous rendre à l'église afin d'assister à la fin de l'office. Grande est ma stupéfaction alors que nous y pénétrons : entre les ors de l'iconostase, les flammes des cierges tremblant devant les icônes de l'étage inférieur et la lumière des candélabres, l'intérieur du bâtiment brille de mille feux. L'encens embaume l'air en s'élevant vers le plafond en volutes bleutées, mêlé à la voix des chantres. Alignés dans leur chape de chœur à longs pans, la tête surmontée de leur calotte et les yeux en partie cachés par leur voile, les moines se tiennent en rangs, debout devant de jeunes gens et de robustes gaillards, sans doute les novices et les ouvriers, en tuniques de drap noir resserrées par une ceinture en cuir. Au milieu, un homme âgé à barbe et cheveux blancs, certainement l'higoumène, prononce les prières devant un lutrin. Cette vision, jointe aux chants, me trouble jusqu'au plus profond de mon cœur et je me tourne vers le strannik, afin de partager cette sensation avec lui. Mais il a les yeux fermés et il paraîtrait pétrifié si ses lèvres ne remuaient pas dans la prière.

Au terme de l'office, selon les indications que nous avons reçues, nous nous dirigeons vers le réfectoire derrière les frères, les novices et les ouvriers. Nous nous inclinons comme eux devant les icônes et nous asseyons à la table des hôtes. Tandis que le lecteur entame sa lecture, les moines de service demandent sa bénédiction à l'higoumène, puis commencent à déposer devant les convives des écuelles en bois contenant de la soupe, des morceaux de pain et du sel, et à remplir les gobelets de kvass. Bientôt on n'entend plus que la voix plaintive du lecteur, ainsi que des bruits de liquide et de cuillers. Je repense aux mots sur lesquels le marchand a pris congé de nous et songe avec regret à son souper : le maigre potage au chou et aux vermicelles n'a pas apaisé ma faim.

Quand chacun a terminé, les religieux qui ont servi ôtent la vaisselle et un frère très âgé frappe sur une coupelle, annonçant, je le comprends, la fin du repas. Les convives se lèvent et écoutent les grâces. Alors qu'ils se dispersent les uns après les autres vers la sortie, le frère Mikhaïl joint l'higoumène et lui parle à l'oreille, avant de nous adresser un signe. Nous approchons et nous inclinons respectueusement devant ce dernier, lequel nous lance : « Pèlerins, on me dit que vous souhaitez rencontrer le père Séraphim. Le frère Mikhaïl vous a informés qu'il vit désormais au désert. Il occupe une cellule dans la forêt, à six verstes de ce monastère, près de la rivière Sarovka, et ne prise guère les visites. Mais vous avez, semble-t-il, parcouru une longue route pour le voir et il sera sans doute sensible à vos efforts. Demain, après les laudes, un frère vous mènera à lui et vous raccompagnera ici, car vous risquez fort de vous égarer dans ces bois inextricables. Allez donc, pour l'heure, vous reposer jusqu'aux complies. »

Nous remercions et quittons à notre tour le réfectoire. Pendant que nous regagnons l'hôtellerie, je fais enfin au strannik la question qui est restée sur mes lèvres à propos de son avenir, dans l'espoir qu'elle m'éclaire sur le mien.

« Que ferai-je si le hiéromoine Séraphim est bien mon starets ? » répète-t-il. Et, après une pause : « Qui suis-je pour en décider ? Je le saurai en temps voulu et il en sera de même pour toi.

– Pardonnez-moi, pèlerin, mais en l'espace de quelques jours ma vie a été bouleversée. J'ai l'impression de ne plus être le même qu'au moment de notre départ.

– Tu te trompes, tu es toujours le même, mais ton cœur s'est ouvert. Tes yeux se sont dessillés et tu vois.

– Croyez-vous ? En vérité, je ne sais plus rien.

– J'en suis heureux pour toi. Mon enfant, n'est-ce pas là chose merveilleuse ? »

Merveilleuse ? me dis-je, incrédule. Comment cela pourrait-il être ? À la vue de ma perplexité, il allonge la main sur mon épaule et l'y referme en un geste affectueux, ne me laissant pas plus avancé qu'avant.

Le soleil brille dans le ciel quand nous nous acheminons avec le frère Alexandre qui nous conduira auprès du hiéromoine Séraphim et le persuadera de nous parler si, d'aventure, il se jette face contre terre à notre arrivée, comme c'est souvent le cas en présence de visiteurs afin de mieux les ignorer, conte-t-il. « Mais s'il est en prière comme les anciens stylites sur la grande pierre de granit qui se trouve à mi-chemin entre le monastère et l'ermitage, ou en conversation avec les animaux sauvages qui viennent manger dans sa main, je n'y pourrai rien.

– Dans ce cas, dit le strannik, nous patienterons. Ou nous reviendrons un autre jour, si vous nous le permettez. Nous ne voulons en aucun cas l'importuner. »

Satisfait, le moine entonne : « *Chantons la Vierge Marie, la gloire du monde, la fleur de l'humanité et la Mère du Seigneur, la porte du ciel, le chant des incorporels…* » Le pèlerin se joint à lui, d'une voix plus grave. Je les écoute en songeant aux animaux sauvages tout juste évoqués ; en effet, malgré la scène à laquelle j'ai assisté entre mon compagnon et les loups, leur espèce d'étreinte, je ne suis guère rassuré. J'essaie toutefois de chasser de mon esprit la pensée de ce péril, mais elle refuse de me quitter ; pis, j'ai bientôt l'impression d'entendre des bruits de branches brisées, peut-être produits par des ours. Je hâte le pas pour me porter à la hauteur de mes compagnons.

Puis la grande pierre en granit que le frère Alexandre a mentionnée vient à notre rencontre et nous observons une halte pour mieux la contempler. « Vous avez de la chance, lance notre guide, le père Séraphim doit se trouver dans sa petite isba ou dans ses autres lieux de prière. Savez-vous qu'il a nommé une grotte "Bethléem" et une colline "Thabor" ? Qu'il a aussi son "Gethsémani" et sa "Nazareth" ? Il est… » Le frère Alexandre n'a pas le temps d'achever sa phrase : trois individus surgissent derrière nous et nous entourent. Le visage masqué, ils brandissent, le premier, un fusil, les deux autres, une hache et un gourdin. Nul doute, ce sont les bandits dont le frère Mikhaïl nous a parlé à notre arrivée et les auteurs des bruits que j'ai entendus.

Tombant à genoux, le moine fond en pleurs et s'écrie : « Pitié, pitié !

– Tais-toi et nous ne te ferons pas de mal, réplique l'homme au fusil avant de se tourner vers nous et de grogner, menaçant : Vos bâtons. Lâchez vos bâtons ! Et vos sacs aussi. »

Nous obtempérons.

Le strannik, qui a gardé son sang-froid, contrairement au frère Alexandre, intervient d'une voix ferme : « Que voulez-vous ? Nous ne transportons ni armes ni objets précieux. Vous le voyez bien, nous sommes deux pèlerins et un homme de Dieu. Repartez comme vous êtes venus, et nous ne vous dénoncerons pas à la police. Il en est encore temps.

– N'essaie pas de m'embrouiller avec tes paroles. Tu as sûrement du bien quelque part et ton jeune ami aussi.

– Nous n'avons rien, je le redis.

– Tais-toi ou je te ferai taire ! »

Le même brigand, probablement le chef, adresse alors un signe du menton à l'un de ses acolytes, qui tire de sa touloupe une corde et entreprend de ligoter le moine, à présent face contre terre. L'homme au gourdin bondit vers moi, dans la même intention, mais d'instinct je me débats et lui assène des coups de pied, me surprenant moi-même.

« N'abîme pas ce jeune insensé ! s'exclame le chef, apparemment amusé par ma résistance. Nous n'en voulons pas à sa vie ! »

D'un mouvement de sa jambe bottée, le bandit me fauche et je manque de m'écrouler.

Alors le strannik bondit vers moi. « Ne le touchez pas ! » Mais au même moment une détonation retentit et il s'effondre en s'accrochant à mes vêtements. Entraîné dans sa chute, je m'écarte afin de l'aider à se relever et constate qu'une tache rouge s'élargit à la hauteur de son côté. Il a les traits contractés sous l'effet de la douleur, et des râles s'échappent de sa gorge. Au désespoir, je balbutie « Non, non ! Non ! » en me penchant sur lui, tandis que le moine redouble de pleurs et de gémissements. J'entends mon ami murmurer faiblement : « Sauve-toi, petit. Sauve-toi. »

Mais le chef des brigands s'écrie : « Vite, vite ! » et voilà qu'on m'agrippe par les épaules, qu'on me soulève. Je supplie : « Laissez-moi ! Prenez ma besace, je n'ai rien d'autre. Prenez et repartez d'où vous venez. »

Pour toute réponse, on me fourre un linge dans la bouche, me ligote les poignets et les jambes. On me charge ensuite sur une épaule et l'on court. En redressant la tête, je vois s'éloigner l'horrible scène que composent le corps inerte du pèlerin et celui du moine ligoté, secoué de sanglots. Puis la forêt se referme sur eux et, j'ai beau me tordre de toutes mes forces, les arbres défilent prestement autour de nous. Au bas de la pente, un sifflement, et une voiture se présente. On me hisse à l'intérieur et ordonne de partir. Le véhicule s'ébranle et part, les chevaux au galop. Mes idées s'embrouillent, j'ai le souffle court et l'impression de m'enfoncer dans des eaux sombres où les sons me parviennent déformés.

Au bout d'un laps de temps indéterminé, je sens qu'on enlève mon bâillon et me fourre un flacon sous le nez. Une odeur forte, abominable, me tire de ma défaillance.

« Bien, bien », dit le chef des brigands, le bras tendu, en face de moi.

Soudain je reconnais sa voix.

« Fiodor !

– Oui, jeune maître ? me nargue l'intendant, qui ôte enfin son masque.

– Comment as-tu osé lever les mains sur moi ? Maroufle ! Crapule ! Assassin ! Comment as-tu osé t'en prendre à mon ami ?

– J'ai obéi aux ordres de votre père. Le reste est un malheureux incident. Rien ne dit que le coup ait été funeste, du reste.

– Bandit ! Assassin ! C'est exactement ce que tu es. Tu en as même l'allure. »

Il a un rire railleur. « Et pourtant, hier, un de ces moines m'a vraiment pris pour un officier de police ! »

Ses deux acolytes rient à leur tour. Ils ont gardé leur masque : des paysans appartenant à mon père, voilà ce qu'ils sont probablement.

Furieux, je m'exclame : « Tu as menti à des hommes de Dieu ! Tu seras maudit ! Depuis quand me suis-tu ?

– Je ne vous ai pas suivi. Je suis allé tout droit au monastère après que les hommes expédiés sur vos traces sont rentrés les mains vides. J'ai pensé que votre ami pèlerin savait ce qu'il faisait et que vous arriveriez à bon port.

– Tu peux bien me ramener par la force. Je ne resterai pas.

– Non, sans doute pas. Dès votre retour, vous serez envoyé dans un régiment.

– Menteur ! Comment le sais-tu ?

– J'ai des oreilles.

– Ma mère ne le permettra pas.

– Si vous le croyez… »

Me toisant, il recule sur son siège.

Alors : « Tu me le paieras, Fiodor. Tôt ou tard, c'est à moi que tu devras rendre compte de tes actes.

– Je ne fais qu'obéir aux ordres de votre père, lequel, comme tout père, se soucie de votre avenir.

– Détache-moi tout de suite. Ces cordes me scient les poignets.

– Je le ferai dès que vous serez apaisé. Pour l'heure, reposez-vous : vous avez beaucoup marché, vous devez être las. »

Je peste un moment puis m'adresse à ses deux acolytes : « À vous autres aussi il en cuira. Vous ne pourrez pas toujours cacher vos visages. » Mais ils détournent la tête pour toute réponse.

Il ne me reste plus qu'à patienter. Je ferme les paupières et feins de m'endormir. Sans délai l'image du strannik blessé se présente à mon esprit, et je me demande s'il est toujours en vie. Le frère Alexandre est probablement parvenu à se libérer de ses liens et à lui porter secours, me dis-je. À moins que, entendant le coup de feu et les cris, le père Séraphim n'ait accouru et ne s'en soit lui-même chargé ; étant un starets, un thaumaturge, il l'a forcément soigné, et, à l'heure qu'il est, le pèlerin se trouve en sécurité dans la petite isba. Je refuse d'envisager le pire. Puis j'imagine mon retour, ma mère et mes sœurs éplorées, honteuses, mon père furibond et implacable, enfin l'exil dans je ne sais quelle province, au sein d'un régiment. Tout ce qui m'avait semblé représenter la vie il y a encore quelques jours me paraît à présent symboliser la mort. Qui est mon père ? Qui est ma mère ? Qui sont mes frères et sœurs ? Ces êtres que j'ai toujours connus, aimés, ou plutôt, comme le dit l'Évangile, les amis de Dieu, le pèlerin ? Suis-je en chemin de le choisir, lui, aux dépens de ma famille ?

Je sens les larmes monter à mes yeux et m'efforce de les ravaler. Pour combattre l'impuissance, je me remémore les propos du strannik. *Sauve-toi, petit!* a-t-il dit avant qu'on nous sépare. Et hier encore n'a-t-il pas affirmé que les solutions s'imposaient d'elles-mêmes sans qu'on y fasse rien ? Il ne s'est pas trompé, toute perplexité a été brusquement balayée en moi ; pour la première fois, j'y vois clair : j'irai le retrouver ; il me suffira d'attendre le moment adéquat pour fausser compagnie à mes gardes. Cette perspective m'apaise, si bien que je m'endors vraiment, par intermittence ; tandis que j'élabore des projets de fuite, le sommeil se saisit de moi par traîtrise et, l'espace de courts instants, je rêve – toujours du pèlerin, ainsi qu'il a rêvé sans doute de son starets, à la différence qu'il ne m'est pas inconnu, lui. Et bien que les verstes s'additionnent sous les sabots des chevaux, je ne perds pas espoir.

En milieu d'après-midi, la voiture ralentit puis s'immobilise devant un relais de poste. « Les bêtes sont fourbues, il faut en changer », annonce le cocher. Jugeant sans doute que je suis assez calme, ou par simple décence, Fiodor dénoue mes liens, et nous descendons pour nous dégourdir devant le bâtiment. Peu après, des cris retentissent sous le porche, et nous voyons surgir le maître de poste, le cocher sur ses talons. Il nous informe d'un ton rageur qu'il a cédé sa dernière troïka à un courrier de cabinet et qu'il ne lui reste plus un seul cheval disponible ; pis, qu'il n'y en pas non plus dans le village, où il est allé en chercher un peu plus tôt pour un général de passage. Il nous propose d'attendre à l'abri, sous le porche, que d'autres chevaux arrivent. Après une courte marche, sous la surveillance de Fiodor, je m'assieds sur un banc.

Le temps passe, et le maître de poste réapparaît. « Pour aujourd'hui, dit-il, mieux vaut vous résigner. Votre cocher n'a qu'à dételer vos bêtes et les conduire à l'écurie, où elles trouveront picotin et repos. La paille sera assez bonne pour lui et ces deux autres gredins, ajoute-t-il en désignant du menton les paysans. Quant à vous, vous pourrez dormir chez moi. Ma femme et ma fille vous donneront à dîner. » Il nous précède jusque dans sa maison et nous invite à entrer : « Dounia ! Agafia ! Préparez donc un samovar ! » Puis il s'éloigne une nouvelle fois.

Assises près du poêle, sa femme et sa fille abandonnent leurs aiguilles et nous désignent la table d'un geste de la main. Laissant Fiodor s'y établir, je vais m'agenouiller devant le sanctuaire et tente de prier, comme je l'ai vu faire maintes fois au pèlerin. Au bout d'un moment, le bonhomme revient et se met à discuter avec l'intendant des difficultés de son métier, en particulier à l'approche de l'hiver. Je me recueille de nouveau : dans ce coin, devant les images, je me sens étrangement protégé. Puis une main se pose sur mon épaule et je lève la tête. « Votre Noblesse, le dîner est prêt », dit la femme la plus âgée avec un bon sourire. Je me lève et la suis.

Elle place au milieu de la table un chaudron de soupe et commence à servir, pendant que sa fille va porter des écuelles pleines et un flacon à l'écurie. J'accepte le kvass que notre hôte verse largement dans les gobelets et feins de m'intéresser à son discours tout en observant l'intendant à la dérobée ; en revanche, je refuse le vin de raisin qui surgit à la fin du repas et demande à me coucher. La femme me mène à une petite pièce, située derrière une cloison, où se trouvent deux banquettes garnies de coussins et de pièces de feutre ; avant de s'éclipser, elle me dit gentiment : « Puisses-tu reposer dans le giron du Christ. » Je la remercie et m'étends sur la couche la plus proche de la sortie.

De l'autre côté, les bavardages et les rires se succèdent, encouragés par le vin. Enfin les chaises grincent, signe que les réjouissances sont terminées, et Fiodor entre d'un pas lourd dans la chambre. Allongé sur le ventre, je simule le sommeil en respirant pesamment et l'entends se coucher à son tour. J'attends que le silence s'installe derrière ses ronflements en retournant en pensée au passé, aux journées de pêche et de chasse, aux promenades dans les champs et au bord des lacs, effectuées en sa compagnie depuis l'enfance, car c'est lui, plus que mon père, qui m'a initié à ces activités ; je le considérais comme un ami, et il m'a trahi. Pas un instant je n'ai vu se peindre sur son visage un semblant de tendresse, de compréhension ou de remords ; un masque de dureté, voilà ce qu'il m'a depuis le premier instant opposé ; assurément, le souci de sa place lui importe plus que tout le reste. Alors, imitant le strannik au début de son périple, je fais de tous ces souvenirs un monceau, que je brûle mentalement : je le sais maintenant, je ne retournerai pas en arrière.

La nuit est bien avancée quand je me lève. Je traverse comme dans un rêve la salle principale, ouvre et referme la porte sans bruit : ce n'est pas la première fois que je quitte un logement en tapinois. Dehors aussi tout est calme. Une petite lanterne brille contre le mur, pendue à un crochet ; je l'en détache et, muni de cette lumière, à défaut de ma besace, gagne en quelques pas la route qui se dévide, tel un ruban pâle, à la lueur de la lune : il me suffira de la parcourir en sens inverse pour atteindre le monastère. Lorsque le jour poindra, je troquerai cette voie contre les sentiers de la forêt et, une fois à destination, me cacherai parmi les moines. Je soignerai le strannik avec le dévouement d'un serviteur zélé ; j'en suis sûr, il guérira.

Je marche. La solitude ne m'importune pas : mille créatures se meuvent alentour – hiboux aux cris de nourrisson, grands-ducs aux hurlements aigus, martres et renards bondissant à la recherche de petites proies, perdrix et coqs de bruyère dérangés dans leur sommeil, lynx traquant daims, chevreuils ou cerfs, écureuils sautant d'arbre en arbre, hérissons et souris se faufilant sous les feuilles mortes, loups occupés à chasser en meute, ours se grattant contre des arbres, lièvres sur le qui-vive et même araignées tissant leurs toiles ; je devine leur présence avec une telle acuité que j'ai l'impression de leur appartenir. Autour de moi et avec moi, toute la Création respire d'un unique souffle ; même les étoiles qui parsèment la voûte céleste grossissent et rapetissent en rythme. Pour cette raison sans doute, je n'éprouve aucune peur.

Au bout d'un laps de temps que je ne saurais évaluer, le scintillement des astres commence à s'estomper, et voilà que se substituent à eux d'autres sortes de paillettes ; froides, immaculées, elles se déversent sur tout sans distinction. J'enfonce mon bonnet sur ma tête et, malgré la beauté du spectacle qui m'est offert, me rends compte, un peu effaré, que la neige recouvrira bientôt la route d'un blanc manteau, effaçant ses bords et entravant mon pas. Gare à moi si je fais halte ou m'endors ! Je n'ai toutefois pas le temps de m'attarder à cette sinistre pensée : soudain j'aperçois devant moi, à une distance d'environ trois sagènes, une forme de couleur fauve piquetée de flocons. Je plisse les paupières pour mieux voir. C'est une biche ! Immobile, elle me regarde comme si elle m'attendait.

Je me rapproche prudemment, assez pour distinguer ses grandes oreilles, ses yeux noirs ourlés de longs cils et sa truffe soulignée de blanc. Pas plus que moi, elle n'est effrayée. Je suis maintenant tout près d'elle. Mais, alors que je tends la main, désireux de la caresser, elle change brusquement d'aspect et voilà qu'apparaît devant moi une jeune fille habillée d'une fine chemise lui descendant jusqu'aux pieds. Le teint diaphane, elle a les yeux d'un gris presque transparent et de longs cheveux verts. « Ko-lia, Ko-lia, Ko-lia, dit-elle d'une voix suave, comme si elle chantait.

– Qui es-tu ? N'étais-tu pas une biche il y a peu ? Et comment sais-tu mon nom ?

– Je suis une roussalka, je connais toute chose, contrairement à vous autres êtres humains. Et je prends l'apparence qui me sied autant de fois que cela me plaît.

– D'où viens-tu ?

– Du pays de l'onde.

– T'es-tu... détruite ?

– Comme tu es curieux, petit homme. Je me suis noyée un soir à la brune et je ne t'en dirai pas plus.

– Ne devrais-tu pas dormir avec tes sœurs jusqu'à la fin de l'hiver, comme le dit la tradition ? N'est-il pas trop tard pour te promener dans la forêt ? »

Elle sourit et referme sur moi non ses bras, mais ses cheveux, légers, doux et animés comme l'est la queue des chats. « Certaines de mes sœurs dorment déjà au fond de l'eau. Mais tant que la glace n'a pas recouvert nos royaumes, nous sommes libres d'en sortir et de les regagner à notre guise. »

Comme pour confirmer ses dires, une deuxième ondine, surgie de je ne sais où, vient se placer à ses côtés, puis une troisième. Si leurs traits sont dissemblables, toutes deux sont aussi jeunes, pâles et belles que la première. Leurs atours diffèrent également : l'une porte une robe de brume ; l'autre des nénuphars pour tout vêtement ; et bien que je n'aie vu nues que quelques servantes, cela ne me trouble pas outre mesure. Pas plus que le froid, d'ailleurs, qui me faisait un peu plus tôt claquer des dents. Elles se prennent par la main et, tout en riant, en s'appelant *sœurettes*, se murmurent des mots à l'oreille. Puis elles m'encerclent et font la ronde en chantant et répétant mon prénom, telle une incantation. « Viens, danse avec nous ! » proposent-elles.

J'hésite. « Je sais ce que l'on dit de vous. Que vous alourdissez d'algues et de boue les filets de pêche. Que vous entraînez les hommes au fond de l'eau et les retenez dans vos chaînes. Comment me fier à votre parole ? »

Elles rient de nouveau, et leurs rires, clairs, joyeux, enfantins se poursuivent, se multiplient, comme prolongés par un écho.

« Avons-nous l'air de sorcières ? jette celle qui était auparavant une biche.

– Certainement pas. Vous êtes fort belles. On raconte aussi que vous rendez les hommes malades de mélancolie.

– Qui le raconte ? Les villageoises ? Les paysannes ? Et tu les crois ? Elles sont tout simplement jalouses de notre beauté.

– Jalouses… renchérit la roussalka aux nénuphars. D'autant que, contrairement à elles, nous ne vieillissons ni ne mourons jamais. Nous sommes des esprits !

– Jalouses… » souffle l'ondine à la robe de brume, et dans sa bouche arrondie ces simples sons évoquent des bouffées de fumée.

Une fois encore elles rient, puis d'une même voix m'invitent : « Viens ! »

Comment leur résister ? Je pose ma lanterne par terre et pirouette sur mes talons, je virevolte et tournoie au milieu d'elles. Leur parfum est aussi enivrant que l'encens, et leurs rires pareils à des gouttes de cristal, à des cascades d'eau, se mêlent harmonieusement au sifflement du vent qui soudain se renforce, soulevant les flocons de neige en des tourbillons rapides. Comme eux, je tourne et tourne encore, j'en perds le nord, le sud, l'ouest et l'est, je m'abandonne à la musique de l'air et de ces voix enchanteresses. Le temps n'existe plus, et mon esprit a cessé d'élaborer des raisonnements complexes.

« Alors ? Vas-tu maintenant nous suivre dans la forêt ? » finissent-elles par demander.

Un dernier souvenir me retient, la voix joyeuse du pèlerin s'exclamant, il y a seulement deux jours : « Mon enfant, n'est-ce pas chose merveilleuse ? » Oui, ça l'est véritablement, me dis-je. Puis je tends la main aux ondines.

4.

Wessex
1852

24 novembre

À la lumière des réverbères, les flocons de neige, poussés par un vent capricieux, tournent et tournent encore dans le ciel sombre, pareils aux minuscules fragments de verre d'un kaléidoscope, qui composent des figures différentes tout en demeurant identiques, et je ne peux m'empêcher de les contempler, comme ensorcelé, à travers la fenêtre de cette chambre d'hôtel en songeant que telle est également l'Histoire : une succession d'éléments de même substance formant des combinaisons toujours renouvelées. Et, à bien y réfléchir, la Nature aussi, en apparence changeante et cependant animée par un unique principe selon lequel, par exemple, des pommes, et non des prunes, poussent chaque printemps aux branches des pommiers. Mais je m'égare, sans doute parce que, faute de temps, je n'ai pas rempli les pages de ce journal depuis plusieurs semaines, ou que les récents développements me causent une sorte d'hébétude, peut-être même d'effroi.

Reprenons donc depuis le début, comme j'ai coutume de le dire à mes élèves. Il y a quelques jours je reçus une lettre d'un notaire du nom de Rundell m'apprenant que je figurais dans le testament d'un de ses clients et m'invitant à me rendre à son étude. *Casterbridge, vous devez le savoir, se trouve à 115 miles de Londres, et la voie ferrée y mène depuis peu*, écrivait-il. *Nous avons un très bon hôtel où vous pourrez, si vous le souhaitez, passer la nuit, etc.* Surpris par cette annonce et par le fait que le client en question n'était pas mentionné, je demandai à Mère si elle avait quelque idée de ce dont il s'agissait : puisque j'ignorais tout de ces lieux, lui lançai-je, quel lien mystérieux pouvait-il m'y rattacher ? Elle parut réfléchir un moment, puis répondit qu'une branche de sa famille, certes, vivait dans le Wessex, mais qu'elle n'avait reçu d'elle aucune nouvelle depuis plusieurs dizaines d'années, plus précisément depuis son mariage. Et comme je la pressais d'autres questions, elle se replongea dans son ouvrage en indiquant qu'elle ne savait rien de plus. Intriguée, Violet, qui cousait de l'autre côté de la cheminée, la questionna à son tour, sans plus de succès que moi, aussi en restâmes-nous là. Le lendemain, je pris mes dispositions à l'école et envoyai un courrier au notaire pour lui annoncer la date de mon arrivée et le prier de réserver une chambre à mon intention à l'hôtel qu'il avait mentionné, le *King's Arms*, en espérant qu'il n'était pas trop cher, chose heureusement peu probable dans une ville de province.

Le jour dit, ce matin donc, à la gare de Waterloo, je montai selon les indications fournies par mon correspondant dans un premier train jusqu'à Southampton, puis dans un second, qui me conduisit à la gare de Casterbridge, où, comme convenu, l'un de ses clercs m'attendait dans un cabriolet tiré par un solide bai de Cleveland à la robe lustrée. La neige ne tombait pas encore ; toutefois le ciel blanc, bas, et le froid humide laissaient planer cette éventualité. Mon sommeil ayant été troublé par mille interrogations tout au long de la nuit, la morsure du froid m'était plus sensible que de coutume et, malgré mon épais manteau, je frissonnai jusqu'à l'étude, située dans la rue principale de cette petite ville qui évoquait à prime abord un gros bourg de campagne.

Je fus aussitôt introduit près de Mr. Rundell, un homme d'âge mûr aux favoris roux et au gilet chamois, corpulent et plutôt amène, lequel lut sans tarder et à voix haute le testament qui m'amenait. J'appris ainsi non sans stupeur qu'un propriétaire terrien dénommé William Harding, célibataire, me léguait non seulement son domaine, situé à quelques miles de Casterbridge, mais aussi tous ses avoirs, dont suivait une longue description. Il fallait cependant remplir deux conditions pour entrer en leur possession : habiter sa demeure toute l'année et conserver ses employés, une vingtaine, comme son activité, faute de quoi l'héritage serait transmis à deux parentes éloignées.

Me voyant perplexe, le notaire me fit apporter un verre de brandy tout en se disant chagriné de ne pouvoir répondre à mes questions concernant le choix de son client : il n'avait pas la moindre idée, affirma-t-il, des raisons qui l'avaient poussé à me léguer ses biens. « Une chose est certaine, conclut-il, William Harding vous connaissait. Les indications figurant sur vos papiers correspondent à celles qui sont inscrites ici : *Henry Newcome, né à Londres le 22 juillet 1819, enseignant.* » Malgré cette évidence, je demeurai hébété, aussi Mr. Rundell me proposa-t-il de gagner ces lieux après le déjeuner. Et tandis que son clerc allait déposer mon sac à l'hôtel et commander le repas à l'auberge voisine, il voulut me resservir un verre d'alcool, que je refusai.

C'est ainsi que nous partîmes en début d'après-midi à bord du véhicule qui m'avait mené de la gare à l'étude. Alors que nous quittions la ville et avancions dans la campagne, mon compagnon de voyage entreprit de dépeindre cette partie du Wessex où nous nous trouvions et de brosser à mon intention le portrait de son client. Malgré mon envie d'en savoir davantage au sujet de l'homme qu'il qualifiait de « bienfaiteur », j'avais grand-peine – je l'avoue – à me concentrer sur ses propos, tant le paysage que nous traversions attirait mon attention. Insensiblement, nous avions glissé de la ville à la campagne comme s'il n'existait pas entre elles d'autre frontière qu'une dernière rue, qu'une dernière rangée de maisons. Bientôt nous longeâmes sur notre gauche une brune étendue à l'allure inhospitalière que le notaire me décrivit sous le nom de « lande d'Egdon », après quoi les arbres se multiplièrent au point de constituer un bois à part entière, peut-être même une forêt. Enfin, au bout d'un laps de temps que je jugeai interminable, en particulier parce que je grelottais, Rundell annonça notre arrivée à destination par un brusque silence, comme s'il souhaitait rendre ce moment plus solennel en l'abandonnant au trot de son cheval et au crissement des roues sur le gravier.

Une demeure à l'architecture élisabéthaine se dressait devant nous, au-delà d'un terre-plein. Sa taille imposante et sa façade en pierre grise, ornée de cinq pignons comme on en voit dans les abbayes, avaient de quoi intimider, mais les chiens-assis ouvragés, les hautes fenêtres à meneaux et surtout le double arc de son porche aux fins piliers blancs adoucissaient l'ensemble. Mon guide confia son attelage à un domestique survenu dans ce but et tout en gesticulant désigna ses diverses parties, construites au fil du temps autour d'un édifice datant du XVe siècle, dit-il, ainsi que les bâtiments de ferme, plus récents. Il semblait fort bien connaître ces lieux et, à n'en pas douter, ses explications auraient duré plus longtemps si la porte, dont nous nous rapprochions à pas lents, ne s'était pas ouverte et que deux femmes, l'une âgée et l'autre assez jeune, en tablier et bonnet blancs, n'avaient franchi le seuil pour nous inviter à entrer.

Comme nous venions du dehors, la température de la demeure me sembla accueillante, et pourtant Rundell crut bon de s'en prendre aux deux servantes, leur reprochant de ne pas entretenir correctement les feux. Elles nous accompagnèrent, toutes contrites, dans les pièces du rez-de-chaussée et de l'étage avant de nous laisser au jardin, s'éclipsant avec un soulagement évident pour convoquer le régisseur, selon les vœux, ou plutôt les ordres, du notaire.

Je serais bien incapable, maintenant que je trace ces mots, de décrire avec précision ce que je vis. De cette visite, je conserve essentiellement une sensation, un émerveillement qui ne faiblit pas, alors que tout – l'ameublement sobre mais coûteux, les tableaux revêtant les murs, le grand escalier de chêne, les boiseries sombres, les rangées de porcelaines, surtout la bibliothèque fort garnie, ou encore le bassin rond ornant le parc aux buis joliment taillés – s'obstine à tourbillonner dans mon esprit, tel un jeu d'enfant, une toupie refusant de s'immobiliser. À cet émerveillement se mêlait et se mêle encore l'impression désagréable que tout cela ne me concernait pas, qu'il y avait sans doute une erreur et que, tôt ou tard, un autre Henry Newcome, le véritable Henry Newcome, se manifesterait pour réclamer son dû.

Mais j'oublie de mentionner le régisseur, un dénommé Thomas Mayhold, qui nous rejoignit, annoncé par un martèlement de talons, dans le bureau où nous prenions le thé. De haute taille et vraisemblablement du même âge que moi, il me salua avec un air franc qui me plut. Je l'observai : tout en lui, depuis ses vêtements simples, mais bien coupés, jusqu'à son aisance, semblait dire que la place était bonne. Il dépeignit brièvement l'état de la ferme, l'entité des troupeaux, le montant des dernières récoltes, et proposa de m'emmener à cheval à travers le domaine, invitation que Rundell déclina sans même attendre ma réponse sous prétexte que je n'étais pas habillé pour cela et que nous devions regagner Casterbridge avant la nuit. « À votre guise », déclara alors Mayhold, qui inclina le chef et se retira.

Durant le trajet du retour, mon compagnon se montra plus silencieux qu'à l'aller, peut-être parce qu'il s'inquiétait, comme moi, de la menace de neige que le ciel, de plus en plus bas, laissait planer sur notre route ; de fait, à mi-chemin, de légers flocons se mirent à tomber, l'amenant à presser son bai. Malgré cet inconvénient, nous regagnâmes notre point de départ comme prévu, avant les dernières lueurs du jour. Une fois devant l'hôtel, Rundell voulut savoir si j'acceptais mon héritage et se montra surpris par ma réponse. « Je vous l'écrirai demain, de Londres. Je vis avec ma mère et ma sœur cadette. Ma décision nous concernant tous trois, je ne peux la prendre sans les avoir consultées », dis-je. Il balbutia : « Comme vous le souhaitez » et me salua d'une poignée de main en s'efforçant, je le vis bien, de masquer son incrédulité.

Le feu brûlait dans la cheminée de ma chambre lorsque j'y pénétrai et, encore transi de froid, je m'assis dans un fauteuil tout proche où je tentai de rassembler mes pensées. Elles étaient toujours confuses quand une servante vint m'apporter le souper que j'avais commandé avant de monter et elles le demeurèrent tandis que je consommais mets et vin à une petite table pliante placée devant la fenêtre. C'est ainsi – par désir de clarté – que j'ai décidé de coucher sur ces pages le récit de cette étrange journée, mais cet exercice n'a de toute évidence pas suffi, car, au moment où je m'apprête à reposer ma plume, je continue de penser avec effroi aux bouleversements que le testament du mystérieux Mr. Harding risque d'imprimer à ma vie et à celle de ma famille.

25 novembre

Je ne m'étais pas trompé hier soir en pressentant les changements que mon voyage à Casterbridge apporterait dans l'existence tranquille que Mère, Violet et moi-même menions jusqu'à présent. Mon retour à Londres a, bien entendu, été suivi d'une discussion. Avant même de décrire ce qui m'était offert, j'ai voulu en effet en savoir plus long sur le « bienfaiteur » dont le nom m'était maintenant connu. Mère tergiversa un moment, demeurant dans le vague, mais elle comprit très vite qu'il ne servait à rien de repousser les explications à plus tard. Visiblement embarrassée, elle pria Violet de quitter la pièce, arguant qu'elle aurait ainsi plus de liberté pour s'exprimer à ce sujet, ce à quoi j'objectai : « Violet n'est plus une enfant. Elle a tout autant que moi le droit et la capacité d'entendre ce que vous avez à dire. »

Je crois que si elle n'avait pas été ma mère bien-aimée et aimante, elle m'aurait jeté quelque regard mauvais, or elle baissa la tête et finit par affirmer tout bas que le dénommé William Harding était un de ses cousins, un cousin beaucoup plus proche à son cœur qu'il ne l'était par leurs liens de parenté. Il était aisé de comprendre ce que cela signifiait, et de fait je ne fus guère surpris d'apprendre que l'un et l'autre avaient été fiancés du temps où, jeune fille, Mère passait ses étés dans le Wessex auprès d'une branche de sa famille maternelle : c'était, d'ailleurs, par l'entremise de ces parents éloignés et communs qu'ils s'étaient rencontrés et aimés, avoua-t-elle. Et comme rien, ni leur degré de consanguinité ni leur jeune âge, ne s'opposait à leur union, ils avaient tout logiquement préparé leur mariage.

Mère observa une pause, puis déclara : « C'est alors qu'un incident s'est produit. Un incident, oui, un triste et grave malentendu qui nous a amenés à briser notre serment. J'ai été submergée de chagrin et cru ne pas m'en relever. Mais le chagrin ne dure pas lorsqu'on est jeune. J'ai eu la chance de rencontrer votre père peu après et de m'éprendre de lui. » Elle se tut une nouvelle fois et, comme elle paraissait vouloir en rester là, se montrant sourde aux insistances de Violet qui eût aimé en savoir plus, je demandai si, à son avis, cette brève passion de jeunesse et l'hypothétique désir de réparer une vieille erreur pouvaient être des raisons suffisantes pour faire de moi l'héritier de son ancien promis. Elle répondit avec un haussement d'épaules qu'elle n'en avait pas la moindre idée et que, en fin de compte, peu importait. Je ne partageais pas cette opinion et je songeais par-devers moi qu'une chose était certaine : William Harding, lui, ne s'était jamais marié. Il s'était enrichi ou s'était maintenu dans son rang – je l'ignorais –, alors qu'elle était sortie du sien en épousant un homme qui, par ses mauvais investissements et sa mort précoce, l'avait laissée dans le besoin.

Le fantôme de ce père trop tôt disparu plana un moment dans la pièce, après quoi chacun de nous reprit ses esprits et j'en vins au récit de ma visite au domaine de Mr. Harding. Il m'était difficile de tout décrire, tant les détails qui me remontaient en mémoire étaient nombreux, mais le tableau que je brossai produisit suffisamment d'effet sur Violet pour qu'elle s'exclamât, une fois que j'eus mentionné le présent qui m'était offert et qui, compte tenu des conditions auxquelles il était subordonné, adoptait plutôt l'allure d'un « marché » : « Henry ! Comment hésiter un instant à troquer une existence modeste et toujours menacée par quelque coup du sort contre une vie confortable dans un beau et riche domaine ? »

Je répliquai, piqué au vif, que, si nous ne vivions pas dans l'aisance, nous ne manquions de rien.

« Voyons, ce n'est pas ce que je voulais dire ! se hâta-t-elle de préciser. Nous te sommes reconnaissantes, Mère et moi, de tout le mal que tu te donnes pour nous entretenir. Mais, justement, entre ton métier et tes écrits, tu t'épuises à la tâche, tu ne te reposes jamais... Et puis, ne mériterais-tu pas mieux, compte tenu de ton instruction ?

– Sache que je suis très heureux d'enseigner à des enfants défavorisés et de dénoncer publiquement les maux dont souffre notre société, rétorquai-je. Mieux, je m'en fais un devoir au point que j'aurais grand-peine à y renoncer. »

Et comme elle secouait la tête avec cet air d'impuissance qu'on prend face aux entêtés ou aux idiots, Mère crut bon d'intervenir à son tour, déclarant que rien ne m'obligeait à renoncer à ce devoir, que je pourrais certainement continuer d'enseigner dans le Wessex, où les moins chanceux ne disposaient sans doute pas des mêmes avantages que leurs semblables à Londres. « Quant à ton activité de journaliste, il suffit de t'entendre avec tes directeurs. Pourquoi n'écrirais-tu pas… que sais-je ? Tiens ! Une chronique relatant la vie dans la campagne du Wessex. » Violet battit des mains, et, quoique touché par sa naïveté et celle de Mère, je ne pus m'empêcher de sourire en m'imaginant proposer ce genre d'articles à Mark Lemon ou à Eyre Crowe : nul doute, ils partiraient d'un grand éclat de rire.

Nous terminâmes le repas en silence, cependant il régnait dans la salle à manger une toute nouvelle atmosphère, mélange d'enthousiasme, d'impatience, de désir de revanche sur l'adversité et d'inquiétude face à l'inconnu, comme si tout ce qui s'était assoupi en nous avec les revers de fortune se remettait soudain, inespérément, à frémir. Mère et Violet avaient, bien entendu, raison : il était impossible de refuser ce que le destin venait de nous offrir – non pas une promotion sociale, mais un rétablissement à un rang dont notre famille maternelle avait déchu. Comment expliquer dans ce cas les réticences qui me freinaient, qui me freinent encore tandis que je trace ces lignes ? Se peut-il que je craigne de perdre le confort d'un univers familier, les petits plaisirs que j'ai réussi à m'accorder parmi mes turbulents élèves et auprès de mes confrères ? Je l'ignore. Une chose est certaine : alors que j'écrivais à Rundell, tout à l'heure, j'ai éprouvé le vertige que ressent, dit-on, le joueur au moment où, ayant lancé ses dés, il les regarde rouler, rouler encore, comme si le temps était figé.

10 février 1853

Aujourd'hui, pour la première fois depuis plus de deux mois, je reprends enfin ma plume. Il faut dire que je n'ai guère eu de répit ces dernières semaines, ayant dû régler quantité de problèmes en un laps de temps réduit. Mon premier souci a, bien sûr, consisté à me trouver un successeur dans cette pauvre école où j'ai enseigné pendant plus de dix ans ; après mûre réflexion, mon choix s'est porté sur Oliver : connaissant mieux que quiconque l'établissement et le milieu d'où proviennent nos élèves, au nombre desquels il a compté, et m'ayant assisté à plusieurs reprises, il saura se jouer sans difficultés des obstacles qui se dresseront forcément sur son chemin.

Comme je l'avais prévu, les choses ont été fort différentes avec Lemon et Crowe : ni l'un ni l'autre n'envisagent de poursuivre notre collaboration à l'avenir, à moins que je ne déniche des sujets dignes d'intérêt dans « ce Wessex où rien ne doit jamais se passer », a dit le second. Le premier, qui a mon âge et ma sympathie, m'a lancé : « La poésie. La poésie vous tente-t-elle, Newcome ? Bien que vous soyez novice en la matière, je suis prêt à lire votre production » ; et, à en juger par son rire narquois, c'était dans sa bouche une boutade. Il a ajouté que l'air et l'animation de la plus grande ville du monde me manqueraient à coup sûr et que je reviendrais bien vite. S'il avait habité le quartier où j'ai vécu, et non le West End, il n'aurait sans doute pas parlé de la sorte, et je suis pour ma part certain de ne jamais regretter le vacarme assourdissant des voitures roulant sur les pavés, les cris des colporteurs, les eaux sales jaillissant çà et là, les fumerolles s'alliant au brouillard pour entraver la marche des piétons, la suie qui recouvre les façades d'une méchante patine.

Je n'ai raconté ni à l'un ni à l'autre la raison pour laquelle je quittais la capitale, et ils se sont abstenus de me la demander, trop absorbés qu'ils étaient dans leurs occupations quotidiennes ; de même ils n'ont pas manifesté la moindre déception à l'idée de se passer du fruit de mon travail : ils peuvent, de toute évidence, compter sur mille plumes pour remplir les pages les moins prestigieuses de leurs journaux. J'avoue en avoir été un peu affecté, cependant les tâches qu'il m'a fallu affronter avec Mère et Violet concernant la vente de notre petite maison et de notre mobilier se sont peu à peu chargées de balayer ces sentiments. Enfin, il y a huit jours, nous sommes montés avec nos quelques bagages dans la voiture de louage que j'avais retenue, et avons pris la route.

Je ne dépeindrai pas ici le visage de Mère ni celui de Violet au moment où elles aperçurent notre nouvelle demeure, parce qu'ils reflétaient fidèlement leurs caractères respectifs qui me sont si familiers. Mère qui, il est vrai, la connaissait pour y avoir séjourné dans sa jeunesse, en a pris aussitôt les rênes avec calme et gravité, et, tandis qu'elle inspecte chaque jour une nouvelle pièce et de nouveaux placards en compagnie d'une des servantes, tel un général au lendemain d'une conquête, Violet ne cesse d'aller et venir, réaménageant sa chambre à son goût, déplaçant un meuble, un bibelot, un tableau, avant de les remettre à leur place, troublée par trop d'indécision, s'asseyant au piano, courant à une fenêtre au moindre bruit, faisant quelques pas dans le jardin, en proie à un tel enthousiasme qu'on pourrait la prendre pour une adolescente si l'on ignorait qu'elle a vingt-neuf ans.

Malgré le spectacle de satisfaction que chacune m'offre à sa manière, je ne me suis, quant à moi, pas encore départi du sentiment d'usurpation qui m'a envahi à la lecture du testament de feu Mr. Harding et, alors que je me penche sur des papiers dans son ancien bureau, ou que je déjeune dans sa belle salle à manger aux sombres boiseries, il m'arrive de tendre l'oreille dans la crainte que des coups ne retentissent à la porte et que le véritable bénéficiaire de ce domaine, le vrai Henry Newcome, ne se présente pour réclamer son dû. Il s'agit là d'une inquiétude stupide, je le sais, mais rien n'y fait, ni la vieille histoire d'amour de Mère avec le propriétaire des lieux, ni les assurances du notaire, ni même la confiance que me témoigne Mayhold, le régisseur.

Venons-en à Mayhold, justement. Ma première et bonne impression s'est confirmée dès le lendemain de notre arrivée, alors que j'effectuais avec lui ce tour du domaine auquel Rundell s'était opposé lors de notre visite, monté sur une jument placide et confortable qu'il m'avait fait aimablement préparer, me soupçonnant peut-être, à juste raison, d'être un piètre cavalier. Si ses yeux brillaient, tandis qu'il m'indiquait pâturages, champs, bosquets et bois, étang, cottages et bâtiments de ferme, ce n'était nullement de condescendance, ou de cette arrogance qu'ont parfois, dit-on, les hommes exerçant son métier, ou encore du désir de plaire, mais de la fierté – j'en fus certain – de tout entretenir et soigner comme il se devait. Du reste, malgré l'allure austère que l'hiver apportait au paysage, tel un voile qu'un magicien y eût lancé pour en estomper les couleurs vives et en exacerber les bruns, il n'était pas ardu d'en deviner la somptueuse beauté. Et la richesse : ici, me dit Mayhold en tendant le bras dans diverses directions, pousseraient au printemps de l'orge ou de l'avoine, et là du blé grâce aux semences de la meilleure qualité qu'il conservait jalousement ; associées à la bonne terre de cette partie du Wessex, elles donneraient des récoltes abondantes qui serviraient à la consommation de la maison et de la ferme, et dont l'excédent serait vendu dans les foires de la région avec une partie du bétail.

De ce bétail, je vis d'abord le contingent de moutons (une centaine de têtes), composé de plusieurs espèces éparpillées dans les prés, et appris qu'on reconnaissait les bêtes de la race locale à leurs cornes vermiculées formant des spirales comparables à celles des anciennes ammonites, et celles des Costwolds ou de l'Oxfordshire à leur blonde toison, frisée ou bouclée. Tandis que nous les observions, nos montures profitaient des rênes que nous leur avions un peu lâchées pour arracher au sol de maigres brins d'herbe, en rien dérangées par le chien de Mayhold qui allait et venait le long des clôtures, attentif au moindre mouvement du troupeau.

Quand nous eûmes atteint la limite du domaine, nous rebroussâmes chemin et finîmes par aborder, non loin de la maison, un bâtiment que Mayhold désigna d'un ton rieur sous le nom de « maternité », car c'était là, à l'abri et bien au chaud sur une bonne couche de paille, que les vaches mettaient bas en cette période de vêlage, avant d'être ramenées avec leurs veaux au pâturage, m'expliqua-t-il. Il héla ensuite un gamin, à qui il confia nos montures, et nous pénétrâmes dans cette étable, où il poursuivit son exposé, attirant par le son de sa voix l'attention de quelques bêtes qui réclamèrent une caresse. Autour des mères et des petits s'affairaient un certain nombre de domestiques, auxquels, dit-il, s'ajouteraient, au printemps et à l'été, de multiples aides selon les travaux des cultures et de l'élevage. Les présentations furent rapides, mais j'eus le temps de remarquer que, si les hommes retournaient à leurs tâches après nous avoir salués, les femmes – pour la plupart des jeunes filles aux joues rouges – me dévisageaient sans bouger, comme ravies en un songe, une fois effectuée leur petite courbette.

N'ayant point l'habitude des longues chevauchées, j'abandonnai ensuite ma jument aux soins de Mayhold en l'assurant qu'il était inutile de me raccompagner et parcourus à pied le dernier tronçon de chemin.

13 février

Ce matin, nous avons gagné Weatherbury, le village le plus proche, afin d'assister pour la première fois à l'office. Arrivés de bonne heure, malgré ma réticence à nous faire remarquer, nous nous sommes présentés au pasteur, un quinquagénaire de haute taille au visage couperosé, qui nous a menés aimablement à la tombe de William Harding, devant laquelle nous nous sommes recueillis un moment. Mère n'a pu s'empêcher de glisser les doigts entre les hellébores dans la bordure de marbre garnie de terre qui soulignait la dalle grise et d'en ôter les feuilles brunies par le gel, qu'elle a tendues à Violet. Ces manies de cimetière n'étant pas de mon goût, pas plus, d'ailleurs, que les prônes et les rites, auxquels je m'astreins par pur respect filial, j'ai tourné le regard vers les grands ormes qui ornent la pelouse, ainsi que vers la tour carrée, dont j'ai compté les gargouilles – au nombre de huit – pendant que V. se résolvait à fourrer feuilles et tiges à l'intérieur de son petit sac, ne sachant où les jeter : les paroissiens commençaient à affluer, et sans doute pensait-elle aux rumeurs qui ne manqueraient pas de courir à propos de Mère et de feu son cousin. Mr. Green nous a ensuite conduits à l'intérieur du bâtiment où nous avons admiré le gisant d'un chevalier médiéval et le plafond en bois à caissons qui font la renommée de St. Mary, nous a-t-il dit avec fierté avant de nous inviter à prendre place à un banc fermé, au milieu de la nef.

Pendant l'office, je me suis forcé à ignorer les regards qui se tournaient vers nous – je le sentais – et à écouter attentivement le prêche, dont je n'ai pas gardé toutefois le moindre souvenir. J'aurais aimé sortir parmi les premiers et me précipiter vers la voiture pour repartir au plus vite, mais la main de Mère fermement posée sur mon avant-bras m'en a aussitôt dissuadé. Il fallait bien en passer par l'épreuve des présentations et, somme toute, nous n'avions rien à cacher ou à nous reprocher, semblait-elle dire.

Devant le porche nous attendaient en effet la plupart des fidèles en feignant d'être absorbés dans leurs conversations ou dans la contemplation d'un gant, d'une bottine, d'une pierre. Deux messieurs – dénommés Dornell et Everdene – s'avancèrent et, nous ayant souhaité la bienvenue dans la région, déclarèrent qu'ils étaient probablement nos plus proches voisins dans un rayon de plusieurs miles. Ils s'éclipsèrent assez rapidement, ce qui ne fut pas le cas des familles qui leur succédèrent, lesquelles nous étourdirent de bavardages avant de nous inviter chez elles, tel ou tel jour, ce à quoi, hélas, Mère consentit. Je dois dire à sa décharge qu'il n'était guère aisé de refuser ; d'ailleurs elle sut fort bien remettre à sa place une certaine Mrs. Graye qui lui posait des questions un peu trop indiscrètes. Alors qu'elle s'y employait, Mayhold, qui s'était attardé avec les musiciens à la tribune où il avait chanté d'une belle voix de basse, passa à côté de nous. Ôtant son chapeau, il nous lança un regard qui me parut complice : nul doute, il n'est pas homme, lui, à se perdre en mondanités. Une autre dame, dont j'ai oublié le nom, nous demanda si nous étions déjà allés en promenade à Budmouth, sur la côte, où, déclara-t-elle, le roi George III avait séjourné, et comme Mère répondait par la négative, elle proposa de nous y emmener aux beaux jours, ce dont nous la remerciâmes poliment.

Enfin nous montâmes en voiture – la plus belle de la remise, pourvue d'un attelage de deux chevaux et d'un cocher, ainsi que Mère l'avait souhaité – et reprîmes le chemin du retour. Pendant le trajet, j'osai me plaindre des invitations que nous avions acceptées en grand nombre et qu'il faudrait un jour ou l'autre rendre, ce qui signifierait la fin de notre tranquillité. À ma grande surprise, Mère répliqua d'un ton sec : « Tu feras bien de t'adapter, mon fils. Cette partie du Wessex abrite une société de propriétaires terriens qui vivent en parfaite intelligence en partageant des plaisirs simples au rythme des saisons. Tu auras toi-même remarqué qu'il n'y a guère de théâtres dans ces campagnes. Et puis ta sœur et toi êtes désormais des célibataires convoités, que vous le vouliez ou non.

– Ah ! ne pus-je m'empêcher de m'exclamer. C'est donc de cela qu'il s'agit ? De projets de mariage ? Très peu pour moi !

– Pour toi peut-être, car tu es à la tête d'un domaine, même s'il est souhaitable que tu lui donnes un héritier. Mais il en va autrement de Violet.

– À vous entendre, Mère, on a l'impression que c'est vous qui avez hérité ! D'ailleurs, c'est bien le cas, puisque je n'ai aucun mérite personnel ni aucun lien avec notre bienfaiteur ! Le choix de ma personne ne sert dans cette affaire que de paravent pour vous éviter médisances et…

– Henry ! interrompit Violet avant d'ajouter : Voyons, Mère, vous savez bien qu'il déteste l'oisiveté. C'est cela, Henry, qui te contrarie, n'est-ce pas ? Tu devrais abandonner ton air sévère et grave, maintenant que nous n'avons plus de souci à nous faire. Il n'y a rien de mal à afficher un peu de légèreté, n'est-ce pas ? Et cela effacerait peut-être les plis que tu as sur le front et autour de la bouche… »

Vexé, et regrettant de m'être emporté, je gardai le silence jusqu'à notre destination, tandis que V. tentait de distraire M. en s'interrogeant tout haut sur le bien-fondé de prendre un époux à un âge où, dit-elle, on a déjà « accumulé quantité de petites manies ». Mais, pas plus que moi, M. ne desserra les dents. Je montai aussitôt dans mon bureau, où, depuis un bon moment, je m'épanche sur les pages de ce journal.

Ce n'est pas la première fois que Mère et moi nous querellons, pourtant jamais encore son attitude n'avait suscité en moi autant d'agacement : nul doute, notre changement de situation en est la cause, mais par quel mystère en avons-nous été affectés si rapidement ? Et comment déplorer cette toute nouvelle forme de bien-être qui m'a soudain déchargé des tracas dont j'ai été accablé ces dernières années ? Il se peut que, ce fardeau ôté, un autre soit aussitôt venu le remplacer : l'inactivité, ou plutôt un sentiment d'inutilité, peut-être même un soupçon de honte. Oui, je songe avec nostalgie à mes élèves, du moins aux plus jeunes d'entre eux, dont les regards, souvent farouches, trahissaient encore cette candeur que les années finissent inexorablement par balayer. Certains, malgré leur tenue misérable et une absence d'hygiène élémentaire, ressemblaient à des saints, à des rois. Mes élèves… Il faudra que je parle de mon projet d'école à Mr. Green. En attendant, je prierai Mère de me pardonner avant de passer à table.

15 février

Il s'est produit aujourd'hui un événement fort singulier que je tiens à raconter avant toute autre chose. J'effectuais une promenade en début d'après-midi quand mon attention fut attirée par du bruit près de l'écurie. M'approchant, je remarquai qu'un adolescent pleurait à chaudes larmes devant le bâtiment, entouré de deux femmes qui tentaient à l'évidence de le réconforter. Comme je l'interrogeais, il s'accusa entre deux sanglots de ne pas avoir correctement veillé sur deux chevaux, qui s'étaient « par sa faute » battus. L'un d'eux, « Jerry », dit-il, avait glissé et, en tombant, s'était abîmé la jambe au point de ne plus pouvoir se relever. Appelé, le vétérinaire avait affirmé que le membre en question était brisé et, en l'absence de remède pour pareille blessure, avait préconisé d'abattre l'animal, ce à quoi Johnson (le palefrenier en chef) se refusait.

Dans l'écurie où j'entrai, un cheval alezan gisait en effet sur une couche de paille, entouré de femmes et d'hommes visiblement affligés, en particulier Johnson qui s'efforçait de calmer la bête tout en échangeant quelques mots avec Mayhold, debout. M'apercevant, ce dernier vint vers moi et me répéta ce que le gamin m'avait dit, ajoutant toutefois:

« Elle ne devrait pas tarder maintenant. Sam est allé la chercher.

– *Elle* ? De qui parlez-vous ?

– De la rebouteuse », répondit-il avant de me prier de l'excuser et de retourner auprès du blessé.

Surpris par sa mine grave et par les airs peinés des gens qui étaient rassemblés là, je me demandai s'ils pleuraient tous la perte financière que la mort de ce cheval représenterait ou plutôt celle d'un être aimé, chose que, n'éprouvant pas d'attirance particulière pour le monde animal, je jugeai plutôt invraisemblable. En vérité, la première éventualité ne l'était pas non plus, étant donné que cette bête ne leur appartenait pas. Intrigué, je décidai de patienter avec eux, non sans avoir chargé un domestique de conduire à la cuisine l'adolescent, dont les sanglots parvenaient jusqu'à nous, afin qu'on lui donnât une nourriture ou une boisson réconfortante.

Un laps de temps plutôt court s'écoula, puis un bruit de galopade vint briser l'atmosphère de veillée funèbre qui régnait en ces lieux. Johnson s'exclama : « La voici ! » sur un ton soulagé, tandis que les femmes présentes se signaient et se hâtaient vers la sortie. J'eus l'impression que l'une d'elles crachait et qu'une autre prononçait le mot « sorcière », mais la pénombre et la soudaine agitation me trompaient peut-être.

Enfin la rebouteuse entra en coup de vent, suivie d'un employé de la ferme, le prénommé Sam, qui tenait leurs chevaux par la bride. M'étant, pour une mystérieuse raison, attendu à voir une femme âgée et robuste, je fus surpris par son apparence lorsqu'elle ôta sa cape et le châle qui lui recouvrait la tête. Petite, menue, dotée d'une chevelure d'étoupe de couleur rousse, qu'un lien retenait dans son dos en une masse qui tranchait sur sa robe bleue, elle devait avoir la trentaine et, si elle ne portait ni bonnet ni tablier, contrairement aux femmes de la campagne, elle était munie d'une besace dont elle se défit une fois à genoux auprès du cheval.

Elle n'avait salué personne, se contentant de réclamer d'un geste qu'on s'écartât, ce qui fut aussitôt fait, à croire que tous les occupants de l'écurie, y compris les plus gaillards et les plus âgés, la craignaient. Mayhold revint se placer à côté de moi et je lui demandai ce qu'il se passait. Au lieu de me répondre, il m'invita, d'un mouvement du menton, à regarder, comme si nous avions affaire à un rite sacré qu'il ne fallait à aucun prix déranger.

La femme se livrait en vérité à un étrange manège, tantôt se penchant sur l'animal, la bouche contre une de ses oreilles, tantôt serrant entre ses paumes l'antérieur fracturé, tout en remuant les lèvres sans qu'il en sortît toutefois de mots intelligibles. Au bout d'un moment, environ un quart d'heure, elle s'agenouilla perpendiculairement au ventre de la bête puis, une main sur l'épaule, l'autre sur le sabot du membre incriminé, exerça une unique traction, à laquelle l'animal réagit par un court hennissement en redressant momentanément l'encolure. Alors elle le flatta avant de puiser dans son sac un pot qui contenait un onguent à l'odeur forte mais non désagréable. Quand elle l'eut appliqué sur l'antérieur, elle banda celui-ci avec un linge, puis s'essuya les mains sommairement sur sa jupe et se figea un instant, la tête baissée, comme si elle priait. Enfin elle se pencha une nouvelle fois à l'oreille de l'animal, qui n'avait étrangement manifesté aucune inquiétude depuis son arrivée, et se releva en ramassant pot et besace.

Je m'aperçus que l'atmosphère avait changé : les domestiques présents, qui avaient retenu leur souffle, se détendaient, respirant à pleins poumons, apparemment apaisés. Comme à un signal, ils s'égaillèrent pour vaquer à leurs occupations, tandis que Johnson se précipitait vers la femme, probablement pour la remercier, à en juger par ses hochements de tête et sa façon d'incliner le buste vers elle de façon répétée. Mayhold se joignit à lui et ils s'attardèrent là un moment. À l'écart, dans le dos des deux hommes, je n'entendais qu'un murmure sourd s'élever de ce trio ; enfin, le régisseur pivota et me désigna d'un geste de la main. Obéissant à une mystérieuse attirance, davantage qu'au désir de m'affirmer comme le maître des lieux, je crus bon de m'approcher, mais la rebouteuse se contenta de me scruter en m'adressant un signe de tête. Mayhold et moi la suivîmes à l'extérieur, précédés de Sam et du cheval trapu qu'il avait tenu par le mors depuis son arrivée et qui, du fait de sa nervosité, me parut soudain peu approprié à une femme.

Dehors, les quelques servantes qui avaient quitté l'écurie s'écartèrent une nouvelle fois et, à la lumière du jour, je pus clairement lire sur leur visage un air de mépris mêlé à de la crainte. Mais la guérisseuse, occupée à nouer sa cape sur le châle dont elle s'était couvert la tête, ne daigna pas leur accorder un seul regard : elle marchait, en vérité, le front haut et l'allure fière. Sam s'était immobilisé avec la monture et avait passé les rênes sur l'encolure, prêt à aider la cavalière à mettre le pied à l'étrier. Or, lui adressant le même signe de tête qu'elle m'avait réservé un peu plus tôt, elle referma les doigts sur la rêne gauche, avant d'entraîner sa bête plus loin. Nous la suivîmes tous trois du regard, comme ensorcelés par ses mouvements déliés, paisibles, si bien que sa silhouette s'était fort rapetissée lorsqu'elle retroussa sa jupe ample et sauta en selle à califourchon, tel un homme. Puis elle disparut.

Comme si je m'arrachais à un songe, je demandai alors : « Sam, ne fallait-il pas la raccompagner jusqu'à son domicile ?

– Elle n'aurait pas voulu, sir. Ce n'est pas une femme comme les autres.

– Comment ça, *pas une femme comme les autres* ? Le lui avez-vous seulement proposé ? »

Tel un benêt, il eut un rire gêné pour toute réponse, et Mayhold le renvoya d'un ton sec à l'écurie. Comme il s'apprêtait à s'éclipser à son tour, je le retins :

« Pourquoi ces mots ? Qui est donc cette femme ? Et d'où vient-elle ?

– C'est la nièce de Trendle, le rebouteux. Elle vit auprès de lui sur la lande d'Egdon depuis que sa mère l'y a dépêchée il y a quelques années. Il lui a, semble-t-il, transmis son... son don. Enfin, ce n'est peut-être pas exact : elle ne guérit pas les humains, elle, seulement les bêtes.

– Est-ce pour cette raison que l'une des domestiques l'a qualifiée tout bas de sorcière ?

– Dans le pays, les guérisseurs sont l'objet de moqueries, pourtant les gens préfèrent s'en remettre à eux pour soigner leurs maux, plutôt qu'aux médecins de la ville.

– Il y en a donc plusieurs ?

– Les rebouteux ? Trois ou quatre dans les parages. Mais Trendle est sans conteste le meilleur. Et pour les bêtes, sa nièce que vous avez vue. »

Je l'interrogeai sur leur rétribution et appris qu'ils ne faisaient pas commerce de leurs talents, mieux, qu'ils l'exerçaient comme malgré eux. Le dénommé Trendle gagnait ainsi sa vie en vendant des produits de la terre, en particulier des ajoncs et de la tourbe. Mais chacun était libre d'offrir à celui qui l'avait guéri un cadeau « pour la Noël ou la Chandeleur », ou pour toute autre occasion. « Demain, annonça Mayhold, j'enverrai Sam déposer un panier bien garni sur le seuil de leur chaumière, comme Mr. Harding nous l'ordonnait.

– Sans attendre de constater que le cheval… que Jerry est rétabli ?

– Oh, il se rétablira, c'est certain ! Veuillez m'excuser maintenant, sir, je dois retourner à mon travail. »

Son regard, tandis qu'il me saluait, trahissait une mélancolie que je ne lui avais pas encore vue, mêlée d'un soupçon d'agacement, sans doute dû à mes questions. Lui avais-je semblé indiscret ? Je songeai qu'il était peut-être épris de la rebouteuse : il lui avait manifesté un grand respect et, au fond, il était encore célibataire. Puis je repensai à cette lande d'Egdon que j'avais traversée avec le notaire en venant de Casterbridge lors de ma première visite dans la région. Jamais je n'aurais imaginé qu'on pût habiter un lieu aussi désolé. Je n'y étais pas encore retourné, mais j'en conservais le souvenir d'une étendue brune, inhospitalière.

C'est en proie à cette perplexité que j'ai regagné la maison et le bureau de mon bienfaiteur – oui, « de mon bienfaiteur », car je ne parviens toujours pas à songer que je suis ici « chez moi ». Contrairement à Mère et à Violet, je me sens encore étranger à notre nouveau cadre de vie, je dirais même : presque importun. Peut-être devrais-je me mêler davantage aux affaires de la ferme ? Je songe à rendre visite aux deux voisins plutôt aimables qui se sont présentés dimanche à la sortie de l'église afin d'en savoir plus long sur la façon dont un propriétaire terrien est censé se conduire. J'aimerais aussi glaner des renseignements au sujet de la rebouteuse qui est venue aujourd'hui et vers laquelle mes pensées retournent sans cesse, tel le fer à l'aimant. Serait-ce la manifestation de cette « sorcellerie » dont l'accusent les femmes de la ferme ?

25 février

Les visites se multiplient, me retenant ici. Sans avoir été formellement invités – il semblerait qu'il n'en soit pas besoin dans cette société –, certains de nos voisins se présentent l'après-midi, proposant leurs services, leurs connaissances, leur compagnie. Sont-ils mus par une simple curiosité, par l'ennui, ou encore par la volonté de nouer des alliances avec les deux célibataires bien établis que nous sommes devenus, Violet et moi, chose qui me cause un brin d'amusement et une bonne dose d'amertume si je considère que nous n'avons pas changé en notre for intérieur depuis l'époque récente où notre situation financière n'était guère reluisante ? Je ne saurais le dire avec certitude, mais je serais cruel de m'en plaindre puisque Mère et Violet en retirent un plaisir évident, et il n'est point aussi désagréable que je ne le craignais d'entendre retentir entre ces murs solennels des rires en cascade et de petites exclamations de joie. Des notes de musique aussi : John Stanbury et sa sœur Jane, des jeunes gens fort aimables et férus de musique, ont entrepris de donner des leçons de piano à Violet sur le bel instrument qui se trouve au salon afin qu'elle améliore son jeu un peu rudimentaire.

Mr. Green, le pasteur, est venu à son tour, et Mère – peut-être pour me tirer de la morosité que j'affichais depuis quelques jours – a mentionné sans tarder devant lui mon « goût » pour l'éducation des enfants et mon désir de me rendre utile dans ce domaine. Il a relevé cette information avec un intérêt apparemment sincère et, avant de repartir, nous a conviés à son domicile afin de « faire d'une pierre deux coups », a-t-il dit, soit nous permettre de rencontrer les membres de sa famille et de découvrir l'école du village. Aussi avons-nous gagné aujourd'hui la demeure qu'il habite à Weatherbury, où nous ont accueillis une maîtresse de maison fort affable et trois jeunes filles – les deux sœurs Green et une de leurs cousines. Cette dernière, sans doute la plus âgée du trio et la plus jolie malgré ses airs austères, exerce également le métier d'institutrice dans l'école dont son oncle est le directeur. En nous précédant vers le proche bâtiment où se tiennent les leçons, elle a évoqué ses études à l'École normale de Melchester, à une trentaine de miles d'ici. En vérité, tout en elle – le ton sec, la mise simple consistant en une robe lie-de-vin à petit col blanc, le regard ferme, trahit l'enseignante et la distingue de ses cousines, certainement plus frivoles. Son air grave m'a également amené à penser qu'un grand chagrin la ronge depuis l'enfance ou l'adolescence, ce que Mr. Green m'a confirmé en aparté un peu plus tard, alors que, de retour chez lui, nous prenions le thé :

« Ma pauvre sœur me l'a confiée avant de partir pour l'autre monde, et j'ai respecté ses vœux, comme vous le voyez. Grace n'avait que douze ans, la stabilité d'un foyer lui était nécessaire, et son père ne pouvait certes pas la lui offrir.

– Je ne veux pas être indiscret, dis-je.

– Vous ne l'êtes pas, il n'y a rien à cacher. D'ailleurs, les drames et les ennuis sont plus faciles à accepter lorsqu'on les formule clairement, ne trouvez-vous pas ?

– Cette remarque m'est-elle adressée, révérend ? Concerne-t-elle la nouvelle position de ma famille ?

– Mais non, voyons, c'était une réflexion d'ordre général, protesta le pasteur. Je ne vous imaginais pas aussi ombrageux… Dites-moi plutôt ce que vous pensez de notre école. »

Je répondis qu'elle me paraissait pour le moins exiguë, rudimentaire, et qu'elle pourrait être facilement agrandie afin d'héberger non seulement les plus humbles, mais aussi les fils de fermiers, et devenir ainsi une école à part entière. Ce à quoi il répliqua :

« Vous n'ignorez pas que cette école est financée par nos paroissiens les plus aisés. Je ne sais s'ils consentiraient à effectuer des dépenses supplémentaires.

– Je suis prêt à m'en acquitter. Je pourrais engager un architecte à cet effet. Et vous n'auriez pas à chercher un second maître. Votre nièce et moi nous partagerions les élèves selon leur sexe.

– Vous voulez dire que vous enseigneriez vous-même ? Êtes-vous bien certain que cela conviendrait à votre position ?

– Ma position ! répétai-je. Mais qui cela intéresse-t-il ? Permettez-moi de vous ouvrir un peu mon cœur : ne pas être utile, tel est ce qui, plus que tout, me tourmente. Et je ne le suis pas ici.

– Voyons, Mr. Newcome, vous êtes utile à votre famille et à tous ceux qui travaillent dans votre domaine. De ce fait, vous êtes utile à la communauté. Mais, pour ce qui est de l'école, j'en suis évidemment ravi. Nous en reparlerons en détail à une autre occasion », dit-il, l'air bon et conciliant.

C'est alors que se présenta sa nièce, armée de la théière. Tandis que je la regardais remplir ma tasse avec application, je fus victime d'un de ces étranges phénomènes qui se produisent dans les rêves : soudain, une autre vision se superposa à la sienne, et je reconnus la rebouteuse telle que je l'avais vue entrer dans l'écurie. Cela ne dura qu'une fraction de seconde, comme ces étourdissements dont nous sommes l'objet lorsque nous restons trop longtemps au soleil, ou que nous nous penchons excessivement ; néanmoins j'en fus si troublé que ma main trembla et qu'un peu de liquide se répandit sur ma cuisse.

« Oh, Mr. Newcome, excusez-moi », bredouilla la jeune fille, se croyant responsable de ce geste.

Je la priai de pardonner ma maladresse tout en essuyant mon pantalon avec une petite serviette et en m'efforçant de reprendre mes esprits. Je me rendais compte que le pasteur nous observait, imaginant peut-être que j'étais sensible à la présence de sa nièce. J'attendis qu'elle se fût éloignée pour en venir au fait :

« Mr. Green, j'avoue à ma grande honte ne rien connaître encore à cette région où le hasard nous a conduits, et ma mère l'a fréquentée trop brièvement pour m'être d'un quelconque secours. Par votre fonction, vous êtes sans doute le mieux placé pour m'éclairer. »

D'un hochement de tête, mon interlocuteur m'invita à poursuivre. Ce que je fis : « Récemment, Mayhold, mon régisseur, m'a parlé de coutumes… comment pourrait-on dire ? archaïques ? païennes, peut-être ? Quoi qu'il en soit des coutumes qui n'ont aucun lien avec la tradition chrétienne. Est-ce vraiment le cas ?

– Oh, il en est ainsi dans toutes les campagnes, et ces coutumes finiront par s'éteindre d'elles-mêmes. Mais en quoi ce sujet vous intéresse-t-il, si je puis me permettre ?

– Il se trouve que je suis journaliste.

– Journaliste ?

– Oui, pour la presse londonienne. En réalité, il vaudrait mieux dire que je l'étais, car mon départ a interrompu aussi cette activité. Je pensais qu'un article à ce sujet pourrait intéresser les lecteurs de la capitale. »

Le pasteur hésita un moment, puis : « Il est bien vrai que des croyances païennes subsistent dans la région. Certains habitants prétendent avoir croisé dans la forêt de Yalbury le cerf blanc que le roi Henry III a épargné il y a près de six siècles, ou des fées pailletées de vert qui les ont poursuivis de leurs rires moqueurs, d'autres parlent volontiers de druides et, davantage encore, de sorcières. Si vous vous promenez au mois de mai, vous verrez dans plusieurs villages des jeunes filles célébrer Cérès, la déesse romaine de la Fertilité, et en novembre, sur la lande d'Egdon, des hommes allumer des feux de joie en l'honneur des divinités saxonnes qu'ils nomment Woden et Thunor. Cette terre, vous le découvrirez, conserve de nombreux vestiges qui remontent à l'Antiquité et même à la préhistoire. »

C'était plus qu'il ne m'en fallait. « Vous avez parlé de la lande d'Egdon. Je l'ai traversée lors de la première visite en venant de Casterbridge et elle m'a semblé fort âpre, presque hostile.

– Oh non, la lande est comme les êtres, elle change selon les saisons. Au printemps, elle exerce un charme indéniable sur les esprits les plus sensibles à la Nature. Certains la considèrent comme une terre sacrée, ne serait-ce qu'en raison des tumuli qu'elle abrite. Avez-vous déjà entendu mentionner Rainbarrow ?

– Non, jamais.

– Il s'agit d'un de ces tertres. Si je ne m'abuse, le regretté William Harding avait rassemblé des documents sur ce pays d'Egdon cher à son cœur. Vous devriez les trouver dans son bureau où il me les a un jour montrés. Du reste, si vous songez à écrire un article, ils vous seraient fort utiles. Mais j'y pense… Je fais partie d'un club d'archéologie qui organise des excursions dans la région. Nous devons nous réunir le mois prochain pour ouvrir et fouiller un tumulus sur la lande. Peut-être souhaiteriez-vous vous joindre à nous ?

– Si vous m'acceptez dans votre cercle, avec joie.

– Oh, c'est un club très ouvert, il réunit des hommes de conditions sociales fort diverses. Je ne crois pas que cela vous gênera.

– Je vous remercie. »

Notre conversation en resta là, car nous fûmes bientôt interpellés pour donner notre avis et entraînés dans des sujets dont je ne me souviens guère, si ce n'est qu'ils suscitèrent une certaine animation. Enfin Mère déclara qu'il était temps de partir et nous prîmes le chemin du retour. Pendant le trajet, Violet commenta les attitudes et les paroles de nos nouvelles connaissances en faisant preuve d'un sens de l'observation aigu, quoique dépourvu de sarcasme. Alors qu'elle abordait la figure de Grace, elle ne manqua pas de me lancer un regard malicieux, imaginant sans doute ce que le pasteur avait cru deviner un peu plus tôt à la vue de mon trouble, mais je me composai un visage de sphinx.

Une fois à bon port, je demandai au cocher, avant d'emboîter le pas à Mère et Violet : « Quelles sont les nouvelles du cheval blessé ?

– De Jerry, sir ?

– C'est cela.

– Il va bien, sir, il s'est levé.

– Est-il guéri ?

– Peut-être pas encore, mais il est en bonne voie.

– Il n'avait donc pas la jambe cassée…

– Eh bien, le vétérinaire…

– Voyons, il a très bien pu se tromper. Comment expliquer autrement cette guérison ?

– Miss Drusilla a sauvé Jerry, sir. Voilà ce que nous pensons tous.

– Miss Drusilla ?

– Oui, Miss Drusilla Trendle, la rebouteuse. »

Je ne l'ai pas retenu davantage. J'ai gagné le bureau et entrepris de chercher les documents sur le pays d'Egdon qui, à en croire le pasteur, s'y trouveraient. Mais désormais le prénom de la guérisseuse tournoyait autour de moi, avec ses trois syllabes légères, et j'ai fini par ouvrir ce cahier pour le chasser. Quel est donc ce mystère ?

12 mars

Le pasteur prend à cœur mon projet d'école : nous nous sommes entretenus plusieurs fois à ce sujet et j'ai, bien entendu, accepté qu'il engage l'architecte qui a restauré il y a quelque temps une partie de son église. Entre ces rencontres, les activités du domaine et les visites reçues et rendues, le temps ne m'a pas paru trop long jusqu'à ce jour, choisi par le club d'archéologie pour explorer un tumulus sur la lande d'Egdon.

En vérité, je ne sais m'expliquer l'inertie qui m'a empêché de m'aventurer plus tôt sur ces terres : mille fois j'ai soupesé l'idée d'interroger Mayhold au sujet de la rebouteuse, de demander à Sam sur le seuil de quelle chaumière il a l'habitude de déposer le « panier bien garni » qui sert de rétribution aux services de la jeune femme, et mille fois l'espèce de vénération dont elle semble l'objet m'en a empêché. Sans doute est-ce aussi la crainte des idées que pourraient formuler à mon endroit mes employés, que je soupçonne déjà de voir en moi un citadin inapte à s'occuper d'un domaine, imperméable à d'autres lois que celles de la Raison.

Je me suis donc contenté, hier, au cours de notre conversation, d'annoncer à Mayhold que j'aurais besoin ce matin de ma monture habituelle afin de me rendre au point de ralliement des archéologues amateurs, une auberge du nom de *Quiet Woman* située à la lisière de la lande en direction du sud, et décliné l'aimable proposition qu'il me faisait de m'y accompagner : les papiers de William Harding, que j'avais fini par dénicher dans son bureau, contenaient en effet une carte détaillée des lieux, et il m'a été facile d'établir l'itinéraire, fort simple, d'ailleurs – longer la Pydle jusqu'à l'ancienne voie romaine et parcourir cette dernière.

Mon état de fébrilité devait cependant être visible, car le régisseur a réitéré sa proposition devant l'écurie, au moment de mon départ, en me fixant d'un regard perplexe – un regard semblable, du reste, a celui que Mère avait posé sur moi un peu plus tôt, tandis que, à la table du petit déjeuner, j'exposais mon programme pour la journée. Et, à dire la vérité, cet état ne m'a pas quitté durant tout le trajet, que j'ai accompli comme en rêve, ébloui par cette nature pleine de promesses au sortir de l'hiver. De la voie romaine bordée d'arbres et d'amples fougères, je voyais en effet se succéder creux et tertres, ravins et escarpements, mares et fourrés, boqueteaux, tapis de bruyères et d'ajoncs occupés çà et là par des poneys sauvages, en un paysage beaucoup moins âpre que la masse sombre aperçue en novembre.

Étant parti de bonne heure, j'arrivai en avance à l'auberge, une maison longue et basse dont l'étrange enseigne représentait une matrone portant sa tête sous le bras. Le pasteur s'y trouvait déjà en compagnie d'un médecin et d'un colonel, qu'il me présenta tandis qu'un domestique emmenait ma jument à l'écurie. Puis, se tournant vers l'autre côté de la route, il indiqua d'un geste notre destination du jour, un plateau ponctué de ravines au sommet d'une pente assez raide, et mentionna des lieux-dits dont j'avais lu les noms sur la carte de W. H. : Mistover, reconnaissable à son bois de sapins, et Yalbury, plus loin, à ses fourrés.

Quand les autres amateurs d'archéologie nous eurent rejoints, à pied ou à cheval, certains munis d'un âne chargé d'outils et de paniers, nous prîmes la direction que Mr. Green avait montrée. Étant aussi le président du club, celui-ci marchait en tête, flanqué de l'historien du groupe et du colonel, qui en constituaient les autorités scientifiques, m'apprit Dornell, austère quinquagénaire à côté duquel je marchais, un peu à l'écart. Il ne m'était pas inconnu : je l'avais rencontré à plusieurs reprises le dimanche, à la sortie de l'office, je savais qu'il possédait un domaine du côté de Weatherbury, qu'il était veuf et père de deux fils, dont l'un l'accompagnait dans notre excursion. Ayant eu vent par Mr. Green de mon projet d'école, il me dit qu'il s'en réjouissait.

C'était la première fois, me dit-il aussi, que le club entreprenait de fouiller un tumulus dans la région. Ses membres avaient d'abord concentré leurs activités sur la côte située à l'ouest de Casterbridge et composée de roches d'âge jurassique : « Vous n'ignorez sans doute pas que d'importantes découvertes ont été faites dans le lias il y a une vingtaine d'années, notamment un squelette de plésiosaure et un fossile de ptérodactyle que l'on peut admirer aujourd'hui dans les musées. Des paléontologues de la Société géologique de Londres, mais aussi de Suisse et de France ont afflué ici et, si bon nombre d'entre eux sont repartis, de multiples collectionneurs leur ont succédé, encombrant les lieux. »

Je lui confiai alors que j'avais probablement observé un de ces squelettes au British Museum, sans avoir remarqué toutefois le nom de la région d'où il avait été extrait. Il reprit : « C'est une femme, une de nos compatriotes, qui a été à l'origine de ces découvertes, comme bon nombre de scientifiques l'ignorent encore. Elle s'appelait Mary Anning. Le Wessex l'honore depuis trois ou quatre ans par un musée qui vous intéressera peut-être. En vérité, nous autres archéologues amateurs possédons tous de belles collections d'ammonites, de bélemnites et de reptiles fossilisés, ainsi que des dents de toutes sortes d'espèces... Il fut un temps où l'on en trouvait en grand nombre. Je ne sais ce qu'il en est aujourd'hui. »

Je l'interrogeai ensuite sur les fouilles de la journée. La portion de lande vers laquelle nous nous dirigions était encore inexplorée, m'expliqua-t-il, et le club espérait mettre au jour un trésor, comme l'avait fait au début du siècle un archéologue local dénommé Cunnington en exhumant dagues, plaques et perles datant de l'âge de bronze.

Nous devisâmes de la sorte jusqu'au lieu de notre destination, un tertre d'une hauteur modeste, que j'aurais probablement pris pour une élévation sans intérêt si aucune indication ne m'avait été fournie à son sujet. Lorsque nous fûmes tous réunis, le colonel prit la parole et exposa, carte en main, le plan de fouilles qu'il avait préparé : à chaque participant serait attribuée une surface de cinq yards qu'il creuserait en respectant de chaque côté une bordure d'environ quatre pieds de large, précaution qui permettrait d'éviter les effondrements et donc de réduire les recherches à néant.

Pelles et pioches furent distribuées, et les archéologues, délestés de leurs vestes et redingotes, s'attelèrent à la tâche. La portion de terrain qui m'avait échu jouxtait celle du marguillier, un petit homme maigre et timide qui maniait son outil sans grande énergie. Le colonel passait pour sa part dans les rangs, inspectant l'avancée des fouilles et impartissant des instructions. À tour de rôle, deux d'entre nous remplissions de terre les paniers que nous renversions au pied de la pente.

Nous nous interrompîmes à l'heure du déjeuner pour nous désaltérer et avaler une collation, envoyée par l'auberge où elle avait été commandée le matin. Je consommais ma part assis à même le sol auprès de Dornell et de son fils quand surgit un homme que je pris, au vu de ses gants, de ses jambières et de sa faucille, pour un coupeur d'ajoncs. Il était coiffé d'un vieux chapeau qui dissimulait une partie de son visage, dont n'étaient visibles que la barbe grise et le teint rougeaud. Il s'approcha du tertre éventré et, après avoir secoué la tête avec un air incrédule, s'exclama :

« Honte à vous qui dérangez les morts dans leur tombe ! Qu'est-ce qu'ils vous ont fait ? Vous ne pouvez pas les laisser reposer en paix ? »

Comme le colonel bondissait sur ses pieds, le pasteur le retint en murmurant quelques mots que je n'entendis pas. Puis il se rapprocha du nouveau venu et : « Nous ne faisons rien de mal, Trendle. Voyons, il n'y a pas d'âmes dans ces tombes, juste des os.

– Qu'en savez-vous ? Que savez-vous de l'autre monde, hein ?

– Eh bien, je crois que j'en sais plus long que tant d'autres. Après tout, c'est mon domaine ! répondit Mr. Green avec un petit rire nerveux, auquel plusieurs membres du groupe firent écho, entre deux expressions d'approbation.

– Croyez donc ce que vous voulez. Mais moi, je vous dis une chose : cette profanation ne vous portera pas bonheur. »

Sur ces mots, l'homme tourna les talons et s'éloigna vers le centre de la lande. Tandis que les commentaires fusaient autour de nous, je demandai à Dornell :

« Est-ce bien là le rebouteux ?

– Oui, ne l'avez-vous donc jamais rencontré ? Il est célèbre pour ses talents dans la région.

– C'est effectivement ce qu'on m'a dit. Il vit ici ?

– Oui, tout près, derrière ce grand talus que vous voyez là », indiqua-t-il en joignant le geste à la parole.

Bien qu'il eût été extrêmement bref, cet échange avait jeté un froid sur notre assemblée, aussi le colonel nous invita-t-il à reprendre nos outils sans délai. Nous poursuivîmes notre tâche en silence et atteignîmes le cœur de la tombe en milieu d'après-midi. Il ne contenait aucune pièce de valeur : uniquement des urnes en céramique remplies d'os, que le pasteur déposa à l'intérieur des paniers, bien enveloppées dans des fougères. Après quoi, le tertre fut comblé et tout le monde regagna l'auberge où l'on se sépara.

18 avril

Au cours de ces dernières semaines, j'ai parcouru la lande en tous sens, attiré vers elle par une force qui aujourd'hui encore me semble mystérieuse. Au fil de ces excursions, l'étendue uniforme du mois de novembre s'est changée en un paysage qui, s'il n'avait rien de riant, n'était pas moins grandiose tandis que, du brun, il virait au vert, et dont les mille détails jaillissaient du néant apparent, tels les objets d'une pièce plongée dans la pénombre à laquelle les yeux doucement s'habituent. De ces lieux d'abord jugés inhospitaliers, tout m'enchante à présent : les vallons et les hauteurs, les fougères caressantes, les fondrières tapissées de mousse et d'herbe, les contreforts abrupts, le plateau orné d'ajoncs et de bruyères dont les nuances de jaune et de rose varient au gré de la lumière, les mares bordées de roseaux ; mais aussi leurs habitants – coucous, grives, bourdons, papillons, souris, petits reptiles, crapauds, lapins, poneys – et les sons qui s'en élèvent lorsque le vent souffle, agitant branches, rameaux, fleurs, feuilles, surface de l'eau, composant tantôt un murmure, tantôt un chant ou un cri déchirant.

Je mentirais en affirmant que je ne cherchais pas aussi la silhouette menue de la rebouteuse parmi les êtres humains que je croisais sur les sentiers et devant de rares demeures nichées dans un creux ou perchées sur une hauteur ; j'ai même songé un jour à me présenter à la maison de son oncle, petite bâtisse au toit de chaume, dont je connaissais maintenant l'emplacement, sous le prétexte d'un mal quelconque ; mais je ne l'ai pas rencontrée, à croire que la terre l'avait absorbée comme une averse.

Jusqu'à aujourd'hui.

En cet après-midi lumineux et doux, en effet, je redescendais d'un promontoire d'où j'avais admiré, au loin, en contrebas, les carrés et les rectangles d'herbe verte, bordés de haies et ponctués de vaches, qui forment la vallée des Grandes Laiteries, quand un troupeau de poneys sauvages – ces petits chevaux trapus qu'on qualifie ici de « brouteurs de bruyères » – surgit au galop de ma droite, effrayant ma jument, qui se cabra. Surpris, je tombai au sol, sur le dos, et perdis connaissance. Lorsque je rouvris les yeux, au bout d'un laps de temps que je ne saurais mesurer, je vis – d'abord peu distinctement – une tête surmontée de cheveux roux dont les boucles serrées semblaient enflammées par le soleil qu'elle dissimulait en partie. Bien vite, je compris à qui elle appartenait.

Alors que je tentais de me redresser, je fus saisi au bras gauche d'une douleur qui me tira une exclamation.

« Attendez, dit la jeune femme en s'agenouillant près de moi. Il vaudrait mieux que vous vous rallongiez. »

Je lui obéis et la laissai poser les mains sur mon bras, ainsi qu'elle l'avait fait avec l'antérieur du cheval blessé, dans l'écurie, puis s'abîmer dans un état de concentration ou de prière – je ne saurais le dire. Au bout de quelques instants, une grande chaleur se diffusa mystérieusement dans mon corps, suivie d'un étonnant bien-être. Je dévisageai la rebouteuse, incrédule, en quête d'une explication, mais elle se contenta de m'inviter d'un geste à me mettre debout. Je m'exécutai une fois de plus.

« Je vous remercie, Miss Trendle. J'ignorais que vous soigniez aussi les êtres humains.

– En effet, je ne les soigne pas, je ne suis pas médecin. »

Tandis qu'elle souriait, une fossette se dessina un instant sur chacune de ses joues qui, vues de près, en pleine lumière, se révélaient criblées d'éphélides très pâles. Elle avait aussi des dents minuscules, deux rangées de petites perles.

« Alors, que venez-vous donc de faire à mon bras?

– Rien, Mr. Newcome, je n'ai rien fait. »

Je m'apprêtais à protester quand une pensée subite me traversa l'esprit:

« Ma jument! Elle s'est enfuie avec les poneys! »

La jeune femme m'intima le silence et fouilla le paysage du regard en tournant sur elle-même, mouvement qui souleva le grand tablier qu'elle portait sur une robe d'une rude étoffe marron. Puis:

« Pouvez-vous marcher? interrogea-t-elle.

– Oui, je crois.

– Alors suivez-moi. »

Elle ramassa un sac de toile un peu gonflé, qui gisait sur le sol avec une serpette, et, après avoir glissé l'outil à l'intérieur, le passa en bandoulière.

« Pardonnez-moi, dis-je encore, je vous ai interrompue dans vos activités.

– Oh, ce n'est rien. Mais vous, vous semblez aimer la lande…

– Oui, pourquoi ?

– Parce qu'on vous y voit beaucoup ces derniers temps. Que cherchez-vous, au-delà des vestiges préhistoriques ?

– Ah, vous êtes au courant… Eh bien, comme vous devez le savoir aussi, je me suis installé ici il y a peu et je… je visite la région, voilà. »

Elle s'abstint de relever ma réponse maladroite et continua d'avancer d'un pas rapide, apparemment sûre de sa destination. Tel un écolier confus, je gardai moi aussi le silence jusqu'à ce que nous eûmes atteint une petite crête.

« Regardez », lança-t-elle alors.

Je ne pus retenir une exclamation de stupeur : en contrebas, non loin d'un bosquet, s'étalait une conque bordée de fougères et tapissée d'herbe fraîche où paissait le troupeau de poneys auquel s'était jointe ma jument. Sans attendre, mon accompagnatrice dévala la pente et se coula dans cette espèce de cavité enchâssée à l'intérieur du plateau aride. Je la regardai franchir la barrière de fougères, le haut de son corps semblant se mouvoir indépendamment du bas, caché à ma vue, comme si elle nageait dans une eau verte et dense, puis pénétrer à l'intérieur de ce qui évoquait un cercle sacré et se frayer un chemin parmi les poneys qui, nullement apeurés, se frottaient contre elle à son passage. Arrivée à la hauteur de ma jument, elle la flatta avant de saisir les rênes qui, par chance, étaient restées sur son encolure, lui évitant de s'entraver et de chuter.

Elle me les tendit quelques minutes plus tard, une fois remontée.

« Je vous remercie, dis-je. Mais comment avez-vous su qu'elle était là avec les poneys ?

– C'est très simple, j'ai écouté.

– Écouté, comment ça ?

– Écouté la lande, voilà tout. Mais je dois maintenant vous laisser. Au revoir, Mr. Newcome.

– Attendez ! J'aimerais… je… j'avais juste commencé ma promenade. Puis-je vous accompagner un peu ? »

Elle eut un petit rire surpris, presque moqueur, et :

« La lande ne m'appartient pas ! Venez, je vais de ce côté. »

Nous marchâmes un moment vers l'ouest en échangeant des propos anodins, de chaque côté de la jument dont la présence entre nous favorisait peut-être notre discours. J'étais trop intimidé pour aborder des questions intimes, néanmoins la façon de parler de mon interlocutrice, son accent et son vocabulaire confirmaient le peu de chose qu'on m'avait appris sur son compte, à savoir qu'elle avait grandi en ville. De temps en temps, elle s'arrêtait pour cueillir quelques plantes qu'elle fourrait ensuite dans son sac. Je lui avais proposé d'attacher celui-ci à ma selle, mais elle avait refusé en arguant de sa légèreté.

Nous nous saluâmes au bout d'environ une heure, non loin de la chaumière de son oncle.

« Connaissez-vous le chemin pour rentrer ? demanda-t-elle.

– Oui, je vous remercie.

– Dans ce cas, au revoir.

– Attendez… J'ai encore quelque chose à vous dire. Notre cheval… Jerry… que vous avez soigné, s'est rétabli.

– Ah ! Cela a l'air de vous étonner.

– Eh bien, pour être honnête, je vous avoue que j'étais sceptique. Mais après ce que vous avez fait aujourd'hui pour mon bras, tous mes doutes ont disparu.

– Je vous en prie, n'en parlez à personne. Je ne voudrais pas que cela se sache.

– Je vous le promets. Mais permettez-moi de vous revoir », dis-je comme si son autorisation suffisait pour qu'elle m'apparût sur la lande.

Or, au lieu de répondre, elle tourna les talons, me cachant son visage que j'avais toutefois eu le temps de voir s'empourprer.

Je rebroussai chemin en proie à un sentiment nouveau, une sorte de félicité, mieux, d'exaltation, et, maintenant encore, si mes pensées sont embrouillées, l'acuité de mes perceptions est comme décuplée. Oui, les couleurs me paraissent plus vives, la brise et la chaleur plus fortes, les bruits plus aigus, et mon champ de vision même s'est élargi. Jamais de toute mon existence je n'ai éprouvé cela. Ne craignant pas d'être grandiloquent dans ces pages qui ne concernent que moi, je dirais que Drusilla Trendle n'a rien d'une sorcière : elle évoque plutôt une prêtresse, ou, mieux, une déesse, sous le charme de laquelle je suis tombé.

11 mai

Le projet de la nouvelle école prend forme : ce matin, j'en ai examiné les plans en compagnie de Mr. Green et de son architecte, qui a traduit de façon efficace les exigences que je lui avais exposées lors de notre première rencontre : un espace très lumineux pouvant accueillir deux belles salles de classe, ainsi qu'un préau où pratiquer la gymnastique, puisque j'ai l'intention d'introduire dans mon enseignement les préceptes d'éducation physique que Gutsmuths puis Clias ont développés dans l'esprit des Lumières et que de grands établissements scolaires appliquent dans ce pays depuis plusieurs années, même si ce genre d'activités est plus utile – je l'admets – aux citadins qu'aux jeunes campagnards que nous accueillerons.

Grace, la nièce du pasteur, également présente du fait de ses fonctions, a étudié avec moi les dessins tout en posant des questions à leur auteur d'un ton calme et sérieux qui contrastait, me semble-t-il, avec les regards qu'elle nous lançait : je la soupçonne en effet de couver, sous ses dehors froids et calmes, un feu qui l'embraserait au moindre souffle. Et, nul doute, le jeune architecte n'y est pas indifférent : il n'a pas cessé de l'observer au cours du déjeuner qui s'est ensuivi, malgré les tentatives des deux filles Green d'attirer son attention.

Comme la journée était douce et que je n'avais prévu aucune occupation pour l'après-midi – sinon une hypothétique visite à Dornell, mon nouvel ami –, j'ai accompagné Mr. Hicks sur une partie de son trajet en direction de Casterbridge où il vit et travaille. Nous avons devisé de tout et de rien jusqu'à l'auberge *Quiet Woman*, où nous nous sommes séparés. Tandis qu'il s'éloignait sur la voie romaine, je confiai ma jument au garçon d'écurie et montai à pied sur le plateau, où la brise m'accueillit, embaumée de thym. Je m'arrêtai bientôt pour tenter d'« écouter » la lande, ainsi que l'avait fait, à ses dires,

Drusilla Trendle pour retrouver le troupeau de poneys, et, au bout d'un moment, j'entendis en effet monter de la mousse, du lichen, de l'ajonc et des bruyères une espèce de vibration ou de respiration produite par ses mille créatures – criquets, frelons, mouches, libellules et bien d'autres. Puis j'aperçus un lapin à quelques yards de moi : ne sachant probablement que déduire de mon immobilité, il m'observait tout près du petit tas de sable blanc qui marquait l'entrée de son terrier. Un peu plus loin, un busard planait dans le ciel bleu ; soudain, il piqua vers le sol, avant de se relever, un serpent entre les serres.

Bien que ce fût la direction d'où je venais, je décidai de m'acheminer vers l'est en suivant la marque claire d'un sentier. Je longeai deux ou trois mares d'eaux basses qui abritaient elles aussi de menues créatures – têtards et larves –, tout comme les arbres dont elles étaient ceintes, animés, quant à eux, par le va-et-vient d'écureuils et de passereaux ; à mon passage, un héron s'envola, majestueux. Je m'arrêtai de nouveau en haut d'une colline pour embrasser le paysage du regard. C'est alors que mon attention fut attirée par un éclair tout près de grands buissons couverts de fleurs jaunes, en contrebas : il s'agissait, je le compris, de la lame d'une faucille qui étincelait au soleil.

Intrigué, je descendis la pente et découvris, au pied, une large brouette vide, une gourde, ainsi que de longues ronces et des ajoncs, que venait certainement de couper l'ouvrière qui s'activait devant moi. Au moment où elle se retourna, les battements de mon cœur s'accélérèrent.

« Bonjour, Miss Trendle, dis-je en bredouillant un peu.

– Bonjour, Mr. Newcome. »

Elle portait de gros gants et un tablier en cuir sur la robe d'étoffe rude que je lui avais déjà vue. Coinçant son outil au creux de son bras, elle ôta l'un de ses gants et tira de sa poche un mouchoir qu'elle passa sur son front emperlé de gouttes de sueur. À ma grande surprise, je m'aperçus que d'étranges papillons couleur d'ambre dansaient autour du fichu qui dissimulait entièrement sa chevelure. Je repris :

« N'est-il pas dangereux de vous tenir ainsi, seule, en ces lieux désolés ? »

Elle eut un petit rire. « Dangereux ? Ça l'est certainement moins que dans les grandes villes ! Voyez-vous, tous les habitants de la lande se connaissent et s'entraident. Et puis je ne suis pas seule. Je ne suis jamais seule. » Soudain elle émit un son bref, plus proche d'un chant d'oiseau que d'un sifflement humain, et je vis bientôt apparaître deux chiens de grosse taille et de race indéterminée, sans doute des bâtards, qui, à en juger par leur langue pendante et leurs halètements, avaient couru ou joué jusqu'à ce moment-là.

« De fameux gardiens, j'imagine », commentai-je, tandis que les deux bêtes se couchaient à côté de leur maîtresse, après avoir obtenu une caresse. La voyant remettre son gant, un sourire aux lèvres, je l'interrogeai sur son activité. J'appris ainsi que ce métier faisait vivre ceux qui l'exerçaient, en particulier l'été, quand la durée des jours rallongeait celle du travail. « Mais n'est-ce pas une besogne un peu dure pour… une femme ? objectai-je.

– Couper des ajoncs n'a rien de compliqué, il suffit de prendre le tour de main, voyez », répondit-elle en joignant le geste à la parole.

Je la regardai faire, puis :

« Me permettez-vous d'essayer ?

– Oh, vous n'êtes guère vêtu pour ça ! Les épines vous transperceraient les mains et les jambes !

– Prêtez-moi donc votre tablier et vos gants, je vous les rendrai sans faute ! » hasardai-je.

Elle me dévisagea, interloquée, avant de s'exécuter. Les gants étant grands pour elle, je parvins à y glisser les mains. Quand j'eus ceint le tablier, elle recula d'un pas. J'assenai un premier coup de faucille et constatai que cela n'avait, en effet, rien de difficile. Or sans doute n'avais-je pas manié correctement l'outil, car sa propriétaire se rapprocha et, d'un geste délicat, rectifia la position de mon poignet avant d'accompagner mon mouvement. Troublé par cette proximité, je ne pus m'empêcher de tourner la tête vers elle. Comme elle pivotait à son tour, nous nous scrutâmes pendant quelques secondes, et je vis ainsi le rouge lui dévorer les joues tel un feu de forêt, soulignant l'éclat de ses yeux et de ses petites dents. C'est alors qu'un des chiens aboya.

« Fameux gardien, en effet », lançai-je sur un ton faussement enjoué pour me donner une contenance, tandis qu'elle soustrayait son visage à ma vue en se penchant sur l'animal pour le caresser.

Nous gardâmes le silence un moment, durant lequel je continuai de m'activer. Enfin, elle reprit :

« Mr. Newcome, je ne voudrais pas être grossière, mais... eh bien, n'étant pas habitué à cette tâche, vous n'êtes pas très rapide... ce qui est bien normal... et je dois remplir la brouette que vous voyez là avant de rentrer. »

Comme j'éclatais de rire, elle m'imita pendant que j'ôtais gants, tablier, et les lui rendais non sans lui demander si elle m'autorisait à demeurer en sa compagnie, ce qu'elle accepta d'un hochement de tête avant de se remettre à l'œuvre. Je m'écartai un peu et la regardai faire, puis, pour une raison qui m'échappe encore – étais-je hypnotisé par les mouvements réguliers de son bras armé de la faucille, comme par le pendule d'un magnétiseur ? –, j'entrepris de me confier, racontant comment je m'étais retrouvé dans la demeure de W. H. et la vie que j'avais menée auparavant à Londres.

Durant toute la durée de ce récit, D. T. s'abstint de formuler le moindre commentaire, se contentant de me jeter de temps en temps un coup d'œil qui m'invitait à poursuivre, car il était dépourvu de curiosité malsaine ou de jugement, si bien que j'éprouvais tout en parlant un délassement semblable à celui qu'apporte un bain de rivière par un été torride.

Quand j'eus terminé, le sol était jonché de branches. Ma compagne posa alors sa faucille et, à l'aide des longues ronces souples qu'elle avait mises de côté, les lia en fagots. Puis, constatant que l'ensemble était trop volumineux, elle déclara qu'elle reviendrait en chercher une partie le lendemain ; enfin elle mit sa gourde en bandoulière et rappela ses chiens, pendant que je m'emparais de la brouette. Nous rebroussâmes chemin – lentement, car, si le chargement était léger, les fagots placés au sommet du tas avaient tendance à tomber dans les montées, ce qui m'obligeait à faire halte le temps que la jeune femme les ramasse : m'étant piqué la main aux épines, je préférais en effet me contenter de pousser le véhicule.

J'étais empli d'un surprenant bien-être : ma confession m'avait comme soulagé, et le silence qui l'avait accueillie constituait à mes yeux non une marque de désintérêt, mais bien de respect, peut-être d'amitié, osais-je même penser. En avançant sur le plateau, je me surpris à m'imaginer menant une vie simple aux côtés de Drusilla Trendle. Je me vis regagner en sa compagnie un logement sans prétention où, débarbouillé après la journée de travail, je m'assoirais dans un bon fauteuil pour lire le journal.

Mais cette rêverie fut bientôt interrompue par l'intéressée :

« Mr. Newcome, nous sommes presque arrivés, vous pouvez maintenant me laisser la brouette. »

Je m'apprêtais à lui demander si elle craignait de se montrer à son oncle à mes côtés lorsqu'elle déclara : « Oh, votre main ! Vous saignez…

– Ce n'est rien, je me suis piqué tout à l'heure.

– Puis-je ? »

Sans même attendre ma réponse, elle nettoya ma paume avec l'eau de sa gourde, puis, approchant sa bouche, retira des dents une épine qui s'y était fichée et cassée. Elle dénoua ensuite son fichu, dont elle fit un bandage bien serré. Ainsi libérée, sa chevelure semblait attirer les rayons de soleil qui perçaient à travers les nuages de plus en plus sombres.

« C'est la deuxième fois que vous me soignez, Miss… » murmurai-je en me penchant vers son visage, mû par le désir de l'embrasser.

Mais elle : « Oh, voici Mr. Mayhold ! »

Je me retournai et découvris en effet le régisseur qui venait vers nous. Comme il s'arrêtait à notre hauteur et nous saluait, je lui demandai si tout allait bien, puisque de toute évidence il sortait de la maison du rebouteux, dont le toit était bien visible à présent.

« Merci, sir. Juste une petite douleur au dos dont il ne restera plus rien ce soir. »

Il n'avait pas plus tôt mis pied à terre que son cheval avança vers Drusilla Trendle. Tandis qu'il frottait son chanfrein contre elle et recevait ses caresses, je me rendis compte qu'il s'agissait de Jerry. Mayhold avait-il porté son choix sur lui pour montrer qu'il était totalement rétabli à celle qui l'avait sauvé d'une mort certaine ? Après l'avoir flatté un moment, elle lui murmura je ne sais quoi à l'oreille, puis nous adressa un signe du menton et, armée de la brouette, poursuivit son chemin.

« On dirait que vous êtes blessé… ajouta Mayhold lorsqu'elle eut disparu de notre champ de vision.

– Non, ce n'est rien… une bêtise.

– Miss Trendle ferait-elle de la concurrence à son oncle ?

– Je ne crois pas. Nous nous sommes rencontrés par hasard et…

– Pardonnez-moi, cela ne me regarde pas. »

C'était effectivement le cas, mais je m'abstins de relever sa réflexion, l'invitant plutôt à m'accompagner à l'auberge où m'attendait ma jument. Quand on m'eut amené cette dernière, nous sautâmes en selle et nous engageâmes sur la voie romaine. Autour de nous, la végétation bruissait tout entière et dégageait une odeur plus forte que de coutume. Soudain un vol d'oiseaux passa très bas, effrayant un instant les chevaux.

« Le temps se gâte. La fenaison risque d'être compromise », commenta Mayhold, apparemment contrarié. Était-ce la perspective du travail gâché qui l'avait assombri, ou s'agissait-il plutôt de la vision de Drusilla Trendle à mes côtés ? Je croyais en effet me rappeler qu'elle ne lui était pas indifférente. Peut-être, me dis-je, produisait-elle cet effet, cet *envoûtement*, sur tous les hommes, ce qui lui valait les médisances et la jalousie des villageoises.

Mais j'étais trop occupé à voir et à revoir le visage de la jeune femme se rapprocher du mien pour accorder de l'importance aux humeurs du régisseur. De temps en temps, je portais ma main bandée à mes narines afin de humer le parfum dont le tissu était imprégné. J'aurais été bien en peine de le définir : il semblait indissociable aussi bien de la femme que du lieu où elle vivait.

Le soir tombait lorsque nous arrivâmes à destination. Au moment où je confiais les rênes de ma jument à Mayhold, il commença, gêné :

« Sir, à propos de… je voulais…

– Oui ? »

Il hésita un instant, puis :

« Non, ce n'est rien, cela attendra demain. »

Curieusement, j'eus l'impression qu'il mentait : il avait probablement quelque chose à me dire et s'était ravisé. Je lui souhaitai une bonne soirée et me dirigeai vers la maison à laquelle les quelques fenêtres éclairées donnaient un air de fête.

28 mai

Je n'ai pas encore rapporté son fichu à D. T. : la pluie battante et le vent furieux m'ont empêché de retourner sur la lande depuis le jour où il m'a été donné en guise de bandage, et, si le soleil est réapparu ensuite, diverses activités m'ont retenu ici. Enfin, hier, en début d'après-midi, alors que je m'apprêtais à sortir, John Stanbury demanda à me parler en tête à tête avec une mine sérieuse que je ne lui connaissais pas. Bien que j'eusse aussitôt compris de quoi il s'agissait, je le conduisis sans mot dire dans mon bureau, où, au terme de préambules concernant sa (bonne) situation financière, il formula le vœu d'épouser Violet si je l'y autorisais. J'y consentis, bien entendu, tant il est évident que tous deux sont épris l'un de l'autre, et le félicitai chaleureusement. Je suis persuadé qu'il fera un bon époux : c'est un homme calme et prévenant, comme le reste de sa famille, et Violet sera sans nul doute heureuse dans leur jolie demeure tout près d'ici.

Après avoir passé en revue les aspects matériels de la future union, nous rejoignîmes l'intéressée au salon où elle nous attendait en compagnie de Mère, laquelle eut grand-peine à dissimuler un regard de triomphe à l'instant où les deux amoureux s'étreignirent. Forte de cette victoire, elle invita Stanbury et sa famille à souper dès le lendemain – aujourd'hui donc – afin de fêter dignement cette nouvelle et de fixer une date pour les noces. Cette hâte me plongea, je l'avoue, dans l'embarras, mais je me contentai d'objecter que ce n'était peut-être pas une date très indiquée : nous serions en effet occupés toute la journée par la tonte des moutons que nous possédons en grand nombre.

« Voyons, Henry, siffla-t-elle alors comme chaque fois qu'une voix s'élève dans le but de contrecarrer ses projets, ce n'est pas toi qui manieras les ciseaux, tout de même ! » Et je n'eus plus qu'à m'incliner. Comme l'après-midi était maintenant avancé, je remis à plus tard ma visite à D. T. en espérant que le temps resterait clément plusieurs jours.

Le soleil brillait de nouveau ce matin, faisant resplendir les prés parsemés de boutons d'or, de pâquerettes et de myosotis, alors que je gagnais la grange où la tonte avait lieu. On y avait installé de bonne heure, à l'aide de claies, deux enclos formant une sorte d'entonnoir que les moutons, lavés et rassemblés tout autour, traversaient en petits groupes. Au bout, sur une couche de paille, les attendaient cinq tondeurs qui se saisissaient d'eux, les renversaient sur le dos et, les immobilisant entre leurs genoux, coupaient bien à ras les boucles de leur toison, que deux ou trois femmes venaient ramasser et emportaient dans de grands sacs. Tremblantes et comme nues, les bêtes étaient alors marquées au goudron et relâchées environ une demi-heure après le début de leur capture, selon la dextérité du tondeur. C'était un spectacle étonnant à voir, une sorte de ballet bien rodé, où chacun jouait son rôle en s'efforçant d'éviter heurts et retards, mais aussi de montrer sa rapidité : de temps en temps on entendait jaillir des exclamations sanctionnant la durée d'une tonte – « trente-cinq minutes ! », « trente-deux ! » – comme celle de courses d'athlètes.

La présence de jeunes femmes accentuait de toute évidence l'émulation parmi eux – je m'en rendis mieux compte l'après-midi, ayant emmené dans la grange la famille Stanbury, accompagnée de Violet, et celle du révérend Green, également conviée au souper, puisque Mère tenait à ce que le pasteur bénît les fiancés. À leur arrivée, l'atmosphère sembla en effet se charger d'une nouvelle énergie et, tandis que fusaient les exclamations des spectatrices, qui craignaient que les animaux ne fussent blessés par les lames, les hommes redoublèrent d'activité tout en jetant de furtifs regards de côté afin de s'assurer d'être vus sous leur meilleur jour. Mayhold se mouvait parmi eux avec assurance et habileté ; contrairement aux autres, il ne portait pas de sarrau, mais une simple chemise, dont les manches roulées découvraient ses bras musclés et hâlés ; curieusement, plutôt que diminuer sa prestance, l'absence de veste et de chapeau la soulignait de façon indéniable. Quand il avait fini de tondre une bête, il la libérait avec un sourire satisfait et ramenait en arrière les cheveux qui avaient plu sur son front en un geste qui attirait l'attention de toutes les représentantes de la gent féminine à l'intérieur, comme à l'extérieur des enclos, aussi le suivaient-elles du regard alors qu'il inspectait le travail des autres, épongeait la transpiration dans son cou ou s'abreuvait à une gourde.

Soudain, il prit dans ses bras la brebis qu'il venait de tondre et, appelant le gamin qui tenait le pot de goudron, s'approcha de la barrière derrière laquelle notre groupe assistait à la scène. Il proposa alors à Violet de marquer l'animal.

« Oh non, protesta-t-elle, confuse, je ne saurais pas faire !

– Je crois bien que si, Miss Violet, il s'agit juste d'apposer deux initiales ! » objecta-t-il.

N'ayant pas l'habitude de ces pratiques, elle chercha de l'aide autour d'elle et : « Grace, lança-t-elle, faites-le donc, vous qui avez l'habitude d'écrire ! »

La nièce du pasteur obtempéra, en rien désarçonnée ; s'emparant du pinceau, elle traça sur la peau de la brebis « *H. N.* » avec son sérieux habituel ; enfin, tandis que Mayhold relâchait l'animal, elle se tourna vers moi et m'adressa un petit signe de tête. Bien que cela n'eût duré qu'un instant, j'en fus mystérieusement troublé : était-ce la vision de mes deux initiales se détachant sur cette peau d'un blanc rosé ? Ou avais-je perçu dans le regard de la jeune femme un message dont le sens m'avait aussitôt échappé ? Par chance, personne n'avait remarqué mon embarras.

Mais je n'étais pas au bout de mes peines : alors que nous quittions ces lieux pour la maison, je vis venir vers nous une silhouette que j'aurais reconnue entre mille. Je me figeai sur place, tandis que mes compagnons continuaient leur chemin. Arrivée à ma hauteur, elle s'immobilisa à son tour et nous nous dévisageâmes un moment sans oser prononcer d'autres mots que ceux des salutations. Se ressaisissant la première, Drusilla Trendle demanda si la brebis pour laquelle on l'avait appelée se trouvait bien là. Je m'apprêtais à lui répondre que je n'en savais rien quand la voix de Mayhold s'éleva derrière moi : « Nous l'avons ramenée à la bergerie. Venez. » D. T. m'adressa alors un signe de tête et tourna les talons avec le régisseur. En les suivant du regard, je m'aperçus que Grace m'attendait, seule, un peu plus loin, et qu'elle scrutait la nouvelle venue qui la croisait. Je la rejoignis en m'efforçant encore une fois de masquer mon trouble et nous nous dirigeâmes ensemble vers la maison. « Qui est cette personne ? » interrogea-t-elle bientôt. Je pensai : « Ma bien-aimée », mais je dis : « La rebouteuse » et la conversation en resta là.

Nous bavardâmes de choses et d'autres en attendant l'heure du souper, puis, après la bénédiction rituelle, trinquâmes au bonheur des fiancés avec du champagne issu de la cave bien fournie de W. H. Très vite une atmosphère de gaieté s'installa dans la salle à manger, où la vaisselle scintillait à la lumière des bougies tout comme les bijoux, notamment la pierre qui ornait l'annulaire de Violet, un rubis ayant appartenu à la grand-mère de Stanbury. Bien que ce fût une occasion solennelle, les femmes arboraient des tenues relativement simples, adaptées à la campagne, taillées dans des étoffes de couleur vive ; seule la nièce du pasteur avait opté pour une teinte outremer et une coupe austère, peut-être pour marquer sa situation particulière au sein de sa famille, à moins que ce ne fût pour souligner la pâleur de son teint et le bleu de ses yeux. Sa coiffure – un chignon sage qui lui couvrait les oreilles – la différenciait également des filles Green et Stanbury, mais aussi de Violet, dont les cheveux formaient des tirebouchons de chaque côté de la tête.

Contrairement à ses cousines, volubiles et rieuses, elle mangeait, buvait et répondait à ses voisins avec une gravité qui la mettait à part et qui, à ma grande surprise, me touchait. Peut-être était-ce aussi le vin français, auquel je n'étais pas habitué, ou, plus probablement, l'apparition de D. T., à la fois proche et inaccessible. Comme elle était placée en face de moi, nos regards s'attiraient de temps en temps et s'accrochaient l'un à autre quelques secondes au milieu du brouhaha : étrangement, le sien m'évoquait soudain un havre sûr, abordable sans efforts.

Au moment du dessert, je proposai aux hommes présents autour de la table de me suivre dans la grange où un repas rassemblant les employés concluait, comme chaque année, la journée de tonte, car il était d'usage que le maître du domaine s'y montrât, ainsi que Mayhold me l'avait signalé. Aussitôt les protestations des jeunes filles fusèrent, et le pasteur, de fort bonne humeur, décréta qu'elles pouvaient bien nous accompagner si cela leur agréait. Une fois le gâteau avalé, elles se hâtèrent donc vers la sortie, munies des châles que Mère, Mrs. Green et Mrs. Stanbury, qui préféraient passer au salon, leur avaient recommandé d'emporter pour éviter qu'elles ne prissent froid.

En vérité, l'air était doux, presque tiède, embaumé du parfum de la glycine, tandis que nous nous acheminions vers notre destination à cette heure entre chien et loup où tout paraît irréel. Si les deux fiancés demeuraient un peu en arrière, enlacés, Stanbury et le révérend Green marchaient à mes côtés, non loin des quatre jeunes filles qui se confiaient je ne sais quels secrets et, pour les deux plus jeunes, pouffaient. Les rires gagnèrent tout le groupe quand, près de la grange, Fanny Green aperçut une chauve-souris qui voletait très bas et se couvrit la tête de son châle en émettant des cris stridents. Du bâtiment éclairé par de nombreuses bougies s'échappaient des piétinements et des notes de musique : le souper de la tonte avait lui aussi pris fin et le bal avait commencé.

En effet, comme je le constatai, les tables avaient été poussées contre les murs ornés de feuillages et, dans l'espace ainsi ménagé, des couples se formaient et se déformaient au rythme des airs que les musiciens, perchés sur une estrade, interprétaient au violon, à la viole, au tambourin et au serpent. Si ces hommes étaient tous étrangers à la ferme, à l'exception de Johnson, qui maniait un violon, certains ne m'étaient pas inconnus ; de fait, ainsi que me l'apprit le pasteur, ils formaient le chœur paroissial de son église et avaient coutume de s'exhiber lors des fêtes de village. À leurs pieds, les danseurs tournoyaient sur le sol où certains d'entre eux avaient tondu un peu plus tôt, soulevant poussière et brins de paille qui formaient dans l'air une bien étrange brume, à travers laquelle on distinguait les visages luisants sous l'effet de la chaleur. Je cherchai en vain parmi eux celui de Drusilla Trendle, et son absence m'apporta ce soulagement un peu lâche qu'on éprouve devant un péril qui s'écarte.

Alors que la gigue touchait à sa fin, Mayhold se matérialisa devant nous, fort élégant dans un pantalon et une veste sombres qu'égayait un gilet à fleurs, et nous annonça que la prochaine danse serait un reel très attendu, « Love's Triumph », comme les musiciens le lui avaient confié. Aussi, dès que la dernière note se tut, Violet et son fiancé, qui avaient l'air de le connaître, se hâtèrent de gagner la piste, tandis que le pasteur invitait sa fille aînée et Mr. Stanbury la cadette. Le régisseur s'inclina, quant à lui, devant Jane, qu'il entraîna, me laissant en compagnie de Grace, et la musique reprit. Distribués sur deux lignes, les danseurs entamèrent une série de figures, marchant en couple sur un chemin, revenant sur leurs pas, tournant au bras de leur partenaire, puis d'un autre, avançant, reculant et sautillant sans cesse. Violet exécutait cette suite de mouvements avec une aisance qui me surprit, et je pensai en l'observant qu'elle s'était adaptée sans peine à son nouveau milieu, si bien adaptée même qu'on aurait pu croire qu'elle en était le pur produit. Un instant, mon cœur se serra au souvenir de la morne jeune fille qui brodait près de la cheminée dans notre petite maison de Londres et, tout en disant adieu à cette ancienne figure, j'attrapai le gobelet de bière au genièvre qu'une villageoise aux joues rouges me tendait sur un plateau, puis le vidai.

Un peu échauffé par l'alcool, je me tournai vers Grace, qui se tenait en retrait à côté de moi, et me rendis compte qu'elle avait les bras chargés des châles que les danseuses lui avaient confiés ; pourtant, elle ne semblait pas dépitée : sans doute était-elle habituée à jouer un rôle de spectatrice. Elle observait elle aussi les danseurs, en particulier le couple sémillant que Mayhold formait avec Jane Stanbury, et je ne pus m'empêcher d'éprouver une pointe de jalousie envers ce régisseur qui excellait en tout. Comme la serveuse de bières repassait, je la priai de délester l'institutrice de son fardeau, et, quand ce fut fait : « Grace, dis-je, si vous ne craignez pas de vous montrer au bras d'un maladroit, je serai heureux de danser avec vous.

– Alors nous serons deux, car je ne suis pas très habile moi-même, répondit-elle avec un sourire modeste.

– Regardons les autres et essayons de les imiter à la prochaine danse, voulez-vous ? »

La danse suivante était plus rapide et, malgré le secours de nos voisins, nous nous trompâmes plusieurs fois dans les pas, ce qui nous tira des rires, mais je fus traversé un instant par l'impression que ma cavalière s'appliquait à imiter ma gaucherie, tel le bon élève refusant de primer son camarade afin de lui éviter la solitude de la déconvenue. Je l'avoue, cela m'agaça et m'émut à la fois.

Comme le voulait la tradition que Mayhold m'avait rapportée, je dansai aussi avec la plus âgée et la plus jeune des employées, pendant qu'il emmenait la nièce du pasteur au centre de la piste, et je ne pus m'empêcher d'épier ces derniers, sans offenser mes cavalières, trop timides pour détourner le regard du sol. Enfin, notre petit groupe se retira, armé de lanternes, maintenant indispensables bien que la nuit fût assez claire. Quand les Stanbury et les Green eurent pris congé de nous, je montai dans ce bureau où, trop inquiet pour avoir sommeil, je m'attarde à relater les jours derniers.

29 mai

Pour la première fois depuis notre arrivée, j'ai eu ce matin à l'office la sensation de ne plus être un étranger dans ce coin de Wessex : soit parce qu'ils nous connaissent, soit parce qu'ils ont entendu parler de nous, les fidèles de Mr. Green nous adressent désormais le salut dénué d'ostentation et de curiosité malsaine qu'ils dispensent aux membres de leur communauté. À la sortie de l'église, j'espérais voir Drusilla Trendle pour lui proposer de nous retrouver dans l'après-midi, mais j'ai eu beau fouiller les lieux du regard, elle était absente ce dimanche comme les précédents, et je me suis demandé si les accusations de sorcellerie dont elle fait l'objet la dissuadent de se présenter à St. Mary, ou si elle la déserte volontairement, étant réfractaire aux rituels qu'on y pratique. J'ai toutefois pensé qu'elle obéissait au moins à la tradition qui veut qu'on ne travaille pas le jour du Seigneur et je me suis rendu tout droit à la maison de son oncle en début d'après-midi, alors que Mère et Violet gagnaient en voiture la demeure des Stanbury.

Pour une mystérieuse raison, j'avais imaginé qu'elle ouvrirait la porte, or c'est Trendle qui s'en chargea et, comme je lui expliquais le but de ma visite, il m'indiqua que sa nièce se trouvait dans le jardin, à l'arrière. L'ayant remercié, je contournai la maison et nouai les rênes de ma jument à une branche de l'enceinte, composée d'arbres et d'arbustes, qui dissimulait le jardin à la vue. Puis je poussai un portillon en bois et avançai non sans en avoir demandé l'autorisation à l'invisible occupante qui, du reste, ne me répondit pas. Grande fut ma surprise : sur la terre aride de la lande, une main habile avait fait naître un véritable jardin anglais qui réunissait, autour d'une mare bordée de laîches, des arbres fruitiers et des massifs de fleurs – de fort beaux rosiers ; au fond, dépassant d'une clôture en bois, des pieds de rhubarbe et des touffes de plantes, sans doute aromatiques, signalaient un potager.

C'est alors que je la vis. Assise sur une chaise, devant une table, sur le côté, elle lisait un ouvrage. Feignait-elle l'indifférence ? Elle attendit que je me fusse rapproché pour lever la tête et dire : « Mr. Newcome ?

– Bonjour, Miss Trendle. Puis-je vous déranger un moment ?

– Eh bien, oui, je suppose.

– Je passais par ici et je voulais vous rendre votre foulard... dis-je en portant la main à ma poche. Mais... vous êtes fort élégante aujourd'hui. »

Elle arborait en effet une robe blanche dont la coupe – taille haute, jupe ample et corsage plissé, aux manches renflées à la hauteur des épaules – me parut démodée, malgré mon ignorance en la matière.

Elle eut un petit rire, puis : « Le dimanche, je ressors mes vieilleries pour leur faire prendre l'air.

– Ah ! Et pourquoi donc le dimanche ?

– Parce qu'il est rare que je fasse des rencontres ce jour-là.

– Je comprends. Mais, si je puis me permettre, c'est bien dommage. Ces atours vous siéent à merveille.

– Ils ne sont pas indiqués, voyez-vous, pour mes activités habituelles !

– Je peux donc me considérer comme privilégié.

– C'est votre droit », répliqua-t-elle d'un ton sec, avant de se lever en serrant son livre contre sa poitrine.

Un peu piqué, je lorgnai la couverture, qui me faisait face, et : « Percy Bysshe Shelley, lis-je. Vous aimez donc la poésie. Quelle étrange personne vous êtes !

– Pourquoi dites-vous cela ?

– Oh, ce n'est pas une critique, ne le prenez pas mal. Mais, votre activité et le lieu où vous vivez semblent jurer avec tout le reste.

– Le reste ?

– Votre figure, votre façon de parler qui est, par l'accent et le vocabulaire, fort singulière, en comparaison avec celle des gens d'ici…

– Les gens d'ici ! s'exclama-t-elle. Je sais ce qu'ils racontent à mon sujet, mais ils viennent quand même me trouver quand ils ont besoin d'aide !

– Qu'importe… Lors de notre dernière rencontre, je vous ai relaté la vie que je menais avant de m'installer dans le domaine dont j'ai hérité, et j'imaginais que vous feriez de même en une sorte de réciprocité entre gens qui s'entendent.

– Vous aviez besoin de vous épancher.

– Je ne l'aurais pas fait avec n'importe qui. Pour être exact, vous êtes la seule personne à qui je me suis confié. »

Elle pencha la tête, comme contrite, puis :

« Fort bien, je vais rassasier votre curiosité…

– Non, je vous prie, pas ma curiosité, mon intérêt.

– D'accord, votre intérêt. Je suis née en ville où j'ai grandi et étudié. À un moment donné, j'ai exercé le métier de préceptrice en Belgique. Pour une… pour une certaine raison, j'ai rompu tout lien avec mes parents, à mon retour en Angleterre. Mon oncle a eu la bonté de me recueillir ici. Cela tient en peu de mots, vous voyez. Avez-vous obtenu la réponse que vous souhaitiez ?

– J'imagine que je vais devoir m'en contenter.

– Mr. Newcome, vous faites erreur en cherchant des explications dans le passé. Le passé n'explique rien parce que nous ne sommes jamais les mêmes, comme le disent les philosophes antiques. J'ai décidé pour ma part de ne pas lui appartenir, pas plus qu'à l'avenir, du reste. Seul le présent m'importe. Et ce présent me comble. Voyez ces arbres, ces fleurs, ces oiseaux ! »

Elle tourna sur elle-même, comme je l'avais déjà vue faire, sa robe légère se soulevant et se gonflant dans ce mouvement, puis elle plaqua sa jupe sur ses cuisses tandis que je commentais : « Effectivement, on dirait le jardin d'Éden.

– Ça l'est, si vous le regardez ainsi que je le regarde. En considérant comme sacrés tous les aspects de la Création, tous les lieux, tous les êtres, tous les phénomènes.

– Seriez-vous panthéiste ? lançai-je sans pouvoir, à mon grand regret, masquer une note d'ironie.

– Je vous l'ai dit, je n'appartiens à rien, ni au passé ni à l'avenir, ni à une école de pensée ni à une religion. Je me contente d'être. Et je déborde de gratitude pour ce que la lande m'a offert. Venez, faisons quelques pas. »

Elle m'entraîna sur une allée tout juste assez large pour que nous la parcourions côte à côte. Cette proximité m'incita à reprendre bientôt :

« Miss Trendle, puis-je vous poser une autre question ?

– Faites donc.

– Je comprends bien que vous refusez tout lien de quelque nature que ce soit. Votre décision concerne-t-elle aussi les hommes en tant que représentants du sexe masculin ?

– Oh, je vous en prie, ne me tourmentez pas avec cela... dit-elle en se tournant vivement sur le côté.

– Miss Trendle... Drusilla... Nous ne sommes pas des enfants, mais des adultes déjà éprouvés par la vie. Vous ne pouvez ignorer les sentiments que j'ai pour vous depuis le tout premier jour. Et je crois avoir compris que vous n'étiez vous-même pas...

– Vous vous trompez... interrompit-elle d'une voix toutefois étranglée.

– Comment cela ? Je vous prie, retournez-vous et dites-moi en me regardant droit dans les yeux que mes sentiments ne sont pas partagés. »

Comme elle demeurait immobile, je l'attirai à moi. Lui voyant les yeux embués de larmes, je la serrai contre ma poitrine et l'embrassai. Elle répondit à mon baiser avec une ardeur bien réelle, puis, comme frappée par je ne sais quels remords, elle se dégagea de mon étreinte et recula de quelques pas.

« Allez-vous-en, me lança-t-elle d'une voix blanche.

– Mais... pardonnez-moi... j'ai cru que... n'avez-vous pas vous-même... ?

– Je me suis trompée, veuillez m'en excuser.

– Non ! Ce n'était pas une erreur, je l'ai bien senti !

– N'avancez pas, je vous prie.

– Vous le voyez bien, vos larmes coulent, elles contredisent vos paroles.

– Je… je suis sentimentale, c'est tout. Je vous ai induit en erreur, je le regrette. »

C'est alors que je m'entendis dire :

« Miss Trendle, accepteriez-vous de m'épouser ?

– Voyons ! N'avez-vous pas écouté ce que j'ai dit ?

– Je souscris à votre discours, à votre manière d'être, à…

– Mr. Newcome, vous m'obligez à être plus explicite que je ne l'ai été. Oui, je l'avoue, j'éprouve des sentiments pour vous. Mais non, je ne peux vous épouser.

– Aimez-vous un autre homme ? Mayhold, peut-être ?

– Ah, voilà la vanité des hommes ! Ne soyez pas ridicule. Une femme n'aurait-elle donc pas le droit de refuser le conformisme que constituent le mariage et la famille ?

– Nous pourrions vivre, vous et moi, sans conformisme, si c'est cela qui vous déplaît !

– Vous savez bien que c'est impossible. Ce serait pour vous une mésalliance et…

– Si je vous avais connue il y a encore quelques mois, ça ne l'aurait pas été ! Cela n'a donc aucune importance.

– … et je serais chez vous comme un oiseau en cage. »

Je lui saisis doucement les mains et :

« Nous pourrions vivre ici, sur la lande !

– Oh, vous ne seriez heureux que quelque temps, vous finiriez par m'en vouloir. Vous avez votre famille, vos biens…

– Je m'en moque. Ne soyez donc pas égoïste, ne me refusez pas ce bonheur.

– Je vous en prie, ne dites pas cela, murmura-t-elle. Dans ce monde qui est un théâtre, comme l'a écrit un grand poète, chaque être tient un rôle. La Providence m'a donné le don que vous savez, je le mets en pratique et je crois m'en acquitter correctement. Vous avez vous-même un rôle, ou plutôt deux : faire vivre un domaine et instruire des enfants, leur permettre d'accéder à une vie meilleure. Vous trouverez une épouse qui vous secondera dans cette double tâche. Vous l'avez, je le crois, déjà trouvée…

– Je n'ai trouvé que vous ! Et vous parlez d'un rôle. C'est possible, mais ne pouvons-nous donc pas en changer ? Je vous attendrai tout le temps qu'il faudra. Avez-vous peur ? Peur de moi ? Que vous est-il donc arrivé pour que vous vous soyez endurcie à ce point ?

– Je vous en prie, ne me rendez pas les choses plus difficiles.

– Pour l'heure, cette condition vous sied, mais avec le temps, avec l'âge, il en sera peut-être autrement. Vous avez dit que nous ne sommes jamais les mêmes. Voulez-vous vraiment finir vos jours seule dans cet endroit ?

– Je vous l'ai déjà dit, Mr. Newcome, je ne suis jamais seule. Regardez. »

Comme elle levait la tête, je l'imitai. Un vol de petits oiseaux, probablement des alouettes, traversait le ciel juste au-dessus de nos têtes. Elle les contempla un moment, les paupières plissées, les joues striées de larmes, mais les traits apaisés. J'attendis qu'elle reposât les yeux sur moi et je conclus à grand-peine :

« Vous me brisez le cœur, Drusilla Trendle, mais je suis bien obligé de m'incliner devant votre volonté. Je voudrais au moins croire que vous changerez d'avis un jour. Je vous attendrai. Puis-je vous attendre ? »

N'ayant pas obtenu de réponse, je portai ses mains à mes lèvres.

Je ne me souviens plus des derniers mots que nous échangeâmes. À mon retour, je me suis enfermé dans cette pièce après avoir donné l'ordre qu'on ne me dérange pas, pas même pour le souper, et me suis abîmé dans une amère méditation. Je mesure maintenant la folie qui m'a amené à m'exposer de la sorte : jamais, de toute mon existence, une telle hardiesse ne m'avait habité. Je me demande quel est le sens de cet échec, car, à l'instant où j'écris ces lignes, je suis encore persuadé que D. T. et moi-même étions comme les deux morceaux d'un objet cassé. Comment ai-je pu me tromper de la sorte ? Je suis incapable de répondre à cette question.

25 novembre

Maintenant que le temps – six mois ! – a passé, desserrant un peu l'étau du chagrin, je peux reprendre la plume sans courir le risque de me noyer dans les regrets et les jérémiades qu'il entraîne inévitablement ; et si mes pensées sont encore embrouillées, au moins mon esprit n'est plus occupé à repasser la scène qui m'a causé tant de désagrément pour tenter d'y déceler une erreur, une bévue de ma part et, surtout, la possibilité d'y remédier.

Les premiers temps, j'ai déserté la lande dans la crainte que sa seule vue n'eût la capacité de raviver mes blessures autant que celle de la silhouette aimée : lorsque mes affaires m'appelaient à Casterbridge, ou ailleurs dans cette direction, je m'appliquais à la longer, même si j'en fouillais du regard la bande la plus proche. En septembre toutefois, je m'y aventurai, bien décidé à l'admirer avant que les pourpres, les verts et les bruns qui en font la splendeur ne commencent à perdre leur éclat sous le voile de l'automne, et je fus si ému de la retrouver – ému comme on l'est en présence d'un être familier dont on a été séparé – que je mis un terme à cette privation volontaire. Mais, étrangement, je n'y ai, depuis, ni croisé ni entrevu D. T., ce qui m'amène à croire tantôt qu'elle est repartie, tantôt qu'elle s'est échappée d'un rêve, une thèse toutefois contredite par notre ancienne proximité.

De même, j'ai évité de m'enquérir d'elle auprès de son oncle, de Mayhold ou de Johnson, qui m'auraient, à n'en pas douter, renseigné, ou même de mentionner son nom dans une quelconque conversation. Dieu sait pourtant combien j'aurais aimé avoir de ses nouvelles ! Les premiers temps, je me berçais de l'illusion qu'une lettre, un simple billet, à défaut d'une visite, viendrait m'annoncer qu'elle s'était ravisée ; j'aurais accepté son revirement sans manifester le moindre ressentiment ni ce genre de fierté dont certains hommes, il faut l'avouer, sont coutumiers.

Peu à peu, je me suis soustrait aux tâches que je m'étais sottement imposées : j'ai ainsi cessé de me mêler de trop près de l'administration du domaine, pour laquelle mon éducation ne m'a pas prédisposé ; du reste, Mayhold n'a nul besoin de ma présence pour accomplir les tâches qui lui reviennent. Je continue de fréquenter le cercle d'archéologues amateurs, qu'anime le pasteur, et la demeure que mon ami Dornell partage avec son fils aîné et sa famille, une bâtisse confortable mais non luxueuse qui abrite des collections de plusieurs sortes, notamment de fossiles. Le mois dernier, j'ai accepté l'invitation du père et du fils à les accompagner à Londres dans les musées qu'ils ont coutume de visiter régulièrement – de quoi détromper Mère, qui prétend que nos voisins s'intéressent uniquement à la chasse, à la terre et aux bals – et j'ai été saisi, lors de ce court séjour, par le sentiment d'être désormais un étranger dans la ville qui m'a vu naître, grandir et vivre. Moins d'une année aura ainsi suffi à me dépayser.

La manie du journalisme m'est, quant à elle, facilement passée et, si l'épisode qui s'est produit hier ne m'avait pas poussé à rouvrir ce vieux cahier, j'aurais peut-être délaissé définitivement ma plume, bien que Dornell me presse de commettre quelque article pour une de ces revues locales qui font le charme de la province. Jusqu'à ce soir, je ne l'avais maniée qu'à une seule occasion : le mariage de Violet, célébré ici même au mois d'août en présence de tous nos voisins. En guise d'au revoir, j'avais en effet composé à son intention un long poème, que je lui remis avant son départ, geste qui l'émut, à en juger par ses larmes et par ses nombreuses marques d'affection.

En septembre, la nouvelle école de Weatherbury a ouvert ses portes au terme d'une cérémonie à laquelle ont participé les donataires du voisinage. À leur surprise – je suis en effet prêt à parier qu'ils étaient demeurés incrédules jusqu'au bout –, j'ai renoué avec le métier qui est le mien : comme convenu, j'enseigne aux élèves de sexe masculin, tandis que Miss Green s'occupe des filles, en tout une vingtaine de jeunes enfants, pour la plupart de condition modeste, voire pauvre. J'ose toutefois espérer que nous aurons l'un et l'autre assez de talent pour détourner les plus aisés et les plus grands des établissements de la ville où leurs parents les inscrivent depuis toujours : nos leçons suivent les modèles modernes, « à la mode de Londres », comme le dit malicieusement Grace, qui ne renonce jamais au plaisir de lorgner le cours de gymnastique que je dispense aux garçons dans le préau. Son visage et ceux de « ses » fillettes hilares, derrière les vitres de leur classe, tandis qu'elles nous observent, font inévitablement monter un sourire à mes lèvres, et je les soupçonne de nous imiter dans le secret de leur salle, malgré l'encombrement de leurs robes.

Mais j'en viens à l'épisode qui m'a convaincu de reprendre le fil de mon histoire. Hier, l'ancien notaire de William Harding et désormais le mien m'a rendu une visite à laquelle je ne m'attendais pas. Il m'apportait une missive que son auteur l'avait chargé de me remettre un an jour pour jour après ma première visite à son domaine : un message d'outre-tombe en quelque sorte. Il est reparti aussitôt après pour me laisser en découvrir sans tarder le contenu, que je recopie ici :

Mon cher enfant,

Permettez-moi de vous appeler ainsi, compte tenu de votre âge et des circonstances qui nous réunissent au-delà de la mort.

Vous vous êtes sans doute interrogé sur les raisons qui avaient poussé un illustre inconnu à vous léguer son domaine et sa fortune il y a de cela un an. À n'en pas douter, vous avez débattu avec vos proches et bâti diverses hypothèses dans le but d'éclaircir ce mystère, l'esprit humain étant toujours prompt à échafauder des explications, fussent-elles alambiquées, et à s'en satisfaire. Mais alors que la mort approche à grands pas, j'éprouve, pour ma part, le besoin de vous conter l'histoire qui m'a conduit à vous.

J'avais autrefois un ami prénommé Christian, un ami aussi cher qu'un frère, et frères nous l'étions en quelque sorte puisque nous avions été abreuvés au même sein, ma nourrice n'étant autre que sa mère. Nous avions grandi ensemble et étudié dans les mêmes écoles, mon père lui versant un petit pécule en vertu de notre proximité depuis le jour où il était devenu orphelin. Au terme de mes études, je regagnai le domaine familial, tandis que Christian, toujours assoiffé de mouvement et d'aventure, optait pour une carrière militaire. Grâce à notre correspondance et aux visites qu'il me rendait, n'ayant d'autre foyer que le mien, nos liens ne furent pas affectés par notre séparation.

Deux ou trois ans plus tard, des cousins éloignés de mes parents vinrent passer quelques jours en villégiature. Leur fille, une certaine Harriet, n'avait plus rien de l'enfant dont je me rappelais vaguement les traits : c'était maintenant une jeune personne de vingt ans à l'éclatante beauté. Je m'épris aussitôt d'elle et, comme ce sentiment était partagé, nous nous fiançâmes, à la grande joie de nos familles.

Un jour où Harriet se trouvait là, Christian se présenta à l'improviste, trop heureux de nous apprendre que son régiment s'était tout juste installé dans les environs, à Exonbury. Il fit ainsi la connaissance de la créature sublime que je lui avais maintes fois dépeinte dans mes lettres et lui dispensa des marques d'amitié qui se multiplièrent au fil de leurs rencontres. En vérité, je m'aperçus au bout de quelques mois que leur attitude à tous deux avait changé : il leur arrivait de se rembrunir brusquement, ou de s'interrompre au milieu d'une phrase, comme s'ils craignaient de trahir un secret. J'en vins donc à les soupçonner d'éprouver l'un pour l'autre des sentiments plus profonds qu'une simple amitié, mais comment pouvait-il en être autrement, tant Christian et moi nous ressemblions ?

Or désormais mes noces approchaient, et cette perspective chassa de mon esprit toute inquiétude. Je me trompais : quelques jours avant la date prévue, une lettre m'informa que Harriet s'était enfuie et mariée en secret à Christian, lequel avait entretemps quitté l'armée. Humiliés par ce terrible scandale, les cousins de mes parents juraient que leur fille était morte à leurs yeux. Quant à moi, je déchirai, sans les lire, les missives que le couple m'adressa par la suite, à plusieurs reprises, et décidai de le rayer de mon existence.

Me voyant affreusement affligé, ma mère me conseilla d'aller me distraire quelque temps sur le continent, ce que je fis. Je vécus d'abord à Paris, puis, à la suite d'un compatriote, peintre de son état, me fixai en Italie, où je me trouvai si bien que j'y passai trois années. Peut-être y serais-je demeuré définitivement, d'ailleurs, si la mort de mon pauvre père ne m'avait pas ramené en Angleterre et placé à la tête du domaine familial.

Peu après mon retour, alors que j'examinais les papiers qui se trouvaient dans le bureau, je fis une découverte singulière : une liasse de lettres écrites de la main de Christian attestait qu'il était demeuré en relation avec mon père et que ce dernier lui avait même apporté de l'aide. Car si Harriet avait donné le jour à un garçon, le couple n'était pas aussi heureux qu'il aurait dû l'être, notamment en raison des problèmes financiers qui s'accumulaient comme de sombres nuages sur la tête du jeune chef de famille. Celui-ci avouait, du reste, dans plusieurs missives, son regret d'avoir quitté l'armée, ses difficultés à gagner sa vie, sa crainte d'avoir commis une faute irrémédiable en entraînant Harriet dans son malheur et l'attrait irrésistible qu'exerçaient sur lui les tables de jeu.

Ces ennuis, sachez-le, ne me causèrent aucun plaisir, et je ne fus pas non plus offusqué du commerce que mon père avait entretenu à mon insu avec celui qui m'était apparu comme un traître.

L'existence que j'avais menée en Italie en compagnie de peintres, de poètes et de musiciens m'avait affranchi d'un certain nombre de conventions, et je préférai m'abîmer dans mes nouvelles tâches tout en approfondissant mon goût pour l'art que j'avais appris à cultiver à l'étranger et qui avait si bien pansé mes plaies.

Peu à peu l'oubli vint recouvrir toute cette histoire, et sans doute n'en aurait-elle pas ressurgi si un ancien camarade d'études, rencontré quelques années plus tard dans le foyer d'un théâtre londonien, ne m'en avait dévoilé l'amère conclusion sans aucune arrière-pensée : Christian venait de disparaître, murmura-t-il en effet à mon oreille, effaré. Ne pouvant rembourser ses dettes de jeu, il s'était donné la mort, abandonnant son épouse et leurs deux enfants à une vie de précarité.

Je rentrai aussitôt chez moi, bouleversé, et tentai de comprendre, en lisant et relisant les lettres que mon ami avait adressées à mon père, ce qui l'avait conduit à sa perte. C'est alors qu'un phénomène étrange se produisit : sur les missives que je m'étais contenté de parcourir affleurait au fil des lignes un nouveau texte, comme si, écrit à l'encre invisible, il se révélait soudain sous l'effet de je ne sais quel procédé ; pis, je fus envahi par la mystérieuse sensation de l'avoir moi-même rédigé. Et ce récit témoignait d'une affection indéfectible envers mes parents et même envers ma personne, malgré mon silence obstiné.

Cette découverte fut peut-être plus terrible encore que le chagrin de mon mariage avorté. Je compris que je n'avais aimé ni Christian ni Harriet, ou plutôt que je les avais aimés ainsi qu'on aime un jouet qui vous appartient. J'avais même refusé d'entendre leurs raisons, tant j'étais obsédé par mon orgueil blessé ! J'aurais volontiers préféré que Harriet fût malheureuse auprès de moi, plutôt qu'heureuse avec mon ami ! Comment avais-je pu rejeter de la sorte le bonheur de ces deux êtres, refuser de m'incliner devant un amour certainement plus fort que le mien ? Qui, d'entre nous, était le vrai traître ? Christian, qui avait cédé à son amour pour une femme qui m'était encore indifférente quelques mois plus tôt et qui l'avait choisi, lui ? Ou moi, qui avais foulé aux pieds, par fierté, notre longue et profonde amitié ? Je sus ainsi que, dans les relations humaines, tout est une question de point de vue et me promis de ne plus jamais juger sans partager, ne fût-ce qu'un instant, celui d'autrui.

Bien qu'il fût trop tard pour remédier aux tourments que mon ami avait subis, je convoquai le notaire et, imitant en quelque sorte mon père le jour où Christian était devenu orphelin, le chargeai de verser anonymement à la jeune veuve une rente mensuelle qui lui permettrait de vivre sans se priver outre mesure. Sans doute penserait-elle que, malgré son silence, sa proche famille avait en quelque sorte pitié d'elle : comme je l'ai écrit plus haut, l'esprit est prompt à bâtir des explications et à s'en satisfaire. C'est une tendance banale, mais ô combien erronée : j'ai appris, avec le temps, qu'il vaut mieux accepter les individus tels qu'ils sont, sans tenter de chercher leurs ressorts, ni de les réformer, en les laissant être tout simplement.

Au fil des ans, j'ai suivi de loin votre existence et celle de votre famille. Je vous ai vu devenir tour à tour un brillant élève, un enseignant estimé et un journaliste de talent. N'étant jamais devenu ni mari ni père, j'ai estimé naturel que mon domaine revînt au fils de celui que je considérais autrefois comme mon frère. J'ose espérer que ces terres bien-aimées et les êtres qui la peuplent vous apportent aujourd'hui le bonheur qu'ils m'ont offert et que tout père souhaite pour sa progéniture. Puisse aussi mon histoire vous servir un jour de viatique.

Que le Seigneur vous bénisse, cher Henry, et qu'il bénisse tous les vôtres.

William Harding

J'ai relu cette missive à plusieurs reprises afin de m'assurer d'en avoir bien saisi le sens, quoiqu'il fût fort simple. Il réduisait à néant l'histoire que Mère avait inventée pour rendre la réalité plus acceptable aux yeux de ses enfants et peut-être aussi aux siens, une histoire si savamment élaborée que je n'avais jamais ressenti le besoin d'en contester la véracité tout au long de ces années, pas même face à l'incongruité que constituait l'irruption de W. H. et de son héritage dans mon existence. Tel est donc l'esprit humain, ai-je songé : prompt à pactiser avec la fiction pourvu qu'il en retire une quelconque tranquillité.

J'ai failli courir auprès de Mère et lui réclamer des comptes en lui fourrant sous le nez la lettre de son ancien fiancé, mais je me suis ravisé, frappé par une pensée : si W. H. avait raison, l'apparence de chaque être n'est autre que le reflet de notre imagination, par conséquent une pure illusion, et toute situation le détail d'un tableau dont l'ensemble nous échappe en vertu d'une mystérieuse orchestration. Et si le passé n'est autre qu'une histoire racontée par un de ses témoins directs ou indirects, une histoire partielle, donc mensongère, ne valait-il mieux pas, comme le suggérait mon bienfaiteur, se borner à vivre dans le présent ? Vivre dans le présent, sans idées préconçues… n'était-ce pas aussi ce que Drusilla T. avait opposé à mon désir de tout savoir de sa personne ? Oui, qu'importait l'histoire – mensonge ou vérité, vérité partielle – qui m'avait mené en ces lieux, j'y étais, voilà tout, et rien ne m'empêchait de décréter que tout commençait de là.

Fort de ces réflexions, je rangeai la lettre de W. H. dans son enveloppe et ouvris le tiroir central de mon bureau afin de l'y déposer. Il contenait entre autres choses le foulard qui m'avait servi de pansement le jour où je m'étais piqué aux ajoncs, sur la lande : meurtri par les paroles de sa propriétaire, j'avais omis de le lui rendre lors de notre dernière rencontre. Je le portai à mon nez : le parfum de la jeune femme s'était presque entièrement évaporé, mais on y devinait encore un faible effluve.

Je m'abîmai un moment dans ce souvenir, puis, distrait par de brusques croassements, je me levai et allai à la fenêtre. Au pied des haies, où quelques roses subsistaient encore malgré les premiers froids, plusieurs freux se disputaient je ne sais quoi – sans doute le pain que Mère fait jeter là après les repas. Ou plutôt non, ils jouaient en sautillant sur leurs robustes pattes avec leur malice coutumière. Dérangés par une servante, ils finirent par se disperser et, pareils à d'épaisses virgules sombres, s'éloignèrent au-dessus des prés, des sentiers et des arbres visibles depuis mon poste d'observation. En les suivant du regard, je repensai à Drusilla Trendle : *Je serais chez vous comme un oiseau en cage*, avait-elle dit pour m'éconduire, et il m'avait été impossible d'admettre qu'elle préférât la liberté à une vie en ma compagnie ; toutefois, si j'adoptais son point de vue, comme m'y invitait la lettre de William Harding, il me fallait bien constater que sa position prenait un autre tour, un tour fort légitime, bien sûr.

Puis je me remémorai un poème que j'avais lu quelques années plus tôt, dans lequel un corbeau dénommé *Nevermore* se borne à répondre par son nom, « Jamais plus » justement, à toutes les questions qu'on lui pose concernant l'avenir, sonnant le glas de tout espoir, de tout recommencement. Mais non, voyons, cela ne pouvait être, le poète se trompait ! Il n'y avait pas de fin, tout se recomposait, tout revenait, la Nature en donnait l'exemple par ses cycles immuables, tout s'agençait admirablement en vertu d'énigmatiques lois : à la peur succédait la tranquillité ; au mensonge la vérité ; à l'offense le pardon ; au chagrin la consolation ; à la guerre la paix. Et au rejet l'amour ? Oui, évidemment.

Un mystérieux bien-être m'envahit. Soudain j'eus la sensation que tout était parfait, que j'étais moi-même à ma place, dans un rôle taillé pour moi. Puis je songeai au travail qui m'attendait le lendemain à l'école, auprès de mes petits élèves, et au bruissement familier que la robe de Grace produit lorsque nous nous croisons dans le couloir.

5.

Tout près de la Hunding-Stellung
octobre 1918

Cris. Plaintes. Appels. Ordres. Jurons. Piétinements. Détonations. Crépitement des mitrailleuses. Bruit sourd de la terre qui retombe. Vrombissements. Sifflements. Et, dans la lumière blafarde, intermittente, des fusées éclairantes, corps inertes ou agités de soubresauts, corps épargnés fuyant comme ils le peuvent, médecins courant de l'un à l'autre, se penchant et, d'un geste du bras, appelant les brancardiers, lesquels hissent, s'éloignent, réapparaissent, se remplaçant inlassablement, fusils abandonnés çà et là, trahis par leurs pièces métalliques, char incendié. Encore un effort et je me libérerai de ma prison de terre, par chance je suis entier, capable de gravir les parois du cratère que la marmite a creusé en m'ensevelissant. Casque, revolver, tout est là, tourner le dos au champ de bataille, regagner mon abri, ramasser mes affaires, partir – dans le mouvement, à n'en pas douter, je passerai inaperçu –, même s'il importe de rester sur ses gardes : des chasseurs du 1er bataillon viennent de me croiser, manquant de me renverser, sans un regard, sans même me laisser le temps de proférer une insulte, comme s'ils avaient hâte de plonger dans l'obscurité qui sépare deux lancers de fusées, deux incendies subits, ainsi qu'on plonge dans une vague. Mais déjà le chemin m'emporte, et voici que défilent chevaux de frise, barbelés, talus, fossé, champs dévastés, ruines, au rythme de mon pas, de plus en plus rapide, et encore : soldats, de dos, de face, prisonniers, chevaux, mules, brancardiers, cuisines roulantes, automobiles, convois de munitions, un char renversé, le tout en des flux incessants vers l'avant, vers l'arrière, si bien que chaque repère se perd aussitôt aperçu, et c'est dans ce double courant que jaillit sa voix – « Bloch, Bloch ! » crie-t-il plusieurs fois avant que je le découvre, marchant à ma hauteur. « Parseval ! Dieu soit loué, tu es là ! Perrier racontait aujourd'hui que tu avais été tué à Banogne. L'imbécile. » Il rit, le petit capitaine, il a une rose de sang sur la poitrine, mais il prétend : « Rien de grave, rien de grave. Une fois au cantonnement, je verrai le médecin. Il paraît que le 170e nous relève. Attention ! » Une équipe de brancardiers nous croise au pas de course, cette nuit on ne peut pas dire qu'ils chôment, nos troupes ont subi de lourdes pertes, Parseval en convient, alors je l'attrape par le bras et lui explique : « Je rentre chez moi, pas longtemps, quelques heures, je reviendrai ensuite, je ne déserte pas, tu as compris ? je reviens. Quelques heures. Couvre-moi, je te revaudrai ça. Fais-moi porter disparu, prisonnier, je ne sais pas, débrouille-toi. » Il commence par me traiter de fou, me gronde, parle de responsabilités, parle d'honneur, puis : « Sans permission, tu risques gros, par exemple d'être pincé dans une gare, sur la route, traduit devant le tribunal militaire, peut-être même exécuté. Ça ne peut pas attendre ? Tu as perdu quelqu'un ? La grippe ? La Hunding va tomber, c'est la fin, pas seulement de la bataille : de la guerre. » Je réplique qu'il ne peut pas comprendre, parce qu'il n'a pas de jumeau, de jumelle, mais moi, je pense ce que pense ma sœur et je l'entends quand elle m'appelle, je l'ai entendue lorsque j'étais dans ce trou, enterré vivant, et je dois la rejoindre, oui, c'est plus fort que moi, plus fort que la discipline, la patrie, le danger, l'idée de la prison, la menace du peloton d'exécution, le déshonneur. « Quelques heures, rien. » Il s'immobilise soudain, mais je n'ai pas de temps à perdre, je continue mon chemin et il me rejoint, je sens son regard sur moi, il ne me croit probablement pas, peu importe. De nouveau : « Tu me couvres, oui ou non ? Quelques heures, c'est tout. Demain de toute façon nous serons relevés. » Encore un temps de réflexion, il sait que je mens : il faut plus de quelques heures pour parcourir près de cent vingt kilomètres, quelques heures, c'est le temps que je resterai auprès de Lily si tout va bien, mais une chose est certaine, je reviendrai au cantonnement, où qu'il soit, je reviendrai et j'irai jusqu'au bout de cette fichue guerre, d'autant que je la subis depuis quatre ans, pas deux comme lui, ce gamin. Il répète encore : « De la folie, de la folie » au moment où le ravin se présente sous nos pieds, son flanc creusé des niches que nous nous sommes ménagées à notre arrivée, et, une fois la mienne repérée, j'écarte la toile de tente qui la recouvre, puis, tout courbé, rafle ma musette, garde mon arme, garde mon casque, mes doigts tremblent, c'est l'agitation de la descente, laisse le reste. « Je n'ai pas peur, Parseval, je suis sûr de moi », dis-je, et comme il ne répond pas, je me redresse, le cherche parmi les quelques silhouettes qui grossissent, le cherche en vain, il s'est évaporé comme un filet de brume, ça ne lui ressemble pas, si j'avais de quoi écrire je lui laisserais un mot, mais mon papier est dans ma cantine, loin à l'arrière, tant pis, j'ai confiance, il ne me trahira pas, le petit capitaine. Autour de moi, quelques hommes encore se glissent dans leurs trous et s'interpellent en pestant contre la boue que la journée ensoleillée n'a pas suffi à sécher ; j'attends, tapi, que s'éteignent leurs commentaires, mais la fatigue est telle qu'ils s'enferment sans tarder dans leurs tanières, et je peux gravir la pente, rejoindre le plat. J'avance entre les mares qui se sont formées dans les cratères, brillant à la pâle lumière de la lune, entre les débris de toutes sortes, les moignons d'arbres, restes d'un bosquet, d'un bois, et au fur et à mesure que je m'éloigne les grondements s'atténuent puis s'effacent devant des bruits de pas, des voix provenant de convois de blessés – des « ypérités », je le comprends à la vue des individus qui marchent à la queue leu leu, un bandage sur les yeux, chacun agrippé à l'épaule de celui qui le précède, et je m'écarte. Un peu plus loin, de l'autre côté, un groupe de prisonniers cheminant dans la même direction m'oblige à zigzaguer une nouvelle fois, mais bientôt surgit le lieu vers lequel tous convergent, un village réduit à une succession de maisons éventrées, d'amas de décombres, de poutres, de plâtras, comme le révèlent les feux qui brûlent le long de la route, et, malgré la distance que j'ai mise entre nous, je les vois franchir ces obstacles, s'engouffrer dans des caves où les uns seront soignés, les autres interrogés, du moins ceux des Fritz qui parlent français. Le village glisse derrière moi, je rejoins donc la chaussée, ou ce qu'il en reste, et bien que l'obscurité me semble maintenant plus dense après la lumière des flammes, mes yeux s'y habituent peu à peu, distinguant d'autres formes, celles de caisses, de munitions, alignées là en bon ordre, de canons tout fumants d'avoir tant tiré. Il y a aussi, par terre, des cadavres, de chevaux et pas seulement : ici un homme, là un autre, là encore un troisième, avec la nuit pour tout linceul, demain sûrement on les enlèvera avant que les corbeaux ou d'autres animaux ne viennent s'en repaître. Quelques bribes de prière montent à mes lèvres, je les répète en me remémorant les comptines que, le soir, Lily et moi fredonnions dans notre chambre d'enfants pour résister au sommeil et à ses mauvais rêves, en me remémorant les histoires, les contes que nous inventions dans ce même but au fil des mots, main dans la main, jusqu'à ce que nos paupières se ferment malgré nous – de quoi avions-nous donc si peur ? si tu savais ce qui hante mes nuits depuis le début de cette guerre, tout ce que nous redoutions n'était rien en comparaison de ces visions d'horreur, mais tu le sais, bien sûr, et dans ce cas tu sais aussi que la peur m'a quitté, oui, c'est vrai, je n'ai plus peur, je l'ai même confié à Parseval tout à l'heure, en revanche je serais incapable de dire à quand cela remonte. Je parle à ma jumelle, à mon âme sœur, tandis que les mètres, les centaines de mètres, les kilomètres, s'additionnent sous mes pieds, et pendant que je parle tout change progressivement autour de moi, tel un décor de théâtre qu'on manipule avec soin, à commencer par la couleur du ciel qui, en virant du noir à diverses nuances de bleu, extirpe du lointain un bosquet, les ruines de villages, de maisons isolées, et, du silence relatif, toutes sortes de frémissements, de murmures, sans doute produits par les bêtes sauvages que la guerre a épargnées. Je m'en délecte un bon moment, si je n'étais pas aussi pressé, c'est certain, je ralentirais le pas pour mieux m'en imprégner, encore qu'il me semble en être déjà tout entier enveloppé, bercé ; en vérité, j'ai l'impression de distinguer également des murmures, des voix humaines, dont les mots toutefois m'échappent, oui, ce sont des voix, mêlées à des claquements de semelles, à des grincements de roues, d'attelages, au vrombissement de camions, des bruits de convoi militaire. Vite, j'abandonne la route principale pour prendre à travers champs, m'éloigner en direction d'une rangée d'arbres dont les branches se détachent, sombres sur le ciel d'un ton plus clair, je pense à Parseval, à mes camarades endormis dans leurs niches, la relève a peut-être déjà eu lieu et qui sait où je rejoindrai le groupe pour finir cette satanée guerre, hé, Parseval, ne me trahis pas, je te le revaudrai, hein, mon ami, je te le revaudrai plus tard, quand tout cela sera terminé, dans un, deux, trois mois, nous fêterons ça et nous rirons de la discipline de l'armée, de nos scrupules, tu verras, mais une rivière m'interrompt en venant à ma rencontre sous forme de grondement, puis de courant aux reflets métalliques, une fois franchi le rideau d'arbres, grosse de la pluie des derniers jours. Je marche jusqu'à l'eau ; avec l'aube, l'autre rive apparaîtra et je pourrai traverser, peut-être aidé de pierres ou de bois, oui, il y a sûrement du bois mort dans les parages ; par chance, il ne fait pas froid, et le sol moussu m'accueille gentiment, tout comme l'écorce de l'arbre contre lequel mon dos se pose, cette dernière si accueillante en vérité que j'ai l'impression de m'y enfoncer tandis que le temps passe, peut-être serai-je avalé par le tronc et retenu par des bras ligneux, comme dans les contes de fée que Lily aimait tant, enfant. Un instant, leurs illustrations me reviennent à l'esprit, un instant seulement car le bruit du courant me distrait et je m'y abandonne, heureux de ne plus entendre l'autre, celui du canon – à l'évidence le tir de barrage n'a pas encore débuté, à moins que je ne sois maintenant assez éloigné des lignes –, et je crois bien que je m'endors car soudain le ciel est plus clair, de ce bleu vif et fugace, souligné d'orange et de jaune, qui précède le jour, et l'autre rive est maintenant bien distincte. Je longe la berge à la recherche d'un passage, d'un gué, ou encore de troncs morts auxquels m'agripper, en vain, alors, me résignant, je me déshabille et, de mes vêtements, fais un ballot que je porterai à bout de bras avec le reste, vite, je plonge un pied dans l'eau, plonge le second et avance sur les cailloux, aussi concentré qu'un acrobate sur un fil, opposant ma masse au courant qui tente de me déséquilibrer, pendant que la surface de l'eau monte, monte, la voici à mes cuisses, à mon nombril, la voici à ma poitrine, et quand elle atteint ma gorge il ne me reste plus qu'à nager, mon bagage maintenu d'une seule main sur mon crâne. Alors, étrangement, un air éclate comme une bulle sur ma bouche, et je le fredonne sans pour autant le reconnaître, je le fredonne en sourdine, ainsi qu'on prononce une formule magique, je le fredonne et la distance s'amenuise, je le fredonne et les cailloux ressurgissent sous mes pieds, et la surface de l'eau redescend, et la rive se rapproche, et mon bagage atterrit sur le sol, et je grimpe. Tout frissonnant, j'enfile mes vêtements et, après avoir consulté une nouvelle fois ma petite boussole, reprends ma route en espérant dénicher au plus vite un abri où me dissimuler jusqu'à la tombée de la nuit, non qu'il y ait du mouvement dans les parages, mais la platitude du paysage n'est certes pas une alliée lorsqu'on souhaite se dérober aux regards des officiers, des gendarmes. Je m'engage sur un sentier, combien de temps s'est-il écoulé depuis ma dernière permission ? trois mois ? non, plutôt quatre, ou peut-être même cinq, à force de rester rivé à un talus, à une crête, coincé dans un boyau, dans un PC, dans une popote, étourdi par les plaintes et les discours incessants, par les rumeurs et les ordres, on finit par perdre la notion du temps, quoi qu'il en soit, j'avais presque oublié en quoi consistait une marche dans le silence et la paix de l'aurore, et le plaisir que j'en retire fait monter un sourire à mes lèvres, ou un rire, oui, un rire. Puis le clocher roman d'une église et quelques bâtiments à moitié détruits apparaissent au loin, sur ma droite, probablement des fermes, je pourrais dévier un peu et les rejoindre, or mon instinct me dit de ne pas m'écarter du sentier et je lui obéis parce qu'il est fiable, je lui obéis et ne le regrette jamais ; de fait, surgit bientôt devant moi une allée bordée d'arbres, sur laquelle je m'engage ; au bout, un mur d'enceinte et un portail, dont les lattes de bois découpent verticalement un jardin abandonné et, précédée d'un perron, une vaste maison bourgeoise au toit effondré en partie, sans doute inhabitée, à en juger par ses persiennes fermées et par sa cheminée rescapée, vierge de toute fumée. Je sifflote à l'adresse d'un éventuel chien de garde, qui ne vient pas, puis, mon revolver au poing, m'enhardis à lever le loquet, à le reposer doucement, avance dans le frottement de plantes séchées et noircies par le gel, phlox, dahlias, zinnias, bardanes dont les fleurs s'accrochent au drap de ma culotte, de ma vareuse, prêtes à y semer leurs graines, rosiers encore fleuris au bas du perron. D'un pas feutré, je fais le tour de la bâtisse à la recherche d'un accès caché, d'un volet mal fermé, d'une brèche, passe les doigts sur l'encadrement des fenêtres du rez-de-chaussée, inspecte les jardinières au bas des murs, mais c'est tout simplement sous un vieux pot de fleurs retourné que je trouve la clef, et j'entre. Un instant, le rectangle de lumière que projette devant moi l'ouverture de la porte révèle un large vestibule, d'où s'élève un escalier de pierre, et, de chaque côté, des pièces où je pénètre sans hésiter, commençant par celles de gauche avant de revenir sur mes pas et de m'aventurer de l'autre côté, fort de la certitude que plus personne n'habite ces lieux depuis longtemps, mieux, que les occupants les ont quittés en hâte, comme le prouvent, striés des rais du jour, les housses de poussière sur les meubles, les épaisses toiles d'araignées arrimées aux encoignures des fenêtres, les bibelots, les tableaux, les objets en tout genre exposés à la vue et aux mains, enfin, dans la cuisine, les placards remplis de bocaux, de conserves. Je me demande par quel miracle cette demeure a échappé au sort que les troupes réservent à la plupart des habitations abandonnées à proximité du front – le saccage, le pillage – et pose le pied sur la première des marches basses qui conduisent à l'étage, sans doute celui des chambres. Pas seulement, comme je le découvre sur le palier : derrière une porte anodine se niche, en effet, une bibliothèque, et je ne peux résister à la tentation d'entrouvrir légèrement les volets afin de mieux distinguer les ouvrages qu'elle contient, remerciant le hasard qui a placé sur mon chemin pareil endroit pour me cacher, me reposer, laisser les heures s'écouler jusqu'au soir. Alors, dans cette faible lumière, les livres s'offrent à moi, habillés de cuir et d'or, ou plus simplement de tissu, de carton, et j'ai l'impression de les entendre murmurer, me souffler leurs mots, tandis que je déchiffre leurs dos, un doigt traînant sur les reliures, et que remontent en moi, irrépressibles, les souvenirs de lectures, de pièces vues au théâtre et acclamées. Est-ce la nostalgie d'une époque révolue, ou plutôt la fatigue de cette nuit de marche, est-ce le besoin de sommeil, la faim ? soudain un étourdissement me prend et je rejoins en titubant les fauteuils placés au centre de la pièce, m'effondre dans le plus proche et, la nuque confortablement appuyée sur le dossier de cuir, attends que le vertige cesse en essayant d'occuper mes pensées à autre chose, par exemple à retrouver la mélodie qui est venue à ma rescousse un peu plus tôt, dans la rivière, d'où surgissait-elle donc? et insensiblement je glisse dans le sommeil. Et je rêve : notamment que je suis perdu dans un paysage sans repères où, comme par une nuit d'orage, alternent des bancs d'ombre et des éclairs de lumière, perdu et poursuivi par des silhouettes qui tantôt chuchotent mon nom, tantôt le crient en s'efforçant de m'agripper, tandis que des obstacles se multiplient sur mon chemin, barrières, troncs d'arbres, rochers, jaillissant du néant, et les esquiver requiert tant de concentration, tant de force et d'habileté que mon cœur semble sur le point d'éclater ; de fait, il bat la chamade au moment où je me réveille en sursaut, le mot *Lily* sur les lèvres. Lily, Lily, Lily, tout doucement je reprends mon souffle – au moins le vertige est passé –, mais pour mieux sursauter : dans le fauteuil qui me fait face, se tient un homme, un vieillard au teint très pâle, aux cheveux blancs rabattus vers l'arrière, qui m'observe, une main sur un accoudoir, l'autre sur la tête d'un grand chien, et je pourrais penser que je rêve encore s'il ne prenait la parole et ne déclarait justement : « J'ai l'impression que vous avez toujours un pied là-bas, jeune homme », me désarçonnant au point que quelques secondes me sont nécessaires pour recouvrer mes esprits et finir par balbutier : « Oui, je me suis endormi et j'ai fait un cauchemar, un affreux cauchemar... Mais, pardonnez-moi, je croyais que votre maison était abandonnée. Autrement, je ne serais jamais entré. J'ai trouvé la clef dehors, sous un pot. » Il a un petit rire, presque muet, et dit : « Elle l'est, en vérité, et je le suis peut-être plus encore, car il est rare qu'on me rende visite, comme vous le faites aujourd'hui. Tout le monde est parti », visiblement peu troublé par mon apparition, sans doute parce que je n'ai pas l'allure d'un voleur, à moins qu'il ne soit rassuré par la présence du bleu d'Auvergne qui, entre-temps, s'est couché à ses pieds. Sa voix est faible, presque aussi faible que son rire, et il me faut accomplir un effort pour percevoir tout ce qu'il dit – qu'il est trop attaché à cet endroit, la maison de famille où il est né, où sont nés ses parents et ses grands-parents avant lui, pour pouvoir le quitter, pour l'envisager même, contrairement à ceux qui l'occupaient avec lui, sa fille et son gendre, deux enfants. Et comme sa voix s'étiole de plus en plus au fil des phrases, la suite se perd dans un murmure inintelligible, à l'exception de quelques mots – par exemple, *volatilisés*, *domestique*, *bois* – que j'essaie d'agencer sans succès, et lorsqu'il se tait enfin je prends à mon tour la parole pour me présenter, croyant bon d'ajouter : « Je n'ai pas déserté, je m'octroie juste avec un peu d'avance ce qu'une permission m'aurait donné aujourd'hui ou demain… » mais il m'interrompt : « Pensez-vous que c'est important, au point où nous en sommes ? Au regard d'une vie entière ? » Et moi : « Non, bien sûr, non, mais je n'aimerais pas passer pour un lâche. » Et je poursuis, même si le geste de sa main traduit une nouvelle fois le peu d'importance que revêtent à ses yeux ces détails : « Je suis officier de réserve, pas militaire de carrière. Tout au long de ces quatre dernières années, je n'ai été ni blessé, ni malade, ni gazé, mais maintenant… » Il finit ma phrase à ma place : « Mais maintenant, vous devez rejoindre Lily. » Interloqué, je lui demande comment il le sait, et il répond que je prononçais ce prénom quand il est entré dans la pièce, si bien que je répète l'explication que j'ai fournie cette nuit à Parseval – l'appel dans le cratère, les voies mystérieuses des jumeaux, l'élan irrépressible –, sans réussir toutefois à l'émouvoir, ni à le convaincre, car il secoue la tête un moment avant de déclarer : « Vous êtes tous pareils, tous pareils. Oh, je ne vous en veux pas, je suis moi aussi passé par là. Mais c'est transitoire, comme le reste. » Passé par quoi ? Et comme il garde le silence, je lance : « De quoi parlez-vous ? De la guerre de 70 ? Et de qui ? De déserteurs encore une fois ? Je vous ai déjà dit que ce n'est pas mon cas », maintenant agacé. « Déserteurs… oui, répond-il, on peut vous appeler comme ça », et soudain je songe qu'il a peut-être l'esprit dérangé par la guerre, la solitude, l'âge ; après tout, qu'il croie donc ce qui lui chante, je ne serai bientôt plus là, je les aurai bientôt oubliés, lui, sa maison et son chien ; pour l'heure, je ne suis qu'un invité de passage. Et, pour cette raison justement, par politesse, je reprends : « Dans le civil, j'étais… je suis écrivain, dramaturge. Vous n'avez sans doute jamais entendu parler de moi, même si j'ai déjà monté plusieurs pièces », et soudain tout ce que je m'applique sans cesse à ravaler depuis le début de la guerre m'envahit – le velours rouge, les ors, l'agitation dans les loges, le rideau qui se lève, les lumières, les applaudissements –, mais je le repousse, j'avoue plutôt que je n'ai pas cessé d'écrire, « Oui, j'ai écrit durant ces dernières années chaque fois que je le pouvais et j'ai hâte de reprendre ma vie là où elle s'est arrêtée ». Alors : « Vous ne comprenez donc pas que tout est terminé, mon enfant ? Terminé ! » rétorque-t-il, m'obligeant à le détromper : « Oh si, je le comprends, bien sûr ! Le monde d'avant guerre a pris fin, quoique certains prétendent le contraire. La vie ne pourra plus être la même, pour la simple raison que nous avons tous changé en profondeur, pas seulement nous, les combattants, mais aussi les familles éprouvées à l'arrière. » En vérité, une telle perspective – celle d'un nouveau monde forcément plus juste, plus sensible, meilleur – devrait me réjouir, or ma voix se brise et une étrange tristesse s'empare de moi, sans doute visiblement puisque mon hôte se penche en avant, soudain bienveillant. « Mon petit, mon petit, inutile d'en faire une tragédie ! Ce n'est pas la première fois que cela vous arrive et pas non plus la dernière. Pourquoi n'attendez-vous pas ici que cela passe ? Je vous garde volontiers autant de temps que cela prendra. Je n'ai pas souvent l'occasion de parler à l'un de mes semblables. » Je remercie, répète que ma sœur m'attend, ajoute : « Si cela ne vous dérange pas, je resterai jusqu'à la tombée de la nuit, puis je partirai. » Il acquiesce, l'air perplexe, peut-être un peu dépité, et, pointant l'index vers le livre que je tiens encore entre les mains, me demande dans quelle lecture je m'apprêtais à me plonger avant que je m'endorme, alors brusquement, notre conversation prend un nouveau tour, elle devient, à l'intérieur de cette maison au toit enfoncé, à quelques dizaines de kilomètres de la Hunding-Stellung, dans la pénombre qu'éclairent à peine quelques rais de soleil, une incroyable conversation littéraire, que mon hôte – ancien professeur, m'apprend-il – alimente avec finesse d'une voix maintenant assurée, citant de mémoire des passages entiers de Pedro Calderón de la Barca, de Cervantes, de Corneille ou encore de Shakespeare. Si bien que le temps qui s'était d'abord figé s'écoule à toute allure, entraînant dans sa course, ainsi qu'on tire un drap, la lumière, le peu de lumière qui entrait dans la pièce, et alors que se rapproche l'heure qu'on appelle entre chien et loup, je profite d'une pause pour demander si je peux me rendre utile en quoi que ce soit avant mon départ – « réparer quelque chose, porter du bois, en couper, préparer un repas, que sais-je ? » Il rétorque qu'il n'a pas froid, qu'il n'a pas faim, non plus, et comme je m'en inquiète : « Vous connaîtrez cela un jour, et en fin de compte ce n'est pas désagréable. Plus de besoins, plus d'impatiences, plus de soucis mondains. Mais, si vous le croyez, prenez ce qu'il vous faut à la cuisine, il y a des vivres dans les placards », dit-il, et soudain je me sens honteux de m'être mû un peu plus tôt chez lui comme en terrain conquis, voilà une des sales habitudes que la guerre nous a données. Mais je n'ai pas le temps de m'attarder à cette pensée parce qu'il ajoute : « Emmenez mon chien. Il vous guidera, il connaît les chemins les plus sûrs, il vous évitera de vous perdre », me surprenant encore une fois. « Votre chien ? Je vous remercie, mais il ne vaut mieux pas, car je ne suis pas certain de pouvoir vous le ramener. Il me faudra rejoindre mon régiment à son nouveau cantonnement, puisqu'il était prévu qu'il soit relevé au plus tard ce matin. » Il a un rire, son petit rire du début et : « Quelle drôle d'idée ! Il reviendra tout seul quand il vous aura mis sur la bonne voie. Les animaux ont plus de sagesse que nous, vous l'ignorez ? » Au même moment, comme pour corroborer les dires de son maître, le chien se lève, s'étire, s'ébroue, puis vient me renifler. « Sirdar. Il s'appelle Sirdar. Vous pouvez partir maintenant, puisque vous y tenez tant. » Nul doute, il est sûr de son fait, comme le prouve l'unique caresse qu'il dispense à l'animal, au lieu des grands adieux auxquels je m'attendais, mais peut-être ne prise-t-il guère les effusions, à moins qu'il ne soit vexé par mon refus de lui tenir compagnie plus longtemps, car il se contente de me tendre une main que je découvre glacée au contact de la mienne, assortie d'un maigre « Bonne route ». Refroidi, je marmonne des remerciements, un au revoir, et ne sachant que dire de plus, emboîte le pas à l'animal sur le palier, avant de virer, au bas de l'escalier, vers la cuisine, dont j'inspecte placards et tiroirs, ainsi que j'y ai été invité, pour glisser dans ma poche une boîte en fer-blanc contenant apparemment du pâté et avaler quelques cuillerées d'une confiture sans doute trop vieille pour conserver la moindre saveur, mais tant pis, je n'ai pas de temps à perdre pour me livrer à des agapes et, d'ailleurs, je n'ai pas faim, moi non plus. Dehors, je verrouille la porte et remets la clef sous le pot de fleurs – une cachette destinée, je l'ai compris, à la domestique que le vieil homme a mentionnée – et, en proie à un soulagement subit, regarde le chien s'élancer – en direction du sud, comme le confirme ma boussole –, peut-être soulagé lui aussi de quitter cet endroit oppressant et de se dégourdir les pattes, à moins qu'il n'ait senti l'odeur d'un lièvre ou d'un sanglier, et n'en suive déjà la trace. Mais, je le constate bientôt, s'il s'obstine à trotter en tête, il s'immobilise régulièrement pour éviter de trop me distancer, droit, aux aguets ; en vérité, plus que trotter, il semble danser dans la lueur du crépuscule, puis dans la lumière bleutée de la lune qui, soulignant les parties blanches de son pelage aux dépens des taches noires, lui offre une forme étrange, incomplète, celle d'un être imaginaire, d'un follet ou d'un farfadet, et, les yeux fixés sur lui, je me surprends à apprécier sa compagnie, moi qui, n'étant pas né à la campagne, n'ai pas grandi auprès de bêtes, pas même de compagnie, comme on dit. Et tandis que je repense à la petite ville, ma ville natale, vers laquelle je me dirige, des images de mon enfance me reviennent à l'esprit, cette fois annoncées par des sons, un tic-tac, ou plutôt des tic-tac, des carillons, une clochette, puis par des odeurs – d'essences nettoyantes, d'huiles lubrifiantes –, et voici que surgit mon père : il abandonne son atelier en fourrant dans la poche de sa blouse grise le chiffon auquel il s'est essuyé les mains, passe dans la boutique, examine la montre à gousset qu'un client lui a soumise et réapparaît dans cet antre peuplé de pendules, d'horloges, de toutes sortes et de toutes les époques, des plus simples aux plus chargées, en bronze, en bois, en émail, en porcelaine, dont j'admire, ébahi depuis mes premières années, les ornements souvent dorés – femmes déguisées en allégories, chérubins ou anges longilignes, figures mythologiques ou historiques, végétaux, rhinocéros, lions, cerfs, aigles et autres animaux ; le voici de nouveau au moment où le tic-tac reprend et se stabilise avec autant de régularité que celui d'un cœur, non pas victorieux (lui), juste satisfait, prêt à m'expliquer encore une fois le fonctionnement du mécanisme, à me l'expliquer inlassablement jusqu'à ce que je le possède – des années se sont écoulées – et sois prêt à prendre le relais, incapable (lui) de concevoir qu'à l'exercice d'un tel don, à la pratique d'une telle maîtrise, on pourrait, *je* pourrais, préférer un métier – un métier, vraiment ? – où les mots, dits, criés, interprétés, l'emportent sur le silence, et l'agitation sur le calme, la sécurité, du temps mesuré. De fait, c'est en silence qu'il me regarde partir pour Paris, une adresse en poche et à la main une petite valise, tandis que ma mère, en larmes, tente encore d'intervenir, et je sais que son silence ne trahit pas la défaite, mais l'orgueil, la rage, contrairement à celui de Lily, plantée près de la cheminée, doublement vexée : elle ne me pardonne pas de l'*abandonner* et elle connaît les mécanismes du temps aussi bien que moi, ou plutôt mieux, elle ferait un successeur idéal si on le lui demandait. Mais justement parce qu'elle a le cœur tendre comme notre mère, comme moi, elle me rejoint, tout essoufflée, sur le quai, avant que le train entre en gare, elle m'étreint et m'arrache la promesse de lui écrire, tous les jours ou tous les deux jours, dit-elle, de revenir bientôt, sans attendre qu'il, notre père, se soit calmé, sans attendre son pardon ou sa bénédiction, je t'en prie, je t'en prie, et je peux donc partir, béni par son amour, mieux, accompagné de cet amour, comme je m'en rends compte une fois à destination, puisqu'il me cueille chaque jour à mon réveil et me berce au moment du coucher, dans ma pauvre chambre sous les combles ou dans la chambrée de la caserne durant mon service militaire ; apaise tel un baume la brûlure des déceptions, des échecs, me relève et me pousse vers l'avant, assorti ou non de lettres, de cartes, de colis ; m'inspire d'autres intrigues, d'autres scènes, d'autres actes, d'autres pièces, et c'est à lui que je dois, j'en suis sûr, mon premier succès, le deuxième, le troisième, à lui et non aux bras des Jeanne, des Esther, que j'ai rencontrées entre-temps, pour la raison que c'est le plus pur des amours, l'amour inconditionnel. Et, fort de ces succès, je rentre : six ans ont passé, rien ne semble avoir changé ni dans ma petite ville natale, ni dans la maison familiale, et si les rides de mes parents se sont légèrement creusées, si leurs épaules se sont un peu tassées, tout est balayé par la joie des retrouvailles ; du reste, alors qu'ils m'accueillent l'un et l'autre sans une once de rancœur, de reproche, je me vois soudain en fils prodigue, à la différence près que je ne suis pas revenu chez moi en guenilles, les pieds nus, défait par la vie, mais vêtu d'un costume joliment coupé, chaussé élégamment, surtout comblé par l'existence, béni par l'amour de Lily, dont les traits trahissent maintenant la fierté de seconder mon père à l'atelier, à la boutique, et d'avoir un fiancé, un garçon pour le moins romantique puisqu'il n'a pas hésité, dans le seul but de se déclarer, à lui apporter à réparer, semaine après semaine, toutes les montres, toutes les horloges du foyer familial. Et avant même de faire sa rencontre, j'ai l'impression de le connaître, tant elle me l'a décrit dans ses lettres, il se prénomme Robert, a tout pour plaire à une jeune femme, en particulier à la jeune femme rêveuse et passionnée qu'est Lily, et à l'évidence son amour n'est pas feint, comme j'ai le loisir de le constater lors des parties de campagne, lors des promenades à pied, ou en barque sur les étangs, sur les cours d'eau, que nous effectuons ensemble en ce début du mois de juillet : c'est l'été, l'été 1914, le soleil resplendit et nous nous en donnons à cœur joie, trop insouciants pour prendre au sérieux les menaces qui s'amoncellent sur la Serbie, sur le monde entier et… « Sirdar ! Sirdar ! » j'appelle tout bas, car le vrombissement d'une automobile retentit derrière moi et me dépasse, sans me laisser le temps de me glisser dans une haie, je voudrais savoir mon compagnon en sécurité, d'autant que je ne le vois plus, je l'appelle, sans succès, je l'appelle, dans la crainte d'entendre le choc du métal contre son corps léger, or l'engin file vers sa destination, et aucun heurt ne se produit, mieux, les taches blanches réapparaissent, cette fois venant vers moi dans ce champ qui n'est autre qu'un verger, je m'en aperçois aux sphères claires de pommes trouant l'obscurité, et, de soulagement, j'en cueille une. Mais de nouveau il s'élance et je regagne avec lui la chaussée d'où j'entends l'automobile virer, s'arrêter, tout en me demandant qui peut donc circuler ainsi à une heure pareille sur une petite route, à bord d'un tel engin, alors que la plupart d'entre eux ont été réquisitionnés par l'armée, je me le demande et bientôt le comprends aux cris de femme qui déchirent le silence de la nuit à la hauteur d'une ferme, sur ma droite, et ils ont beau être déformés par les pleurs, je distingue le mot *docteur*, les mots *trop tard* ou encore *maudite grippe* ; aussi, le cœur serré, j'accélère le pas, pressé de laisser cette souffrance derrière moi, parce qu'elle m'en rappelle une autre, celle de Lily après la mort de son Robert, en Artois, quelques mois après le début des combats. Trop tôt pour lui permettre de l'épouser et par conséquent d'être veuve, *sa* veuve, au moins ça, même si, d'une veuve, elle a toutes les apparences, comme je le constate lors de mes permissions non seulement à ses vêtements de deuil, mais aussi à ses traits tirés, à son corps amaigri, aux malédictions qu'elle adresse, elle, à la guerre, aux pleurs qu'elle verse dans mes bras, indifférente à l'avenir que lui promettent sa jeunesse, son intelligence, sa beauté, pis, sourde à toute voix de réconfort, que ce soit celle de notre mère ou la mienne. Et pourtant, c'est du fond de ce chagrin que grandit en nous cette espèce de don – une faculté particulière aux jumeaux, disent certains – en vertu duquel chacun prend connaissance des pensées de l'autre sans qu'il ait à les formuler, comme le prouvent les lettres qui arrivent ensuite, puisque tout ce qu'elles contiennent désormais semble avoir été déjà lu, déjà mémorisé, au point qu'il ne serait même plus nécessaire de les écrire, de les envoyer, de les ouvrir ; et, avec ce don, une sorte de prescience, semblable à celle des animaux, se manifestant de temps à autre sous forme de voix, une prescience, ou un instinct identique à celui qui m'amène maintenant à suivre, dans la même direction que celle que ma boussole indique, le chien qu'un vieux fou m'a octroyé pour guide. À le suivre sans plus m'interroger, fort de la certitude qu'il existe entre les êtres d'autres forces, et dans l'univers d'autres lois que celles qu'on s'entend en général à reconnaître, à bifurquer derrière lui sur un chemin de terre, à gravir le flanc d'une colline entre les rangées basses, régulières, de vignes, à redescendre et à remonter, à marcher encore et encore, curieusement sans fatigue, mieux, en proie à l'exaltation qu'on éprouve à proximité du but. Et, de nouveau, peu à peu, pendant que nous avançons, l'obscurité se dilue, pour apporter cette fois non une belle clarté, mais une autre sorte de néant, celui d'un épais brouillard, masse laiteuse et mobile qui annule les perspectives, gomme le paysage, atténue les couleurs, y compris les rouges, les jaunes, les orangés, dont sont parés les arbres de la forêt où nous pénétrons maintenant, ne me laissant pour tout repère que les quelques mètres sans cesse renouvelés devant mes pieds et les bruits environnants. Et je me demande si c'est l'effet du brouillard qui, limitant la vue, aiguise d'autres sens, en l'occurrence l'ouïe, ou plus simplement le contraste avec le vacarme des combats qui, quelques heures plus tôt, bourdonnait dans mes oreilles, m'assourdissait même : cet espace cotonneux regorge de sons – craquements, piétinements, bruissements, cris, chants, clapotis – d'autant plus distincts, me semble-t-il, que leur provenance est invisible, même si je peux imaginer sans grand effort les animaux, les végétaux, le torrent qui les produisent. Et je me réjouis d'avoir ainsi tout loisir de poursuivre ma route, dissimulé à la vue des hommes autant que les corbeaux, les daims, les renards et Sirdar même, lequel me précède sans doute, selon son habitude, à moins qu'il ne soit en train de chasser, n'ayant avalé depuis notre départ que la boîte de pâté soustraite aux placards de son maître et partagée lors de notre dernière halte. Sous mes bottes se déroule une allée tapissée de feuilles et de mousse, dont d'incessants passages de souliers, de sabots, ont à l'évidence gravé le dessin, même si des rejets d'arbres de chaque côté montrent qu'elle n'est plus entretenue depuis un moment, peut-être depuis le début de la guerre, et l'idée que la nature reprenne, ici au moins, ses droits alors qu'elle a été, est, en de trop nombreux endroits creusée, saignée, défigurée, me comble d'aise, associée à la perspective du monde meilleur qui, je veux le croire, succédera au conflit. Plongé dans ces pensées, je suis soudain surpris par un bruit de pas et au même moment, ou presque, surgit à quelques mètres de moi la silhouette déguenillée d'un homme qui tire dans une petite carriole un chargement de bois, apparemment si absorbé dans sa tâche qu'il ne me remarque même pas quand il me croise, à moins qu'il ne préfère, pour je ne sais quelle raison, feindre de ne pas me voir, et le brouillard l'a déjà englouti, comme une porte refermée derrière lui, lorsque ses traits, jeunes, tourmentés, inquiets, ses cheveux longs, ses lèvres en mouvement, ses jurons, s'insinuent dans mon esprit engourdi. Un déserteur, un vrai ? Mais voici qu'une clairière s'ouvre devant moi, forte de deux allées supplémentaires, et, perplexe, je m'empare de ma boussole, observe une courte halte, songeant que Sirdar reviendra peut-être sur ses pas pour m'indiquer le bon chemin en vertu de ce savoir inné qui distingue les animaux des hommes et les rend sur ce plan supérieurs, même s'il n'a pas réapparu depuis que nous avons franchi ensemble l'orée du bois, comme s'il s'était dissous lui aussi dans le brouillard ou qu'il eût décidé de retourner en arrière, vers son point de départ, ainsi que son maître me l'a annoncé sur le ton de l'évidence. Et comme il ne revient pas, je repars, non sans avoir constaté à ma montre que plusieurs heures se sont déjà écoulées depuis l'aube, à croire que le temps suit un autre cours au milieu de cette forêt où, il est vrai, la masse laiteuse semble avoir remplacé la lumière, ou que j'ai perdu moi-même ce genre de repères à force de prendre la nuit pour le jour. Une fois encore je songe aux cartes d'état-major qui gisent inutilement dans ma cantine à l'arrière, avec des objets plus précieux, livres, stylo, papier, je les retrouverai hélas trop tard, une fois ce périple achevé et le groupe rejoint ; quant au reste, il m'est moins utile dans l'immédiat : ma mémoire, aux yeux de certains hors du commun, me permet de retenir des textes entiers, que ce soient ceux d'autrui ou les miens, si bien que j'ai continué d'écrire en pensée entre deux étapes, deux cantonnements, sans perdre la moindre ligne, parvenant même à composer au cours des derniers mois une pièce dont il ne manque que quelques scènes. Et c'est à elles justement, aux répliques à agencer, aux indications scéniques, que je pense quand, détournant le regard du tapis de feuilles et de mousse sans cesse renouvelé devant mes pieds, je me heurte presque à un cheval gris, de belle allure, planté en travers de l'allée comme une statue et, comme une statue dans un parc, servant de piédestal à un corbeau aux reflets bleus, confortablement installé sur sa croupe, un cheval échappé d'une écurie sans doute, à en juger par son licol, un cheval bien disposé en tout cas, puisqu'il ne bronche pas tandis que je m'approche, se contentant de tourner la tête vers moi de cet air dédaigneux qu'ont parfois les chevaux. Alors, me souvenant de la pomme que j'ai volée un peu plus tôt dans le verger, je la lui tends et le regarde la croquer, de fines bulles éclatant fugitivement à la commissure de ses lèvres, puis, de reconnaissance peut-être, frotter son chanfrein contre mon bras, le frotter plusieurs fois ; est-ce ce mouvement ? au même instant le corbeau abandonne son perchoir dans un croassement, et, saisissant, telle une invitation, la longue corde qui pend du licol, je la noue comme des rênes, saute sur le dos nu de l'animal, lequel non seulement accepte mon poids et celui de mes quelques affaires, mais aussi s'ébranle d'un pas assuré, paisible. Si bien assuré et si paisible que je me laisse bientôt aller en arrière, dans tous les sens du terme, car, ainsi couché, je retombe immédiatement dans mon enfance, me remémorant les heures passées à rêver et à lire sur le dos d'un autre cheval, une jument de trait qui occupait un pré proche de notre maison, à inventer des histoires pour repousser les terreurs de la nuit, expérimentant auprès de Lily le pouvoir de l'imagination, contractant sans doute, à jamais, une dette envers le récit, la fiction, l'écriture. Et, si le ciel est invisible à présent, la forêt tourne autour de moi, offrant sans avarice la beauté de ses arbres et de ses animaux, petits rongeurs et oiseaux qui grimpent sur les troncs, sautent d'arbre en arbre, bondissent sur une proie ou dessinent des arabesques au-dessus de l'allée et peut-être nous suivent, comme le corbeau aux reflets bleus, j'en suis certain, et je la sens vibrer si fort de tous les sons, cris et chants de ses occupants légitimes que j'ai l'impression de lui appartenir, mieux, de respirer avec elle d'un même souffle, de me fondre dans l'univers tout entier. Au même moment des larmes jaillissent de mes yeux, ce genre de larmes que provoquent, dit-on, les révélations, les miracles, et je me surprends à prier pour que cet état ne s'achève pas, car, nul doute, il s'agit bien de ce qu'on nomme vérité, ou bonheur, ou amour, ou les trois à la fois, une sorte de graal qui réduit à néant tout le reste. Et sans attendre, je me redresse, flatte l'encolure du cheval, puis, penché vers son oreille, lui décris, à lui, le premier, ce secret que je crois avoir percé, persuadé qu'il peut le comprendre, mieux, qu'il l'a déjà compris, m'autorisant même à songer qu'il ne se trouvait pas sur ma route par hasard, ou encore que le hasard n'existe pas, et, tandis que je dévide des mots tout nouveaux, ponctués des croassements du corbeau, le brouillard s'obscurcit et la forêt prend fin, des chemins, des sentiers, des routes la remplacent, de plus en plus familiers au fur et à mesure que ma petite ville natale se rapproche, avec ses rues désertes, plongées dans le noir, tout comme les habitations derrière les volets. Mais le portillon bien connu est déjà devant moi, je le pousse après avoir mis pied à terre et dénoue la corde qui m'a servi de rêne, puis, laissant le cheval à l'herbe drue, me dirige, incrédule, vers la porte arrière de la maison, et je l'ai presque atteinte quand mon prénom me rejoint, « Marcel », murmuré par la voix qui m'a conduit ici, et juste après la voici qui surgit, apparition blanche et blonde, « Lily, Lily », dis-je en la serrant contre ma poitrine, frêle dans sa chemise longue et du même froid que la nuit, si bien que je me crois obligé de la gronder alors qu'elle répète « Je t'attendais », de la prendre dans mes bras pour soustraire au sol ses pieds nus, même si elle ajoute : « Je n'ai pas froid, je n'ai plus froid. Et toi, as-tu encore froid ? », un sourire malicieux aux lèvres, un sourire au lieu du pli de tristesse, de deuil, de ces trois dernières années, raison pour laquelle je me demande si elle aussi, n'a pas perdu la tête. Mais nous sommes déjà entrés, et la vue du foyer familial, des meubles et des objets toujours à la même place, comme usés par mon regard, m'apaise, je dis : « Quelle étrange question. Non, je n'ai pas froid, mais que se passe-t-il ? J'ai entendu ta voix et je suis venu. J'ai pensé qu'il t'était arrivé quelque chose, et voici que je te trouve… comment dire ? Gaie, insouciante, radieuse même… » en m'efforçant de ne pas laisser transparaître mon dépit. Or non seulement elle ne me répond pas, mais encore elle interroge : « Te souviens-tu du jour, du moment exact ? Du moment où tu m'as entendue t'appeler ? », me contraignant à fouiller dans ma mémoire, à retourner en pensée au champ de bataille, au cratère, à avouer avoir perdu le compte des heures, des jours, des nuits et à hasarder une réponse. Alors elle s'exclame : « Moi aussi ! » d'une voix de fillette, comme s'il s'agissait d'un de nos anciens jeux. « Moi aussi je t'ai entendu à ce moment-là ! J'ai tenu bon, parce que je savais que cela arriverait, et j'ai réussi, tu vois ? Nous sommes partis ensemble, comme nous sommes venus ! Ne nous l'étions pas juré autrefois ? », et j'ai sans doute l'air perplexe, peut-être même troublé, parce qu'elle ajoute, plus sérieuse : « Marcel, mais tu n'as pas compris ? Tu n'as pas compris vraiment ? – Compris quoi ? Quoi ? » dis-je, en proie à une brusque faiblesse, une sorte de malaise, probablement dû à la fatigue, à l'inquiétude des derniers jours, peut-être à la faim, tandis qu'elle continue : « Marcel, mon pauvre Marcel, tu te crois encore là-bas ? Au front ? Ici même ? Oh, je suis navrée, cela va certainement t'impressionner. Mais viens, je vais te montrer. » Et elle me saisit la main, m'entraîne dans l'escalier, m'entraîne sur le palier, vire à gauche dans le couloir, passe devant mon ancienne chambre, s'attarde devant la porte suivante, la sienne, le temps de me lancer : « Regarde-moi bien, regarde-moi, et dis-moi que tu n'as pas peur. » Et comme je m'exécute, nous entrons. « Tu vois ? » dit-elle. Oui, je vois et je n'en crois pas mes yeux : dans la pièce tapissée de toile de Jouy, une petite lampe brille sur la table de chevet, éclairant mes parents, endormis dans deux fauteuils de chaque côté du lit où gît un corps de femme aux longs cheveux blonds, au teint d'une pâleur irréelle, aux paupières fermées, aux mains croisées sur la poitrine, vêtue d'une chemise identique à celle que porte Lily et en tout point semblable à elle. « Mais c'est… c'est toi, là, couchée ? » dis-je. Et elle : « Tu comprends maintenant ? Tu comprends ? Nous sommes passés de l'autre côté. Passés à la même heure, au même moment, comme nous nous l'étions juré », répond-elle, et j'ai beau répliquer « Non, non, ce n'est pas possible », des images, des sensations, des mots reviennent à mon esprit et tourbillonnent – la terre qui retombe sur moi, m'ensevelit et m'étouffe dans le cratère, la rose de sang sur la vareuse de Parseval, pauvre petit capitaine, lui aussi, Perrier ne s'était donc pas trompé, le vieillard solitaire, froid, éthéré, et ses propos que je n'ai pas saisis, me méprenant sur le sens de toutes ses phrases, les individus que j'ai croisés après mon départ du front, soldats, médecin, déserteur, et qui, étrangement, n'ont pas remarqué ma présence, l'attitude des animaux à mon égard, et eux, sont-ils *passés* eux aussi *de l'autre côté*, ou cohabitent-ils à la fois avec les vivants et ceux qu'on appelle les morts ? – et, si j'étais encore de ce monde, je serais certainement pris d'un vertige. De chagrin, je suis assurément envahi à l'idée que je pourrai peut-être encore voir, encore entendre mes parents endormis auprès de ce corps chéri, mais plus jamais les étreindre, plus jamais les réconforter ; et de perplexité également, car comment savoir ce que nous réserve cette autre existence à laquelle nous sommes destinés ? même si Lily me presse la main et rit de ma stupeur, exaltée, elle, par l'aventure qui nous attend. « Oh, Marcel, Marcel ! Maintenant, tu es prêt ? »

Épilogue

« Marcel ! »

Sa voix n'a pas faibli au fil des années et son appel retentit toujours de la même façon depuis l'entrée, le salon, le couloir, mélange d'impatience et de tendresse, d'anxiété et de fermeté, mais je n'ai pas envie d'y répondre, pas tout de suite du moins, car je voudrais m'attarder encore un peu là où je me trouve à présent, dans cette espèce de rêve, filer encore un moment au-dessus de l'ensemble sans accorder d'importance au relief, aux détails, me contentant d'embrasser du regard les ombres, les couleurs, tel un freux ralliant nonchalamment un étang, une rivière, à moins qu'il ne s'agisse d'un canal, d'un canal hollandais, d'une forêt de Russie. Savourer le sentiment d'être à la fois là et ailleurs ; mieux, l'occupant d'un endroit et cet endroit même, Winterthur et Wessex, moulin à vent et monastère, bibliothèque et demeure élisabéthaine, lande et champ de bataille, allant de l'un à l'autre d'un coup d'aile sans me soucier ni des distances ni du temps, ou plutôt en proie à l'idée, une idée folle sans doute, que l'espace n'existe pas, que passé, présent et avenir alternent, voire se superposent, en vertu du hasard, telles des cartes à jouer mêlées, coupées puis distribuées, que nous passons de l'un à l'autre sans rencontrer le moindre obstacle, nous transformant…

« Marcel, tu m'entends ? »

… nous transformant, au gré de la donne, en lieu, en animal, en homme, voire en esprit de la nature, devenant tour à tour corbeau ou chat ; nonne, prédicateur, pèlerin ; affranchie ou poète ; peintre ou modèle ; ondine, guérisseuse, jeune noble, ou encore enseignant ; vêtu de plumes, ornée de perles, sanglé dans un uniforme ou engoncée dans un habit austère ; nous appelant et nous répondant, nous cherchant, nous retrouvant et nous reperdant, pour nous retrouver une nouvelle fois, attirés les uns par les autres en vertu de ces antiques, universelles et mystérieuses lois qui dictent l'harmonie de l'ensemble et établissent premièrement que l'amour perdure au-delà de la mort, deuxièmement que la mort n'existe pas, du moins pas celle de l'âme, et par conséquent que *Quem diligis numquam perdes*, « Qui tu aimes jamais ne perdras »…

« Marcel ! »

… et tandis que ma jumelle m'appelle, impatiente de se rendre au théâtre, craignant de rater le lever du rideau, de devoir patienter jusqu'à l'entracte – elle qui n'a pas manqué une seule première de mes pièces depuis qu'elle m'a rejoint après la mort de nos parents pour partager mon existence, se muant tantôt en secrétaire, tantôt en agent littéraire, tantôt en intendante, au lieu de poursuivre l'activité familiale et éventuellement de se choisir un mari –, je résiste encore un peu, étant trop sentimental pour m'arracher aux créatures qui sont venues à moi comme en rêve, d'abord floues, évanescentes, puis de plus en plus nettes, étrangères ou apparemment familières, dotées de leurs propres exigences, mais prêtes à accepter les miennes, et à toutes les tesselles qui se sont peu à peu agencées autour d'elles pour former leur milieu, leur décor, même si, déjà, je sens s'atténuer la fureur de l'orage et la brûlure du soleil, s'éloigner les notes de la cithare et celles du virginal, les rires cristallins, *Kolia, Kolia, danse avec nous !*, les cris des choucas et les hennissements des chevaux, les hymnes…

« Marcel, c'est l'heure ! »

… m'en arracher pour rejoindre cet autre rêve qu'on appelle la réalité et qui est de la même façon le fruit de notre invention, de la même façon qu'une œuvre littéraire, pièce de théâtre ou roman – ce roman qui repose maintenant devant moi, sur ma table de travail, et que Lily justement commencera à dactylographier demain matin –, car, j'en ai l'intime conviction, que nous dormions, menions notre vie de tous les jours, vaquions à nos occupations, bavardions avec nos compagnons ou écrivions de la fiction, nous ne faisons que produire du rêve.

Remerciements

Ce livre est dédié à Christiane Besse : nul doute, je n'aurai pas assez de vies pour lui dire merci.

Je remercie le Centre national du livre qui a bien voulu m'octroyer une bourse de création pour la rédaction de ce roman.

Merci à Françoise Adelstain, Sophie Langlais (#BAM agency), Thérèse-Marie Mahé et, bien sûr, Philippe Rey, qui ont corrigé ces pages.

Merci à Sylvie Duval, qui a répondu à mes questions sur les Dominicaines au XIVe *siècle, à Denis Delavois, pour son travail sur le 149e RI (http://amphitrite33.canalblog.com), et à Philippe Arnal (CSV) pour sa relecture du prologue et du premier chapitre.*

Enfin, merci à tous ceux qui ont nourri de leur présence ce travail de quatre années.

Table

Mise en pages :
Anne Offredo, Valravillon

Cet ouvrage a été achevé d'imprimer
en décembre 2022 dans les ateliers de
La Nouvelle Imprimerie Laballery
58500 Clamecy

N° d'imprimeur : 307221
Dépôt légal : janvier 2023
ISBN : 978-2-84876-984-4
Imprimé en France